俳句歳時記
第五版　秋

角川書店＝編

角川文庫
21127

序

季語には、日本文化のエッセンスが詰まっている。俳句がたった十七音で大きな世界を詠むことができるのは、背後にある日本文化全般が季語という装置によって呼び起こされるからである。

和歌における題詠の題が美意識として洗練され、連句や俳諧の季の詞《ことば》として定着するなかでその数は増え続け、さらに近代以降の生活様式の変化によって季語の数は急増した。なかには生活の変化により実感とは遠いものになっている季語もある。歳時記を編纂《へんさん》する際にはそれらをどう扱うかが大きな問題となる。

角川文庫の一冊として『俳句歳時記』が刊行されたのは一九五五年、巻末の解説には、季節の区分を立春・立夏などで区切ることについての葛藤《かっとう》が見られる。特別な歳時記は別として、この区分が当たり前のようになっている今日、歳時記の先駆者の苦労が偲《しの》ばれる。

この歳時記から半世紀以上が経った今、先人の残した遺産は最大限に活用し、なお現代の我々にとって実践的な意味をもつ歳時記を編纂することの必要を感じずにはいられない。

編纂にあたっては、あまり作例が見られない季語や、傍題が必要以上に増大した季語、また、どの歳時記にも載っていないが季語として認定するに相応《ふさわ》しいもの、あまりに細かな分類を改めたもの等々、季語の見直しを大幅に行った。さらに、季語の本意・本情や、関連季語との違い、作句上の注意を要する点等を解説の末尾に示した。

例句は、「この季語にはこの句」と定評を得ているものはできる限り採用した。しかし、人口に膾炙《かいしゃ》した句でありながら、文法的誤りと思われる例、季語を分解して使った特殊な例など、止むなく外さざるを得ない句もあった。

本歳時記はあくまでも基本的な参考書として、実作の手本となることを目指した。今後長く使用され、読者諸氏の句作の助けとなるならば、これに勝る喜びはない。

二〇一八年七月

「俳句歳時記　第五版」編集部

凡例

・今回の改訂にあたり、季語・傍題を見直し、現代の生活実感にできるだけ沿うよう改めた。したがって主季語・傍題が従来の歳時記と異なる場合もある。また、現代俳句においてほとんど用いられず、認知度の低い傍題は省いた。
・解説は、句を詠むときの着目点となる事柄を中心に、簡潔平明に示した。さらに末尾に、季語の本意・本情や関連季語との違い、作句のポイント等を❖印を付して適宜示した。
・季語の配列は、時候・天文・地理・生活・行事・動物・植物の順にした。
・秋の部は、立秋より立冬の前日までとし、おおむね旧暦の七月・八月・九月、新暦の八月・九月・十月に当たる。
・季語解説の末尾に→を付した季語は、その項目と関連のある季語、参照を要する季語であることを示す。秋以外となる場合には（　）内にその季節を付記した。
・例句は、季語の本意を活かしていることを第一条件とした。選択にあたっては俳諧や若い世代の俳句も視野に入れ、広く秀句の収載に努めた。
・例句の配列は、原則として見出し欄に掲出した主季語・傍題の順とした。
・索引は季語・傍題の総索引とし、新仮名遣いによった。

目次

時候

生活

風炉の名残 七三
冬支度 七三
秋耕 七三
添水 七三
案山子 七四
鳴子 七四
鳥威し 七五
鹿火屋 七五
鹿垣 七五
稲刈 七五
稲架 七六
稲扱 七七
籾 七七
秋収 七七
豊年 七八
凶作 七八
新藁 七八
藁塚 七九
蕎麦刈 七九
夜なべ 七九
砧 八〇
渋取 八〇
綿取 八〇
竹伐る 八一
懸煙草 八一
種採 八一
秋蒔 八二
牡丹根分 八二
薬掘る 八二
葛掘る 八三
豆引く 八三
牛蒡引く 八三
胡麻刈る 八三
萩刈る 八四
木賊刈る 八四
萱刈る 八四
蘆刈 八五
小鳥狩 八五
囮 八五
鳩吹 八六
下り簗 八六
鰯引く 八六
根釣 八六
踊 八七
相撲 八七
地芝居 八八
月見 八八
海嬴廻し 八九
菊人形 八九
虫売 八九
虫籠 九〇
茸狩 九〇
紅葉狩 九〇
芋煮会 九〇

行事

動物

太刀魚　一三五
秋刀魚　一三五
鮭　一三五
秋の蛍　一三六
秋の蠅　一三六
秋の蚊　一三六
秋の蜂　一三七
秋の蝶　一三七
秋の蟬　一三七
蜩　一三八
法師蟬　一三八
蜻蛉　一三九
蜉蝣　一四〇
虫　一四〇
竈馬　一四一
蟋蟀　一四一
鈴虫　一四二
松虫　一四二
青松虫　一四二
邯鄲　一四三
草雲雀　一四三
鉦叩　一四四
螽蟖　一四四
馬追　一四五
轡虫　一四五
螇蚸　一四五
蝗　一四六
浮塵子　一四六
蟷螂　一四七
螻蛄鳴く　一四七
蚯蚓鳴く　一四八
蓑虫　一四八
茶立虫　一四九
放屁虫　一四九
芋虫　一四九
秋蚕　一四九

植物

木犀　一五一
木槿　一五一
芙蓉　一五二
椿の実　一五二
南天の実　一五三
梔子の実　一五三
藤の実　一五四
秋果　一五四
桃　一五四
梨　一五五
柿　一五五
林檎　一五六
葡萄　一五六
栗　一五七
石榴　一五八
棗　一五八

無花果　一五九
オリーブの実　一五九
胡桃　一五九
青蜜柑　一六〇
酸橘　一六〇
柚子　一六〇
橙　一六一
九年母　一六一
金柑　一六一
檸檬　一六一
榠樝の実　一六二
紅葉　一六二
初紅葉　一六三
薄紅葉　一六三
黄葉　一六三
照葉　一六四
紅葉且つ散る　一六四
黄落　一六四
柿紅葉　一六四
雑木紅葉　一六五
漆紅葉　一六五
櫨紅葉　一六五
銀杏黄葉　一六五
桜紅葉　一六六
色変へぬ松　一六六
新松子　一六六
桐一葉　一六七
柳散る　一六七
銀杏散る　一六七
木の実　一六八
七竈　一六八
櫨の実　一六八
橡の実　一六九
樫の実　一六九
椎の実　一六九
団栗　一六九
一位の実　一七〇
檀の実　一七〇
楝の実　一七〇
榧の実　一七〇
紫式部　一七一
橘　一七一
銀杏　一七一
菩提子　一七一
無患子　一七二
臭木の花　一七二
臭木の実　一七二
枸杞の実　一七三
樝子の実　一七三
瓢の実　一七三
桐の実　一七三
海桐の実　一七四
飯桐の実　一七四
山椒の実　一七四

錦木　一七四
梅擬　一七五
蔓梅擬　一七五
ピラカンサ　一七五
皂角子　一七六
玫瑰の実　一七六
茱萸　一七六
茨の実　一七六
蝦蔓　一七七
山葡萄　一七七
通草　一七七
蔦　一七八
竹の春　一七八
芭蕉　一七八
破芭蕉　一七九
サフラン　一七九
カンナ　一七九
万年青の実　一八〇
蘭　一八〇
朝顔　一八〇
朝顔の実　一八一
野牡丹　一八一
鶏頭　一八一
葉鶏頭　一八二
コスモス　一八二
皇帝ダリア　一八三
白粉花　一八三
鬼灯　一八四
鳳仙花　一八四
秋海棠　一八五
菊　一八五
残菊　一八六
紫苑　一八六
木賊　一八六
弁慶草　一八六
風船葛　一八七
敗荷　一八七
蓮の実　一八七
西瓜　一八八
冬瓜　一八八
南瓜　一八八
糸瓜　一八九
夕顔の実　一八九
瓢　一八九
茘枝　一九〇
秋茄子　一九〇
種茄子　一九一
馬鈴薯　一九一
甘藷　一九一
芋　一九二
芋茎　一九二
自然薯　一九二
牛蒡　一九三
零余子　一九三

貝割菜　一九三
間引菜　一九四
紫蘇の実　一九四
唐辛子　一九五
茗荷の花　一九五
生姜　一九五
稲　一九六
稲の花　一九六
早稲　一九七
中稲　一九七
晩稲　一九八
落穂　一九八
穭　一九八
稗　一九八
玉蜀黍　一九九
黍　一九九
粟　二〇〇
蕎麦の花　二〇〇
隠元豆　二〇〇
豇豆　二〇一
刀豆　二〇一
落花生　二〇一
新小豆　二〇二
新大豆　二〇二
藍の花　二〇二
煙草の花　二〇二
棉　二〇三
秋草　二〇三
草の花　二〇四
草の穂　二〇四
草の実　二〇五
草紅葉　二〇五
末枯　二〇五
秋の七草　二〇六
萩　二〇六
芒　二〇七
萱　二〇八
刈萱　二〇八
蘆の花　二〇八
荻　二〇九
数珠玉　二〇九
葛　二〇九
葛の花　二一〇
郁子　二一〇
藪枯らし　二一一
撫子　二一一
野菊　二一一
めはじき　二一二
狗尾草　二一二
牛膝　二一二
藤袴　二一三
藪虱　二一三
曼珠沙華　二一四
桔梗　二一四

千屈菜　三三五
女郎花　三三五
男郎花　三三六
吾亦紅　三三六
水引の花　三三六
美男葛　三三七
竜胆　三三七
みせばや　三三八
杜鵑草　三三八
松虫草　三三八
露草　三三九
鳥兜　三三九
蓼の花　三三〇
赤のまんま　三三〇
溝蕎麦　三三一
烏瓜　三三一
蒲の絮　三三一
菱の実　三三一
水草紅葉　三三二
茸　三三二
松茸　三三三
占地　三三三
秋の行事　三三四
秋の忌日　三三八
さらに深めたい俳句表現
〈忌ことば篇〉　三三五
読めますか　秋の季語　三三九
索引　三四三

時候

【秋《あき》】　三秋　九秋　金秋　白秋　素秋　白帝

立秋（八月八日ごろ）から立冬（十一月八日ごろ）の前日までをいう。新暦ではほぼ八、九、十月にあたるが、旧暦では七、八、九月。三秋は初秋・仲秋・晩秋、九秋は秋九旬（九十日間）のこと。金秋・白秋・素秋は秋の異称。陰陽五行《ごぎょう》説で、秋は五行のうちの金にあたり、色は白を配するところから来たものである。素は白の意。白帝は秋を司《つかさど》る神。

夕暮は鐘を力や寺の秋　風国
秋なれや木の間木の間の空の色　也有
誰彼もあらず一天自尊の秋　飯田蛇笏
瀬の音の秋おのづからたかきかな　久保田万太郎
此石に秋の光陰矢のごとし　川端茅舎
秋の航一大紺円盤の中　中村草田男
蛇消えて唐招提寺裏秋暗し　秋元不死男
槙の空秋押移りゐたりけり　石田波郷
秋しのびよる金箔をおくごとく　千代田葛彦
しろがねの魚買ふ秋の小漁港　野澤節子
うしろより夕風が来るそれも秋　今井杏太郎
流寓の日日や空き缶蹴れば秋　有馬朗人
根もとより森林映し湖《うみ》の秋　鷹羽狩行
甲冑の眼窩に秋の気配かな　福神規子
三秋を病みて和服に親しみぬ　下村ひろし
金秋や人待つ駱駝膝を折る　岩淵喜代子
白秋と思ひぬ思ひ余りては　後藤比奈夫
竹林を手にひびかする素秋かな　安東次男
白帝は真白き船を沖に置き　友岡子郷

【初秋《しょしゅう》】　初秋《はつあき》　秋初め　新秋　孟秋　秋口《あきぐち》

秋の初めのころ、立秋を過ぎた八月にあたる。まだ暑さは続くものの、空の色や雲の様子、日差しや風などに秋の気配が少しずつ濃くなる。

鎌倉をぬけて海ある初秋かな　飯田龍太
初秋の火をいきいきと山の奥　柴田白葉女
初秋のまひるまぶしき皿割りぬ　桂　信子
初秋や草をくぐれる水のおと　鷲谷七菜子
昨日今日初秋の雲流れをり　佐久間慧子
初秋の口笛吹いて女の子　石田郷子
木賊には木賊のみどり秋はじめ　神尾久美子
水に手をつけて貴船の秋はじめ　山上樹実雄
新秋の声にして読む王維の詩　小林篤子
新秋の帆を巻くに胸つかひをり　山西雅子
秋口の藻畳の縁《へり》流れをり　宇佐美魚目
秋口の地獄絵の前とほりけり　井上弘美

【文月《ふみづき》】　文月《ふづき》　七夕月《たなばたづき》

旧暦七月の異称。文月の名の由来は諸説あるが、「文披月《ふみひろげづき》」の転とされてきた。短冊などを手向ける「七夕」の行事に結びつくものである。→七月（夏）

文月や六日も常の夜には似ず　芭　蕉
文月や空にまたたるるひかりあり　千代女
葉を洗ふ雨の音して文月かな　鷲谷七菜子

【八月《はちがつ》】

月の初めに立秋があるが、日差しは強く暑さもなお厳しい。月の終わりごろになるとようやく秋気が感じられるようになる。❖多くの地方では中旬に盆を迎える。終戦記念日などがあり、故人を偲ぶことも多い月である。→葉月

八月の海辺に古き馬車通ふ　内藤吐天
八月や孔雀の声の凶々し　飯島晴子
八月の空やしづかに人並び　柿本多映

八月のダム垂直に水落とす　佐藤和枝
八月の赤子はいまも宙を蹴る　宇多喜代子

【立秋《りっしゅう》】　秋立つ　秋来《きた》る　秋来《あきく》　秋に入《い》る　今朝《けさ》の秋《あき》

二十四節気の一つで、新暦八月七日ごろにあたる。暦の上ではこの日から秋に入る。『古今集』の〈秋来《き》ぬと目にはさやかに見えねども風の音にぞおどろかれぬる　藤原敏行〉は「秋立つ日よめる」の詞書を持つ。この歌にもあるように、まだ暑さは厳しいころだが秋の気配を感じるというのが立秋で、それを感じさせる代表的なものが風である。

秋来にけり耳をたづねて枕の風　芭蕉
そよりともせいで秋たつ事かいの　鬼貫
秋たつや何におどろく陰陽師　蕪村
立秋の白波に逢ひ松に逢ひ　阿部みどり女
川半ばまで立秋の山の影　桂信子
立秋の草のするどきみどりかな　鷲谷七菜子
立秋や一つは白き加賀手鞠　大井雅人
草あをきまま立秋と思ふなり　金田咲子
秋たつや川瀬にまじる風の音　飯田蛇笏
青空のただ一ト色に秋立ちぬ　小島政二郎
草花を画く日課や秋に入る　正岡子規
髪を梳く鏡の中の今朝の秋　野木桃花
手のひらを水のこぼるる今朝の秋　陽美保子
キオスクの新聞抜くや今朝の秋　押野裕

【残暑《ざんしょ》】　残る暑さ　秋暑し　秋暑

立秋以降の暑さ。夏の暑さとはまた違う、やりきれなさがある。

牛部屋に蚊の声闇《くら》き残暑かな　芭蕉
秋暑し水札《けり》鳴く方の潮ひかり　暁台
朝夕がどかとよろしき残暑かな　阿波野青畝
窯たいて残暑のまなこくぼみけり　新田祐久
わが影の踏まれどほしに街残暑　田村正義
にはとりにこゑかけてゐる残暑かな　戸恒東人

刃物みな錆びて残暑の関所趾　島谷征良
辞書入れて残暑の重さ革鞄　山田真砂年
秋暑し鹿の匂ひの石畳　木村蕪城
道に干す漁網の匂ひ秋暑し　小路紫峡
吊革に手首まで入れ秋暑し　神蔵　器
紙切つて鋏おとろふ秋暑かな　片山由美子
からまりて蔓立ち上がる秋暑かな　三森鉄治

【秋めく《あきめく》】

目に見えるもの、感じるものが、なべて秋らしくなること。

書肆の灯にそぞろ読む書も秋めけり　杉田久女
秋めくとすぐ咲く花に山の風　飯田龍太
秋めくと言ひ夕風を諾へる　稲畑汀子
秋めくや一つ出てゐる貸ボート　高橋悦男
品書も箸割る音も秋めきて　天野紫音

【新涼《しんりやう》】　涼新た　秋涼し

立秋後に感じる涼しさ。❖暑い夏が過ぎ新しい季節を迎えた、ほっとした心地がただよう。夏の季語「涼し」が暑さを前提とし、その中で捉える一抹の心地よさを喜ぶものであるのに対して、「新涼」は暑さが去りゆくことを体感としてにわかに実感するものである。↓涼し（夏）

新涼の身にそふ灯影ありにけり　久保田万太郎
新涼や白きてのひらあしのうら　川端茅舎
新涼の山々にふれ雲走る　今井つる女
新涼や起きてすぐ書く文一つ　星野立子
新涼や尾にも塩ふる焼肴　鈴木真砂女
新涼や蟹のさ走る能舞台　吉田鴻司
新涼や竹の籠編む灯に一人　きくちつねこ
新涼や船より仰ぐ嶺の丈　大岳水一路
新涼や素肌といふは花瓶にも　鷹羽狩行
新涼や濡らせば匂ふ磨き砂　中根美保
新涼やはらりと取れし本の帯　長谷川　櫂
新涼やうす紙に透くみすゞ飴　大石香代子
新涼や竹みがかれて筌となる　野中亮介

おのが突く杖音に涼新たなり　村越化石
釣竿の白き一すぢ涼新た　佐藤郁良

【処暑《しょしょ》】

二十四節気の一つで、八月二十三日ごろにあたる。「処」は収まるの意で、このころ暑さが一段落するとされる。

床柱すべらかにして処暑の家　田中幸雪
水平にながれて海へ処暑の雲　柿沼茂

【二百十日《にひゃくとをか》】　厄日《やくび》　二百二十日《にひゃくはつか》

立春から数えて二百十日めの意で、九月一日ごろ。「二百二十日」とともに台風が襲来することが多い時期である。❖かつては稲の開花期にあたったことから、農家では「厄日」として、ことに警戒した。

窯攻めの火の鳴る二百十日かな　廣瀬町子
ひんがしへ雲飛ぶ二百十日かな　池内けい吾
紀の川の紺濃き二百十日かな　大屋達治
ひら〳〵と猫が乳呑む厄日かな　秋元不死男
釘箱の釘みな錆びて厄日なる　福永耕二
遠嶺みな雲にかしづく厄日かな　上田五千石
水中の石に魚載る厄日かな　吉田汀史
八方に二百二十日の湖《うみ》荒るる　稲荷島人

【仲秋《ちゅうしゅう》】　秋なかば　中秋

三秋の中の月で、新暦の九月にあたる。虫の声が聞かれ、月も美しくなる。中秋は旧暦の八月十五日のこと。

仲秋や赤き衣の楽人等　高野素十
仲秋や漁火は月より遠くして　山口誓子
仲秋や畳にものの影のびて　片山由美子
仲秋の一と日を使ふ旅路かな　稲畑廣太郎

【葉月《はづき》】　月見月　萩月　木染月《こそめづき》

旧暦八月の異称。葉月の名の由来は諸説あるが、「葉落ち月」の転とも、木の葉がようやく色づく月だからとも。↓八月

家遠くありて葉月の豆畑　飯田龍太
ひるよりも夜の汐にほふ葉月かな　鈴木真砂女

壇ノ浦上潮尖る葉月かな　野中亮介
どの波も果つる不思議や木染月　神尾久美子

【九月《くぐわつ》】

いよいよ秋の到来を感じる月である。地方により異なるが、多くの小中学校・高校では夏休みが終わる。上旬は台風に襲われがちだが、中旬ごろから残暑もやわらぐ。彼岸が過ぎると爽やかさを感じ、月を仰ぎ虫の音を愛でるようになる。→長月・九月尽

松の幹みな傾きて九月かな　桂　信子
父の頭が見えて九月の黍畑　宮田正和
江ノ島のやや遠のける九月かな　中原道夫
断けば海なほ青き九月かな　山﨑照三

【八朔《はつさく》】

旧暦八月朔日《ついたち》の略。「田の実の節」などとも呼ばれ、農家では新穀を贈答するなどして祝う風習があった。また武家などの間でも吉日とされ、江戸時代には、徳川家康の江戸城入城がこの日だったため、元日と同じく重い式日とされた。また、夜業を始める日と定めていた地方もあった。

八朔の雲見る人や橋の上　内藤鳴雪
八朔の鴉物云ふごとく鳴く　大峯あきら
八朔といへ今様は何もせぬ　辻田克巳
八朔や雀ののぼる鬼瓦　大嶽青児
八朔の畳明るき方へ掃く　前田攝子

【白露《はくろ》】

二十四節気の一つで、九月七日ごろにあたる。露が凝って白くなる意。

草ごもる鳥の眼とあふ白露かな　鷲谷七菜子
姿見に一樹映りて白露かな　古賀まり子
耳照って白露の瓶《みか》の原にあり　岡井省二
ゆく水としばらく行ける白露かな　鈴木鷹夫
荒草ののぎの影濃き白露かな　宇野恭子

【秋分《しうぶん》】

二十四節気の一つで、九月二十三日ごろ。

太陽が秋分点に達し、昼夜の時間がほぼ等しくなる日。秋の彼岸の中日にあたる。秋分から冬至まで夜の時間は徐々に長くなる。❖本格的な秋到来の時節である。↓秋彼岸・秋分の日

嶺聳《そばだ》ちて秋分の闇に入る　飯田龍太
秋分や午後に約束ふたつほど　櫂　未知子

【秋彼岸《あきひがん》】　**後《のち》の彼岸《ひがん》**

秋分の日を中日とする前後三日の七日間。「暑さ寒さも彼岸まで」というように、このころから秋爽の気が定まる。秋の彼岸を後の彼岸というのは、単に彼岸といえば春の彼岸をさすため。↓秋分・彼岸（春）

ひとごゑのさざなみめける秋彼岸　森　澄雄
戻りたる家の暗さも秋彼岸　岡本　眸
木の影は木よりも長く秋彼岸　友岡子郷
にはとりのにはとりとゐる秋彼岸　九鬼あきゑ
砂に手をおいてあたたか秋彼岸　石田郷子
まつすぐに来て鯉の浮く秋彼岸　山西雅子
人は灯をかこみて後の彼岸かな　三田きえ子

【秋社《しうしや》】

秋の社日。社日は、春分または秋分に最も近い戊《つちのえ》の日で、単に社日といえば、春の社日（春社）をさす。中国から入ってきた習俗で、田の神信仰と習合して各地に広まり節日となった。❖五穀の豊穣を祈る春社に対し、秋社は収穫を感謝する。↓春社（春）

唐黍の風や秋社の戻り人　石井露月

【晩秋《ばんしう》】

秋の終わりで新暦十月にあたる。晴れた日が多く空気が澄みわたり、野山は紅葉の季節を迎える。❖冬の近づく侘しさがある。

晩秋の夕靄あをき佐久平　篠田悌二郎
晩秋の音たてて竹運び出す　廣瀬直人
晩秋の水にしづんでゆく錨　柏原眠雨

帰るのはそこ晩秋の大きな木　坪内稔典
ただ長くあり晩秋のくらまみち　田中裕明

【長月《ながつき》】菊月《きくづき》
旧暦九月の異称。夜が長くなる月の「夜長月」の略。↓九月

長月の空色袷きたりけり　一茶
なが月の一樹かたむく星明り　柴田白葉女
子等に試験なき菊月のわれ愉し　能村登四郎
菊月や拭きたるごとき空の色　鷹羽狩行
菊月や晴れてほしき日みな晴れて　今橋眞理子

【十月《じふぐわつ》】

全国的に天気が安定し、朝晩は気温も下がってくる。収穫の時期であり、行楽やスポーツにも適している。北国では早くも初霜が降りる。↓神無月（冬）

十月や二夜の琴を聞くことも　葛田きみ女
十月の明るさ踏んで小松原　鷲谷七菜子
陽の匂ひして十月のほとけたち　児玉輝代
十月の紺たつぷりと画布の上　福永耕二
十月や竹の匂ひの酒を酌む　福島勲

【秋の日《あきのひ》】秋日《しうじつ》
秋の一日をいう。澄んだ大気や明るい日差しが感じられる。↓秋の日（天文）

秋の日のずんずと暮て花芒　成美
秋の日の白壁に沿ひ影とゆく　大野林火
山門を出て秋日の谷深し　田村木国

【秋の朝《あきのあさ》】秋暁《しうげう》
秋の朝は爽涼《そうりやう》な気分を感じさせる。晩秋にはひんやりとした「朝寒」の感じとなる。

アザーンに雀の和する秋の朝　片山由美子
秋暁や胸に明けゆくものの影　加藤楸邨

【秋の昼《あきのひる》】

秋の昼は爽やかで明るい。日中は遠くの物音もよく聞こえるなど、空間の広がりを感じさせる。↓春昼（春）

大鯉のぎいと廻りぬ秋の昼　岡井省二

秋の昼疾うに抜けたるガムの味　竹内秀治
鶏のとほく来てゐる秋の昼　井上弘美
水面に鯉のふれたる秋の昼　鴇田智哉

【秋の暮《あきのくれ》】　秋の夕　秋の夕べ

秋の夕べ、夕暮れ時。清少納言の『枕草子』には、「秋は夕暮。夕日のさして山の端いと近うなりたるに、烏の寝所へ行くとて、三つ四つ二つ三つなど、飛び急ぐさへあはれなり。まいて雁などのつらねたるが、いと小さく見ゆるは、いとをかし。日入り果てて、風の音、虫の音など、はた言ふべきにあらず」とある。❖秋の夕暮れはもののあわれの極みを感じさせるものとして、古来多くの詩歌に親しまれてきた。『新古今集』の三夕の歌はことに名高い。秋季の終わりは、「暮の秋」といって区別する。

→暮の秋

枯枝に烏のとまりたるや秋の暮　芭蕉
此の道や行く人なしに秋の暮　芭蕉
門を出れば我も行く人秋のくれ　蕪村
青空に指で字をかく秋の暮　一茶
日のくれと子供が言ひて秋の暮　高浜虚子
まつすぐの道に出でけり秋の暮　高野素十
我が肩に蜘蛛の糸張る秋の暮　富田木歩
秋の暮大魚の骨を海が引く　西東三鬼
渚まで砂深く踏む秋の暮　清水径子
秋の暮業火となりて秬《きび》は燃ゆ　石田波郷
百方に借あるごとし秋の暮　石塚友二
足もとはもうまつくらや秋の暮　草間時彦
あやまちはくりかへします秋の暮　三橋敏雄
牛の眼に雲燃えをはる秋の暮　藤田湘子
街の灯の偏り点る秋の暮　宮津昭彦
父とわかりて子の呼べる秋の暮　鷹羽狩行
ゆつくりと山が隠れて秋の暮　淺井一志
マンホール踏めば音して秋の暮　池田秀水
帰る家もどる巣ありて秋の暮　木内怜子

子らにまだボール見ゑる秋の暮　寺島ただし
渋滞の灯の増えてゆく秋の暮　三村純也
しづかなる尾の往き交ひて秋の暮　田中亜美
走り根に遠く幹あり秋の暮　村上鞆彦

【秋の夜《あきのよ》】　秋夜《しうや》　秋の宵　夜半《よは》の秋《あき》

「秋夜歳《とし》の如し」（江淹「灯賦」）というように秋の夜は長い。灯火や月光、虫の音、雨音などにもしみじみとした思いが深まる。
→夜の秋（夏）

秋の夜もそぞろに雲の光りかな　暁台
秋の夜の雨すふ街を見てひとり　横山白虹
秋の夜を生れて間なきものと寝る　山口誓子
子にみやげなき秋の夜の肩ぐるま　能村登四郎
酒も少しは飲む父なるぞ秋の夜は　大串章
沈黙にジャズすべり込む秋の宵　木暮陶句郎

【夜長《よなが》】　長き夜

秋分を過ぎると、昼よりも夜の時間が長くなりはじめ、夜なべなどがはかどり、灯火で読書をするにもふさわしい。❖実際にもっとも夜が長いのは冬至の前後であるが、このころになると夜が長くなった感慨が強まる。

長き夜や目覚むるたびに我老いぬ　樗良
次の間へ湯を飲みに立つ夜長かな　岡本癖三酔
よそに鳴る夜長の時計数へけり　杉田久女
妻がゐて夜長を言へりさう思ふ　森澄雄
一つ置く湯吞の影の夜長かな　深見けん二
今日のこと妻と話して夜長かな　阿部静雄
知らぬ犬庭に来てゐる夜長かな　岩田由美
一つ点け一つ消したる夜長かな　金原知典
長き夜の楽器かたまりゐて鳴らず　伊丹三樹彦
長き夜の遠野に遠野物語　倉田紘文
長き夜の夢にふることぶみのこと　谷口智行

【秋澄む《あきすむ》】

秋になって大気が澄みきること。大陸から乾燥した冷たく新鮮な空気が流れ込むため、ものみな美しく見え、鳥の声、物音もよく響くように感じられる。

シャガールの金の雄鶏秋澄めり　永方裕子
鳴く鳥の上枝移りに秋澄みぬ　瀧澤和治
塔ふたつへだたりて秋澄みにけり　石嶌　岳

【秋気《しうき》】

秋の気配。秋らしい清々しさをいう。「秋気南磵に集ひ、独り遊ぶ亭午の時」は中唐期の文人柳宗元の詩の一節。❖漢詩からきた引き締まった語感を活かしたい。

奥入瀬の水に木にたつ秋気かな　吉田冬葉
一筋に木曾谷をゆく秋気かな　森田かずや

【冷やか《ひややか》】　冷ゆ　秋冷《しうれい》

秋になって冷気を覚えること。→冷たし（冬）

ひややかに人住める地の起伏あり　飯田蛇笏
ひやゝかに卓の眼鏡は空をうつす　渋沢渋亭
口中へ涙こつんと冷やかに　秋元不死男
冷やかに壺をおきたり何も挿さず　安住　敦
冷やかに海を薄めるまで降るか　櫂　未知子
冷やかや夕日のあたる沖の船　岩田由美
火の山にたましひ冷ゆるまで遊ぶ　野見山朱鳥
紫陽花に秋冷いたる信濃かな　杉田久女
秋冷や石畳ゆく馬車の音　野崎ゆり香
手を浸し秋冷ひしと貴船川　小川濤美子
秋冷の道いつぱいに蔵の影　廣瀬直人
秋冷の襞ふかくして裏比叡　木内彰志
秋冷や叩いて馬と別れたる　中田尚子

【爽やか《さはやか》】　爽涼《さうりやう》　さやけし　さやか

秋の清々しさをいう。大気が澄み、万物が晴れやかにはっきり見え、心身もさっぱりする。❖「爽やかな青年」のように、性格や物腰の形容に用いる場合は季語とはなりにくい。

爽やかやたてがみを振り尾をさばき　山口誓子
さはやかにおのが濁りをぬけし鯉　皆吉爽雨

爽やかや風のことばを波が継ぎ　鷹羽狩行
爽やかや流るるものを水といふ　村松ひろし
爽涼や杉一身に朝日浴び　村田脩
爽やかや畳めばものの四角なる　大石香代子
爽涼の山気寄りくるうなじかな　藤木倶子

【秋麗《あきうらら》】　秋麗《しうれい》

秋晴れの、まぶしいほどの太陽に万物が輝くさまである。春の「麗か」を思わせ、次に来る季節である冬をふと忘れるような美しさを感じさせる。↓麗か（春）

天上の声の聞かるゝ秋うらゝ　野田別天楼
秋うらら急須の蓋に穴一つ　河野邦子
秋うらら菓子の名前は電車みち　坪内稔典
秋麗ぴたりと止まる羊達　天野きらら
秋麗の産後まばゆき妻迎ふ　能村研三
秋麗の柩に凭れ眠りけり　藤田直子

【身に入む《みにしむ》】

秋のものあわれや秋冷がしみじみと感じられることをいう。❖「身に入む」はもともとは身にしみ入るように深く感じることをあらわす語であり、とくに秋と結びつく季節感のある語ではなかった。それが次第に『詞花集』の〈秋ふくはいかなる色の風なれば身にしむばかりあはれなるらん　和泉式部〉、『千載集』の〈夕されば野辺の秋風身にしみてうづらなくなり深草のさと　藤原俊成〉などを経て、秋、ことに秋風と結びついて、もののあわれ、寂寥感をいう歌語となった。俳諧ではそれに加えて、秋の冷気を身にしみとおるようにしみじみと受け取る感じ方も詠まれるようになった。

野ざらしを心に風のしむ身かな　芭蕉
身にしむや亡妻の櫛を閨に踏む　蕪村
さり気なく聞いて身にしむ話かな　富安風生
佇めば身にしむ水のひかりかな　久保田万太郎
身に入むや星に老若ある話　蓬田紀枝子

身に入むや女黒服黒鞄　田中裕明

【寒露《かんろ》】

二十四節気の一つで、十月八日ごろにあたる。露が寒さで凝って霜になる意。

水底を水の流るる寒露かな　草間時彦
真上より鯉見ることも寒露かな　高野途上
目に見えぬ塵を掃きたる寒露かな　手塚美佐
咲き継げる花の小さき寒露かな　藺草慶子

【秋寒《あきさむ》】　秋寒し　そぞろ寒《ざむ》　やや寒《さむ》　うそ寒《さむ》

「寒し」は冬の季語だが、秋のうちからすでに感じる寒さをいう。そぞろ寒の「そぞろ」は「漫ろ」と同じで、それとなく、わけもなくの意。やや寒の「やや」はいくらか、ようやくの意。うそ寒の「うそ」は「薄」の転訛《てんか》か。❖いずれも秋半ばから晩秋にかけての感覚。

秋寒むや行く先々は人の家　一茶
ややさむく人をうかがふ鼠かな　乙州
秋寒の濤が追ひ打つ龍飛崎　上村占魚
秋寒し此頃あるゝ海の色　夏目漱石
そぞろ寒兄妹の床敷きならべ　安住敦
縄文の土器に焦げ跡そぞろ寒　長田群青
やゝ寒や日のあるうちに帰るべし　高浜虚子
やや寒の人形焼きを老夫婦　深見けん二
やや寒の麒麟のかほに日はありぬ　山上樹実雄
うそ寒の起居の中の川の音　草間時彦
うそ寒の水銀玉となりたがる　和田悟朗

【肌寒《はださむ》】

羽織るものが欲しいような晩秋の寒さ。肌に感じる寒さである。

肌寒やうすれ日のさす窓障子　星野麦人
肌寒と言葉交せばこと足りぬ　星野立子

【朝寒《あさざむ》】

晩秋の朝の寒さ。手足の冷たさにいよいよ冬の近いことが感じられる。

朝寒に鉈の刃にぶきひゞきかな　几董
朝寒や柱に映る竈の火　佐藤紅緑
朝寒の膝に日当る電車かな　柴田宵曲
朝寒や花より赤き蓼の茎　内藤吐天
くちびるを出て朝寒のこゑとなる　能村登四郎
朝寒の身に引き寄せて旅鞄　千原草之

【夜寒《よさむ》】

晩秋の夜の寒さ。日暮とともに、ひたひたと寒さが忍びよってくる。

落雁の声のかさなる夜寒かな　許六
椎の実の板屋を走る夜寒かな　暁台
犬が来て水のむ音の夜寒かな　正岡子規
家近く夜寒の橋を渡りけり　高浜虚子
鯛の骨たたみにひらふ夜寒かな　室生犀星
あはれ子の夜寒の床の引けば寄る　中村汀女
枕辺に眼鏡を外す夜寒かな　山口誓子

【秋土用《あきどよう》】

秋の最後、立冬前の十八日間をさす。近づく冬を前に晴天の日が続き、作物の取り入れもすっかり終わった秋の名残の気分を覚える。

あら草の身の丈しのぐ秋土用　三田きえ子
眼光か灘のひかりか秋土用　宇多喜代子
種牛の塩なめてをり秋土用　亀井雉子男
一木に鴉の群れて秋土用　片山由美子

【霜降《さうかう》】

二十四節気の一つで、十月二十三日ごろにあたる。霜が初めて降りる意。

霜降や地にひゞきたる鶏のこゑ　滝沢伊代次
霜降や鳥の塒《ねぐら》を身に近く　手塚美佐

【冷まじ《すさまじ》】

晩秋に秋冷がつのる感覚をいう。❖「すさまじ」は、期待外れで白けた気分や、殺風景で興ざめなさま、心まで冷えるような寒さ、荒涼としたさまなどをいう語であった。『玉葉集』の〈冬枯のすさまじげなる山里に月のすむこそあはれなりけれ　西行〉では、冬のありさまに用いられている。晩秋の冷然・凄然とした感じをいうようになったのは連歌の時代以降。

冷まじや吹出づる風も一ノ谷　才麿
松島や日暮れて松の冷まじき　岸田稚魚
冷まじや竹幹の透く昼の闇　熊谷愛子
首塚は眼の高さにてすさまじき　北澤瑞史
冷まじや地中へ続く磨崖仏　川崎慶子
すさまじき雲の陸なす夜となりぬ　山西雅子

【秋深し《あきふかし》】 深秋《しんしう》

秋もいよいよ深まった感じをいう。草木は紅葉し、大気は冷やかに澄んで、寂寥の心持ちが深い。❖慣用的に用いられる「秋深む」は一考を要する。「深む」は「深める」の意であり、「深まる」の意ではない。

秋深き隣は何をする人ぞ　芭蕉
海二日見て三日目の秋深し　長谷川双魚
秋深き大和に雨を聴く夜かな　日野草城
秋深き隣に旅の赤児泣く　佐藤鬼房
もどる波呑みこむ波や秋ふかし　きくちつねこ
秋深し身をつらぬきて滝こだま　鷲谷七菜子
秋ふかし締めそびれたる鶏を飼ひ　遠山陽子
秋深し猫に波斯《ペルシヤ》の血が少し　加藤静夫
光ひく雀らに秋深まれり　野中亮介
深秋や身にふるゝもの皆いのち　原コウ子

【暮の秋《くれのあき》】 秋暮《あきく》る

秋がまさに果てようとする意で、「秋の暮」ではない。↓行く秋・秋惜しむ・晩秋

能すみし面の衰へ暮の秋　高浜虚子
風紋をつくる風立ち暮の秋　鈴木真砂女
ちかぢかと馬の顔ある暮の秋　林徹
次の間に人のぬくみや暮の秋　山上樹実雄

【行く秋《ゆくあき》】 逝く秋　秋行く

暮の秋と同様、秋の終わろうとするころをいう。❖「暮の秋」が静的な捉え方である

のに対し、「行く秋」には、去り行く秋を見送る思いがより強くこもる。↓秋惜しむ

蛤のふたみに別れ行く秋ぞ　芭蕉
行く秋の草にかくるる流れかな　白雄
行く秋や抱けば身に添ふ膝がしら　太祇
行秋の鐘つき料を取りに来る　正岡子規
行秋や机離る、膝がしら　小澤碧童
行く秋の白樺は傷ふやしけり　赤塚五行
秋逝くや継目ごとんと小海線　土屋未知
行く秋の風見えてくる登り窯　野木桃花

【秋惜しむ《あきをしむ》】

過ぎ行く秋を惜しむこと。詠嘆がことば自体に強く表れていて、もの淋しさを感じさせる。❖日本の詩歌の伝統では、惜しむべき良き季節は春と秋であり、「春惜しむ」「秋惜しむ」とはいうが「夏惜しむ」「冬惜しむ」とはいわなかった。↓暮の秋・行く秋

秋惜しみをれば遥かに町の音　楠本憲吉
川に出て舟あり乗りて秋惜しむ　上村占魚
描く撮る詠むそれぞれに秋惜しみ　鷹羽狩行
秋惜しむ宿に荷物を置いてより　小野あらた

【冬近し《ふゆちかし》】　冬隣《ふゆどなり》

秋も終わりに近づくと、日差しは弱く薄くなり、冬の到来が間近であることを実感させる。❖厳しい季節へと移る心構えを迫られる気分がある。

冬近し黒く重なる鯉の水　桂信子
焚く前の線香の香や冬近し　金原知典
大原女の三人行きて冬隣　庄中健吉
押入の奥にさす日や冬隣　草間時彦
まつ黒の鯉さげてゆく冬隣　小笠原和男
藁焼いて伊吹けぶらす冬隣　榎本好宏
硝子戸のすべる迅さや冬隣　仁平勝

【九月尽《くぐわつじん》】

旧暦九月の晦日をいう。秋が尽きるという

感慨が強くこもり、秋を惜しむ情の深いことばである。❖古くから三月尽と九月尽が対のように用いられてきたのは、春と秋には心にしみる景物が多く、それらを惜しむ気持ちの現れである。現在では本来の意と異なり、新暦九月の終わりの意で使われることが増えてしまった。

九月尽はるかに能登の岬かな　暁台
雨降れば暮るる速さよ九月尽　杉田久女
白波が白波追へり九月尽　千田一路

天文

【秋の日《あきのひ》】　**秋日《あきび》**　**秋日影**　**秋入日《あきいりひ》**

まぶしく美しい秋の太陽、あるいはその日差しをいう。❖秋日影の「日影」は陽光のこと。→秋の日（時候）

秋の日やちら〳〵動く水の上　荷兮
汐くみて秋の日光る桶のそこ　蝶夢
釣糸を投げ秋の日を煌めかす　大串章
戸を開けてまづ秋の日を招き入れ　岩田由美
白壁のかくも淋しき秋日かな　前田普羅
谿ふかく秋日のあたる家ひとつ　石橋辰之助
みささぎに畦のあつまる秋日かな　石田勝彦
好きな鳥好きな樹に来て秋日濃し　町春草
秋日濃し燈台守の事務机　棚山波朗
歩きつつ人遠ざかる秋日かな　倉田紘文
その人の影ある椅子に秋日濃し　今井千鶴子
窯開けの窯の余熱や秋没日《あきいりひ》　永井龍男
落ちてゆく重さの見えて秋没日　児玉輝代

【釣瓶落し《つるべおとし》】

秋の入日が一気に落ちていく様子。❖秋の日の暮れやすいことを「秋の日は釣瓶落し」という。昭和五十年代以後、この「釣瓶落し」だけを季語として使うようになった。

釣瓶落しといへど光芒しづかなり　水原秋櫻子
山の端のまぶしき釣瓶落しかな　鷹羽狩行

【秋色《しゅうしょく》】　**秋の色**　**秋光**　**秋の光**　**秋望**

秋景色・秋の風色のこと。❖和歌では「秋の色」といい、紅葉や黄葉などの具体的な色を念頭に置くが、今日では抽象的に使われることが多い。「秋の光」は、多くは月光を意味したが、陽光の明るさを籠《こ》めて、秋の風光を賞美する言葉として使われることが多い。

裏門に秋の色あり山畠　支考
秋色の南部片富士樹海より　西本一都
憩ふ人秋色すすむ中にあり　橋本鶏二
秋色や一弦琴の音の中　岡井省二
竹林に風止むときの秋の色　中路素童

【秋晴《あきばれ》】　秋日和《あきびより》　菊日和《きくびより》

秋空が澄んで高々と晴れ渡ること。「秋日和」も同じ意味だが穏やかな語感がある。「菊日和」は菊の花が盛りのころの日和。菊花展が催され、さまざまな式典も多い。

❖俳諧では「秋日和」が使われていたが、近代になり「秋晴」の季語が生まれた。

順礼が馬にのりけり秋日和　一茶
秋晴の口に咥《くは》へて釘甘し　右城暮石
秋晴の何処かに杖を忘れけり　松本たかし
秋晴や瀬多の唐橋一文字　下村槐太
秋晴や瞼をかるく合はせても　鷲谷七菜子
秋晴や宙にゐがきて字を教ふ　島谷征良
秋晴の炎をはなれゆく煙　片山由美子
山の日は強くて淋し秋日和　池内たけし
畳屋の肘が働く秋日和　草間時彦
歩くこと蝶にもありて秋日和　依光陽子
菊日和身にまく帯の長きかな　鈴木真砂女
息吹いて金箔のばす菊日和　山田春生

【秋の声《あきのこゑ》】　秋声《しうせい》

風雨の音、木々の葉擦れ、虫の音など、しみじみと秋の気配を感じさせる響きを声にたとえる。具体的な音だけでなく、心耳でとらえた秋の気配をもいう。

さゞ浪やあやしき迄に秋の声　嘯山
帛を裂く琵琶の流や秋の声　蕪村
人去れば林泉《しま》のいづこも秋の声　角田独峰
水べりを歩いてゆけば秋の声　黛執

秋の声振り向けば道暮れてをり　豊長みのる
白壁の向う側から秋の声　渡辺鮎太
秋声を聴けり古曲に似たりけり　相生垣瓜人

【秋の空《あきのそら》】　秋空　秋天《しゅうてん》

澄みきった秋空をいう。秋は長雨に見舞われることもある一方、からりとした晴天に恵まれることも多い。台風の去った後などは、眩しいほどの青空が広がる。

によつぽりと秋の空なる不尽の山　鬼貫
上行くと下くる雲や秋の天　凡兆
去るものは去りまた充ちて秋の空　飯田龍太
田畑の五穀いよいよ秋の空　猪俣千代子
空箱のきれいに燃えて秋の空　鳴戸奈菜
何番の出口を出ても秋の空　加藤かな文
流木に坐してしばらく秋の空　笹下蟷螂子
秋空につぶてのごとき一羽かな　杉田久女
秋空へ大きな硝子窓一つ　星野立子
秋空や展覧会のやうに雲　本井英
秋天に流れのおそき雲ばかり　星野高士

【秋高し《あきたかし》】　天高し　空高し

秋は大気が澄み、晴れ渡った空が高く感じられる。❖杜審言《としんげん》の詩に「秋高くして塞馬《さいば》肥ゆ」があり、それが転じて「天高く馬肥ゆる秋」となった。「秋高し」も「天高し」も好季節を表す季語である。→馬肥ゆ

痩馬のあはれ機嫌や秋高し　村上鬼城
鳶の輪に斬り込む鳥秋高し　茂惠一郎
秋高し母を野合に生まれしめ　高橋睦郎
秋高し草の貼りつく乗馬靴　三森鉄治
天高し航跡消ゆるとき光り　竹下流彩
天高し分れては合ふ絹の道　有馬朗人
天高し松島は松育てつつ　桑原三郎
雲の影われらをとらへ天高し　千葉皓史

【秋の雲《あきのくも》】　秋雲《しゅううん》

高々と晴れ上がった空にくっきり浮かぶ白い雲は、いかにも秋らしい爽やかさを感じ

させ、どこか心を遠くへ誘うものがある。

ねばりなき空にはしるや秋の雲　丈　草
あら海や波をはなれて秋の雲　暁　台
山荘の鏡に移る秋の雲　松本澄江
秋の雲立志伝みな家を捨つ　上田五千石
山に襞あれば影置き秋の雲　森　重　昭
ライバルの校歌も憶え秋の雲　井出野浩貴
噴煙はゆるく秋雲すみやかに　橋本鶏二
杭打ちて秋雲ふやしゐたりけり　桂　信子
秋雲やふるさとで売る同人誌　大串　章

【鰯雲《いわしぐも》】　鱗雲《うろこぐも》　鯖雲《さばぐも》

巻積雲または高積雲で、さざ波に似た小さな雲片の集まりが空一面に広がる。鰯の群のように見えるから、あるいはこの雲が出ると鰯が大漁になるというので、その名がついた。魚の鱗のように見えるので鱗雲、鯖の背の斑紋のように見えるので鯖雲とも。

鰯雲人に告ぐべきことならず　加藤楸邨
妻がゐて子がゐて孤独いわし雲　安住　敦
鰯雲甕担がれてうごき出す　石田波郷
鰯雲日かげは水の音迅く　飯田龍太
いわし雲空港百の硝子照り　福永耕二
鰯雲懸命に宙拡げたり　池田琴線女
熊笹に濁流の跡いわし雲　矢島渚男
槍投げの狙ひさだめる鰯雲　那須淳男
鰯雲夜もひろがる出雲崎　伊藤通明
うつくしき世をとりもどすうろこ雲　鷹羽狩行
うろこ雲ことばを減らしつつ老いる　対馬康子
鯖雲に入り船を待つ女衆　石川桂郎

【月《つき》】　初月《はつづき》　二日月《ふつかづき》　三日月《みかづき》　新月《しんげつ》　弦《げん》月《げつ》　上弦の月　下弦の月　夕月　宵月　夕月夜　有明月《ありあけづき》　遅月《おそづき》　月白《つきしろ》　月夜　月の出　月光　月明《げつめい》　月影

月は四季それぞれの趣があるが、そのさやけさは秋にきわまるので、単に月といえば秋の月をさす。初月は旧暦八月初めのころの月。二日月は八月二日の月、三日月は同じく三日の月。新月は天文学では朔《さく》の月をいうが、実際には見えないので俳句では三日月のこともいう。夕月は、新月から七、八日ごろまでの上弦の月のことで、夕方出て夜にはもう沈む。その月の出ているときを夕月夜という。月白は月が出ようとするころ空が白むこと。❖月はいわゆる雪月花の一つで、古来多くの詩歌に詠まれ、物語の背景を支えてきた。

月はやし梢は雨を持ちながら　芭　蕉
鎖《ぢやう》あけて月さし入れよ浮御堂　芭　蕉
昼からの客を送りて宵の月　曾　良
三日月や膝へ影さす舟の中　太　祇
われをつれて我影帰る月夜かな　素　堂
月天心貧しき町を通りけり　蕪　村
ふるさとの月の港を過《よぎ》るのみ　高浜虚子
父がつけしわが名立子や月を仰ぐ　星野立子
灯を消すや心崖なす月の前　加藤楸邨
徐々に徐々に月下の俘虜として進む　平畑静塔
月出でてしばらく沼のくらさかな　谷野予志
月すでに海ひきはなしつつありぬ　田畑美穂女
月の人のひとりとならむ車椅子　角川源義
をとひの月の丸さを言ひにけり　藤本草四郎
大寺を出て一本の月の道　大嶽青児
島国のはずれの島を月照らす　森田智子
かろき子は月にあづけむ肩車　石　寒太
月を待つ等間隔に箸を置き　金子　敦
月の海乳張る胸のしびれけり　名取里美
あかね雲ひとすぢよぎる二日月　渡辺水巴
滝津瀬に三日月の金さしにけり　飯田蛇笏
三日月やをみな子ひとり授かりて　岡本差知子
三日月がめそめそといる米の飯　金子兜太
月代や少し前行く妻の肩　草間時彦
月白や讃岐の山のうねりだす　今井誠人
月光にぶつかつて行く山路かな　渡辺水巴

月光にいのち死にゆくひと、寝る　橋本多佳子
風立ちて月光の坂ひらひらす　大野林火
やはらかき身を月光の中に容れ　桂　信子
月光の指より漏れ出づる悩み　櫂　未知子
子規逝くや十七日の月明に　高浜虚子
月明に鹿の遊べる干潟かな　野村泊月
月明や門を構へず垣ゆはず　片山由美子
月明やものみな影にかしづかれ　西宮　舞

【盆の月《ぼんのつき》】

旧暦七月十五日の盂蘭盆《うらぼん》の夜の月。中秋の名月の一か月前で、まだ暑さが厳しいころである。

浴《ゆあみ》して我が身となりぬ盆の月　一　茶
かゝげても燈火暗し盆の月　蝶　羽
裏口に草木の匂ひ盆の月　鷲谷七菜子
盆の月ひかりを雲にわかちけり　久保田万太郎
盆の月兄弟淡くなりにけり　岡澤康司
海へ出て海を照らして盆の月　佐藤和枝
盆の月島になきもの寺と墓　石河義介
ちちははと在れば娘や盆の月　今橋眞理子

【待宵《まつよひ》】　小望月《こもちづき》

旧暦八月十四日の夜。名月を明日に控えた宵の意。小望月は望月に少し満たない意から。

待宵や立尽したる峰の松　乙　由
待宵をたゞ漕行くや伏見舟　几　董
待宵やしばらく広き家の中　増田龍雨
待宵や子もひとつづゝ影ひいて　高田正子
待宵や草を濡らして舟洗ふ　蘭草慶子
まだ旅のよそほひ解かず小望月　松本雨生
高麗百戸眠りにつける小望月　小高和子

【名月《めいげつ》】　望月《もちづき》　満月　今日の月　月《つき》今宵《こよひ》　三五の月　十五夜　芋名月

旧暦八月十五日の中秋の名月のこと。一年中でこの月が最も澄んで美しいとされる。秋草や虫の音、夜露や秋風など、風物のた

たずまいが一層月を明澄にする。❖農耕儀礼の遺風として、穂芒《ほすすき》を挿し、月見団子や新芋などその年の初物を供えて月を祀る。

↓良夜

しみ〴〵と立ちて見にけりけふの月　鬼貫
名月や池をめぐりて夜もすがら　芭蕉
名月や畳の上に松の影　其角
名月をとつてくれろと泣く子かな　一茶
名月や笛になるべき竹伐らん　正岡子規
名月や門の欅も武蔵ぶり　石田波郷
木戸閉める音も静かに望の月　斎藤夏風
望月のやや欠けたるを許されよ　長谷川櫂
満月やふたたび泣くは隣りの子　金子兜太
満月や耳ふたつある菓子袋　辻田克巳
満月の闇分ちあふ椎と樫　永方裕子
けふの月長いすゝきを活けにけり　阿波野青畝
滲みよき紙を机に今日の月　浅井陽子
十五夜の雲のあそびてかぎりなし　後藤夜半
十五夜や母の薬の酒二合　富田木歩

【良夜《りょうや》】望《もち》の夜《よ》

旧暦八月十五日の名月の夜をいう。❖『徒然草』に「八月十五日、九月十三日は婁《ろう》宿《しゅく》なり。この宿《しゅく》、清明なる故に、月を翫《もてあそ》ぶに良夜とす」とあるように、旧暦九月十三日の後《のち》の月の夜をさすこともある。↓名月・後の月

渚なる白浪見えて良夜かな　高浜虚子
筆硯に多少のちりも良夜かな　飯田蛇笏
生涯にかかる良夜の幾度か　福田蓼汀
ひとそれ〴〵書を読んでゐる良夜かな　山口青邨
我庭の良夜の薄湧く如し　松本たかし
噴煙の立ちはだかれる良夜かな　森重昭
鰹木のふとぶととある良夜かな　西嶋あさ子
捨て船のぎいと相寄る良夜かな　山﨑千枝子
止め椀のころほひとなる良夜かな　佐藤博美
友を待つ田端の駅の良夜かな　和田耕三郎

望の夜のうなばら濡れてゐたりけり　篠崎圭介

【無月《むげつ》】

旧暦八月十五日の夜、雲が広がり、月が見えないこと。見えない月を思いつつ、月のあるほの明るいあたりを仰ぐ。↓雨月

いくたびも無月の庭に出でにけり　富安風生
無月なる杉の梢や瑞巌寺　高野素十
火を焚けば火のうつくしき無月かな　栗生純夫
舟底を無月の波のたたく音　木村蕪城
棕櫚を揉む風となりたる無月かな　桂　信子
目つむりて山河を想ふ無月かな　山口　速
浮御堂灯を奉る無月かな　小原弘幹
湖のどこか明るき無月かな　倉田紘文

【雨月《うげつ》】　雨名月　雨の月　月の雨

旧暦八月十五日の夜、雨のため、月が見えないことをいう。雨をうらめしく思いながら、空を仰ぐ。❖『徒然草』に「花はさかりに、月はくまなきをのみ見るものかは。雨にむかひて月を恋ひ、たれこめて春の行方知らぬも、なほあはれに情ふかし」とあるように、雨に閉ざされたゆえの情趣を覚えさせるものでもある。↓無月

葛の葉のかかる荒磯や雨の月　文　考
五六本雨月の傘の用意あり　日野草城
月の雨こらへ切れずに大降りに　高浜虚子
口に笛はこぶに作法月の雨　片山由美子

【十六夜《いざよひ》】　十六夜の月　既望《きぼう》

旧暦八月十六日の夜、およびその夜の月をいう。満月よりも月の出が少し遅れるので、ためらう意の「いざよふ」から付いた名。既望は望月が既に過ぎた謂《いい》。

十六夜や囁く人のうしろより　千代女
十六夜の石湿りをりことごとく　石原舟月
草照りて十六夜雲を離れたり　橋本多佳子
十六夜の雨の日記をつけにけり　五所平之助
十六夜の水鳴る方はまだ暗し　村松ひろし

十六夜の船の寄り行く島三つ　有馬朗人
十六夜の地の香を放つ大欅　加藤耕子
深山の風にうつろふ既望かな　飯田蛇笏

【立待月《たちまちづき》】　立待

旧暦八月十七日の夜の月をいう。「立待月」は、月の出を立って待つ意から。立待はその夜のことも指す。❖名月を過ぎると月の出が徐々に遅くなり、少しずつ欠けていく。それを惜しみ、一夜ごとに名を変えて愛でる。

立待の夕べしばらく歩きけり　片山由美子
立待や明るき星を引き連れて　岩田由美

【居待月《ゐまちづき》】　居待

旧暦八月十八日の夜の月。立待月より月の出がさらに遅いので、座して待つ月の意。

わが影の築地にひたと居待月　星野立子
蒟蒻に箸がよくゆく居待月　加藤燕雨
野の駅の灯をつつしめる居待月　橋本榮治

【寝待月《ねまちづき》】　寝待　臥待月《ふしまちづき》　臥待

旧暦八月十九日の夜の月。月の出はますます遅くなる。寝ながら待つ月の意。

寝待月灯のいろに似ていでにけり　五十崎古郷
食後また何煮る妻か寝待月　本多静江
寝待月しとねのぶればまこと出づ　井沢正江

【更待月《ふけまちづき》】　更待　二十日月《はつかづき》

旧暦八月二十日の夜の月。寝待月よりもなお遅れて出るので、夜の更けるころまで待たねばならない。月はもう半ば欠けて光もほのかになり、寂しさがつのる。

更待や階きしませて寝にのぼる　稲垣きくの
男の児得ぬ今宵更待酒酌まな　石塚友二
更待の坂を下るや酒買ひに　檜山哲彦

【二十三夜《にじふさんや》】　二十三夜月　真夜中の月

旧暦八月二十三日の夜の月。夜中の十二時ごろに出る。

朱雀門暮れて二十三夜月　森宮保子

風に点く外灯二十三夜月　前田攝子

【宵闇《よひやみ》】

旧暦八月二十日過ぎともなれば、夜更けにならないと月は上らない。その月が上るまでの闇をいう。❖季語としては月の出を待つことに意味があり、単なる夕闇のことではない。

宵闇と聞く淋しさの今宵より　後藤夜半
宵闇に坐して内外のわかちなし　石田勝彦
宵闇に神の灯ほのとあるばかり　岡安仁義
宵闇や女人高野の草の丈　大峯あきら
宵闇の一舟つなぐ磧石　藤本美和子

【後の月《のちのつき》】　十三夜《じふさんや》　名残《なごり》の月《つき》　豆名月《まめめいげつ》
栗名月

旧暦九月十三日の夜の月。名月に対して後の月という。吹く風ももう肌寒く感じられるころで、華やかな名月とは違い、もの寂びた趣がある。枝豆や栗などを供えて祀《まつ》る。❖中秋の名月か後の月のどちらかしか見ないことを片見月（片月見）という。

川音の町へ出づるや後の月　千代女
後の月須磨より人の帰り来る　士朗
補陀落の海まつくらや後の月　鷲谷七菜子
湖渡る迅さありけり後の月　吉年虹二
深川に生れて死んで後の月　石丸和雄
後の月宗祇の越えし山一つ　有馬朗人
月よりも雲に光芒十三夜　井沢正江
畠のものみな丈低し十三夜　小島花枝
祀ることなくて澄みけり十三夜　川崎展宏
十三夜しみじみ日曜名作座　井桁衣子
ひと拭きに布巾の湿る十三夜　馬場公江

【星月夜《ほしづきよ》】　星月夜《ほしづくよ》

よく晴れた秋の夜は空が澄むので星が美しい。ことに新月のころの星空の輝かしさを称えて星月夜という。

星月夜さびしきものに風の音　楓橋

星月夜空の高さよ大きさよ　尚白
われの星燃えてをるなり星月夜　高浜虚子
死顔のほのともゆれず星月夜　秦夕美
星月夜神父にならふ英会話　野中亮介
天窓に見ゆる夜空も星月夜　岩田由美
胎動のはじまりは星月夜かな　明隅礼子

【天の川《あまのがは》】　銀河《ぎんが》　銀漢《ぎんかん》　星河《せいが》

澄み渡った夜空に帯のように白々とかかる無数の恒星の集まり。北半球では一年中見られるが、秋が最も明るく美しい。❖七夕伝説と結びついて、万葉のころから詩歌に数多く詠まれてきた。俳諧以降は、天の川自体の美しさを詠むことが多い。→七夕

あらうみや佐渡に横たふ天の川　芭蕉
うつくしや障子の穴の天の川　一茶
天の川の下に天智天皇と臣虚子と　高浜虚子
妻二タ夜あらず二タ夜の天の川　中村草田男
天の川怒濤のごとし人の死へ　加藤楸邨
天の川柱のごとく見て眠る　沢木欣一
うすうすとしかもさだかに天の川　清崎敏郎
天の川礁のごとく妻子ねて　飴山實
列車みな駅に入りて天の川　杉野一博
長生きの象を洗ひぬ天の川　桑原三郎
いくたびも手紙は読まれ天の川　中西夕紀
寝袋に顔ひとつづつ天の川　稲田眸子
天の川漂流船の錆深く　照井翠
自転車の二つ並んで天の川　涼野海音
今日ありて銀河をくぐりわかれけり　秋元不死男
国境の銀河を仰ぎつつ眠る　白井眞貫
眠るたび父は銀河に近づきぬ　櫂未知子
妻と寝て銀漢の尾に父母います　鷹羽狩行
肩車して銀漢にやや近し　野中亮介
銀漢や史記にて絶えし刺客伝　日原傳

【流星《りうせい》】　流れ星　夜這星《よばひぼし》　星流る　星飛ぶ

夜空に突然現れ、尾を引いてたちまち消え

る光体。八月半ばにもっとも多いといわれる。宇宙塵《じん》が地球の大気中に入り込んで、摩擦によって発光するもの。❖流れ星は不吉な印といわれたりするが、一方では流れ星が消えないうちに願いごとをするとそれが叶《かな》うという言い伝えもある。

流星の使ひきれざる空の丈　鷹羽狩行
流星や音一つなき島の宿　稲畑汀子
流星は旅に見るべし旅に出づ　大串　章
父母のうすき縁《えにし》や流れ星　下田実花
これほどの星これほどの流れ星　今井肖子
真実は瞬間にあり流れ星　マブソン青眼
旅果てのたましひは風夜這星　丸山海道
死がちかし星をくぐりて星流る　山口誓子
星飛べり空に淵瀬のあるごとく　佐藤鬼房
わが信濃触れんばかりに星飛びて　村松紅花
星飛んで無音の白き渚あり　菅原閧也

【秋風《あきかぜ》】　秋風《しゅうふう》　秋の風　金風《きんぷう》　素風

色なき風　爽籟《さうらい》

秋の訪れを告げる「秋の初風」から、晩秋の蕭条《しょうじょう》とした風まで、秋の風にはしみじみとした趣がある。秋風は古来西風とされてきたが、実際には特に定まった方角はない。金風・素風は、陰陽五行《ごぎょう》説で秋は五行の金にあたり、色は白を配するところからきた語。色なき風は華やかな色が無い風の意で、漢語の「素風」を歌語にしたもの。『古今六帖』の〈吹きくれば身にもしみける秋風を色なき物と思ひけるかな　紀友則〉に由来する。爽籟は爽やかな風音のこと。

秋風の吹きわたりけり人の顔　鬼　貫
秋風やしらきの弓に弦はらん　去　来
あかあかと日は難面《つれなく》も秋の風　芭　蕉
石山のいしより白しあきの風　芭　蕉
物言へば唇寒し秋の風　芭　蕉
十団子《とをだご》も小粒になりぬ秋の風　許　六

釣鐘に椎の礫や秋の風　几董
淋しさに飯をくふなり秋の風　一茶
死骸《なきがら》や秋風かよふ鼻の穴　飯田蛇笏
秋風や模様のちがふ皿二つ　原石鼎
秋風や殺すにたらぬ人ひとり　西島麦南
ひとり膝を抱けば秋風また秋風　山口誓子
吹きおこる秋風鶴をあゆましむ　石田波郷
秋風や柱拭くとき柱見て　岡本眸
秋風を二三歩追へり見送れり　神蔵器
秋風や蠟石で書く詩のごとし　筑紫磐井
秋風や切り出して岩横たはり　井上康明
死は白き花もて悼む秋風裡　松之元陽子
どこからも川現はるる秋の風　廣瀬直人
みづうみの渚が痩せて秋の風　茨木和生
もういちど吹いてたしかに秋の風　仁平勝
檻の鵜も鵜籠も秋の風の中　島谷征良
肘あげて能面つけぬ秋の風　小川軽舟
機を織る色なき風の中に坐し　日原傳
山荘のけさ爽籟に窓ひらく　山口草堂

【初嵐《はつあらし》】　秋の初風

秋の初めの強い風のことで、台風期のさきぶれのように荒々しく吹く。秋の初風は、秋の到来を思わせる風。❖単に初風というと、新年の季語。→野分

空をとぶ鴉いびつや初嵐　高浜虚子
戸を搏つて落ちし簾や初嵐　長谷川かな女
ひるがへり雀白しや初あらし　山口青邨
川波の白きを加ふ初あらし　上田五千石
浦の子に秋の初風吹きにけり　大石悦子
赤ん坊の拳にちから初嵐　甲斐遊糸
みどりまだ残る箒や初嵐　野中亮介
秋の初風橋の名を声に出し　片山由美子

【野分《のわき》】　野わけ　野分だつ　野分後《のわきあと》
夕野分　野分雲　野分晴

秋の暴風のことで、野の草を吹き分けるほどの風の意。特に二百十日・二百二十日前

後には猛烈な暴風が襲ってくることが多い。野分のあとは、草がなぎ倒されたり庭にものが飛び散ったりと荒々しい景を呈するが、古来それもまた風情あるものとして受けとめられてきた。『枕草子』で野分の翌日を評した一文「野分のまたの日こそ、いみじうあはれにをかしけれ」は有名。夜のうちに野分が去ったときなどは、ことさら朝の晴ればれとした気分を感じさせる。

芭蕉野分して盥に雨を聞く夜かな　芭　蕉
鳥羽殿へ五六騎いそぐ野分かな　蕪　村
大いなるものが過ぎ行く野分かな　高浜虚子
白墨の手を洗ひをる野分かな　中村草田男
色ヶ浜野分に黒き漁網干す　山口超心鬼
山中の一つ明かりや野分だつ　永方裕子
両親の遺髪の揃ふ野分かな　櫂　未知子
独り刈る髪切りこぼす野分中　石川桂郎
漆黒の天に星散る野分あと　相馬遷子
家中の水鮮しき野分あと　正木ゆう子
夕野分祈るかたちの木を残す　小池文子
頰杖の指のつめたき夕野分　高柳重信
月山の天のかぎりを野分晴　内海良太

【台風《たいふう》】 颱風《たいふう》　台風圏《たいふうけん》　台風の眼

南洋やフィリピン沖で発生北上する大きな空気の渦巻きで、中心付近の最大風速が毎秒一七・二メートル以上の熱帯性低気圧。海難・風水害など甚だしい被害を生じさせる。台風の眼は台風の中心にある静かで風のない部分。❖外来語「タイフーン」が「台風」と訳されたのは明治四十年ごろ。季語とされたのは大正の初めである。

放課後の暗さ台風来つつあり　森田　峠
台風のなか夫も子もよく眠る　西宮　舞
台風を待つ佛壇の昏くあり　坊城俊樹
颱風の去つて玄界灘の月　中村吉右衛門
颱風の波まのあたり室戸岬　高浜年尾

灯の函の列車台風圏に入る　山口　速
先んじて風はらむ草颱風圏　遠藤若狭男
台風圏叩いて枕とととのふる　大島雄作

【盆東風《ぼんごち》】盆北風《ぼんぎた》

旧暦の盂蘭盆《うらぼん》のころ吹く風で、地方によって東風・北風となる。❖季節風の向きが転換するきざしであり、この風が吹くと新涼の趣がある。

盆東風や駄菓子の芯の煎り大豆　中根美保

【高西風《たかにし》】

仲秋のころ、急に吹く西風。「高」とは子《ね》の方向、すなわち北の意で、地域によって、北西風・南西風と、やや風位が異なる。稲刈りを控えた農家では「籾《もみ》落し」と呼んで稲の被害を恐れ、船乗りたちも海が荒れるので警戒する。

高西風に秋闌けぬれば鳴る瀬かな　飯田蛇笏
高西風や流れて鴉羽搏かず　千葉玲子
高西風や出雲崎より千切れ雲　丹治美佐子

【鮭颪《さけおろし》】

鮭が産卵にやってくるころの強い風。東北地方で使われる言葉で、鮭漁は、この風の吹くころから始まる。

鮭おろし母なる河に濤押し入り　澤田緑生
この橋を渡れば十勝鮭颪　北　光星
灯もつけず番屋に一人鮭颪　斉藤凡太

【雁渡し《かりわたし》】青北風《あをぎた》

初秋から仲秋にかけて吹く北風。もとは志摩や伊豆の漁師の言葉で、このころ雁が渡ってくるので、雁渡しという。青北風ともいう。❖この風が吹き出すと、潮も空も秋らしく青く澄むようになる。

草木より人飜《ひるがへ》る雁渡し　岸田稚魚
泊船のなべて傷もつ雁渡し　野見山ひふみ
めつむれば怒濤の暗さ雁渡し　福永耕二
あをあをと山ばかりなり雁渡し　廣瀬直人

揚げ舟の櫂より乾き雁渡し　西山常好
とりこはす家にピアノや雁渡　ふじむらまり
青北風が吹いて艶増す五島牛　下村ひろし
青北風や城の鬼門に椋一樹　柿沼　茂

【黍嵐《きびあらし》】　**芋嵐**

茎に対して穂が重い黍を倒さんばかりに吹く秋の暴風のこと。芋嵐は、里芋の葉を大きく揺らす風の意。

童顔の教師なりけり黍嵐　星野麥丘人
赤ん坊の捩れて泣けり黍嵐　雨宮きぬよ
木曾駒の尻美しき黍嵐　加古宗也
雀らの乗ってはしれり芋嵐　石田波郷
牛の貌四角に迫り芋嵐　立原修志
青空のままの一日芋嵐　加藤燕雨
棒持てば担ぐ癖ある芋嵐　星野紗一
ここいらの犬みな黒し芋嵐　遠山陽子

【秋曇《あきぐもり》】　**秋陰《しゅういん》**

秋の曇りがちの天候。曇った日が二、三日続くと、気分も沈みがちになる。

芦も鳴らぬ潟一面の秋ぐもり　室生犀星
汐上げてゐる流木の秋ぐもり　細川加賀
にはとりの飼はれて肥ゆる秋曇り　雨宮きぬよ
しくしくと揚巻掘りよ秋曇　緒方　敬

【秋湿《あきじめり》】

秋には雨が降り続くことも多く、部屋などが湿って感じられる。❖冷え冷えとしてやりきれない。

ひとりごと言うては答ふ秋湿り　深谷雄大
肖像の並ぶ廊下や秋湿り　片山由美子

【秋の雨《あきのあめ》】　**秋雨《あきさめ》**　**秋霖《しゅうりん》**　**秋黴雨《あきついり》**

秋といえば秋晴れを連想するが、雨の多い季節でもある。秋の雨は、『万葉集』にも〈秋の雨に濡れつつをれば賤しけど吾妹《わぎも》が屋戸《やど》し思ほゆるかも　大伴利上〉と、もの寂しいものとして詠まれてきた。「秋霖」「秋黴雨」は梅雨時のように降り続く秋の長雨のこと。

秋雨やともしびうつる膝頭　一茶
秋の雨しづかに午前をはりけり　日野草城
踏切の燈にあつまれる秋の雨　山口誓子
振り消してマッチの匂ふ秋の雨　村上鞆彦
秋雨や夕餉の箸の手くらがり　永井荷風
秋雨の瓦斯が飛びつく燐寸かな　中村汀女
秋雨は無声映画のやうに降る　仁平勝
秋霖に濡れて文字なき手紙かな　折笠美秋
秋霖ににじんできたる薄日かな　矢島渚男
秋霖や漆音なく塗り重ね　永方裕子
秋ついり炊いて二合のなつめ粥　小林篤子

【秋時雨《あきしぐれ》】

晩秋に降る時雨のことで、うら寂しさが漂う。→時雨（冬）

秋しぐれ塀をぬらしてやみにけり　久保田万太郎
果樹園のほそみち光り秋時雨　比良暮雪
鶴ばかり折つて子とゐる秋時雨　文挾夫佐恵
石濡れて色よみがへる秋しぐれ　山﨑富美子
寺町は三十三寺秋しぐれ　吉田未灰
花の香の朝市を抜け秋時雨　村田脩

【稲妻《いなづま》】　稲光　稲つるび

空中に電気が放電されることによって閃《ひらめ》く電光をいう。遠くのために雷鳴が聞こえず、光だけが見えるものや、雨を伴わないものをさすことが多い。❖稲妻は稲の夫《つま》の意で、稲が雷光と交わって稔るとの言い伝えから生まれた名。夏の季語である雷は「神鳴り」、つまり音が中心であるのに対し、稲妻は光に注目した季語。

稲妻や闇の方行く五位の声　芭蕉
稲妻のかきまぜて行く闇夜かな　去来
稲妻のわれて落つるや山のうへ　丈草
稲妻や浪もてゆへる秋津島　蕪村
稲妻のぬばたまの闇独り棲む　竹下しづの女
稲妻のゆたかなる夜も寝べきころ　中村汀女

草の戸にかかる稲妻父を待つ　深川正一郎
稲妻の四方に頻りや山の湖《うみ》　松本たかし
海へ去る稲妻青し松の上　有働　亨
いなびかり北よりすれば北を見る　橋本多佳子
いなびかりひとと逢ひきし四肢てらす　桂　信子
稲光流木はいつ起ち上る　津田清子
働きて忽と死にたし稲びかり　古賀まり子
みちのくにさらに奥ありいなびかり　神蔵　器
馬小屋の戸が開いてゐる稲光　寺島ただし
国引の出雲の空のいなつるび　深谷雄大

【秋の虹《あきのにじ》】

秋の虹は色が淡く、はかなげである。❖虹は本来、夏の季語である。↓虹（夏）

ふた重なる間の暗き秋の虹　石田勝彦
秋の虹消えたるのちも仰がるる　山田弘子
秋の虹手を振ればはや消えてをり　永島靖子

【秋の夕焼《あきのゆふやけ》】　秋夕焼《あきゆふやけ》　秋夕焼《あきゆやけ》

秋の夕焼はたちまち暮れていく寂しさを伴う。❖夕焼は本来、夏の季語である。↓夕焼（夏）

鷺たかし秋夕焼に透きとほり　軽部烏頭子
秋夕焼旅愁といはむには淡し　富安風生
秋夕焼わが溜息に褪せゆけり　相馬遷子
牛追って我の残りし秋夕焼　鈴木牛後

【霧《きり》】　朝霧　夕霧　夜霧　山霧　川霧　狭霧《さぎり》　霧襖《きりぶすま》　濃霧《のうむ》　霧時雨　霧笛《むてき》

水蒸気が地表や水面の近くで凝結し、大気中に煙のように浮遊しているものをいう。霧時雨は深く霧がかかった様子を時雨に見立てていう。❖古くは霞《かすみ》と霧に春秋の区別はなかったが、平安時代以降、春は霞、秋は霧と呼び分けるようになった。

風に乗る川霧軽し高瀬舟　宗因
霧しぐれ富士を見ぬ日ぞ面白き　芭蕉
山霧の梢に透ける朝日かな　召波
街の灯の一列に霧うごくなり　臼田亜浪

白樺を幽《かす》かに霧のゆく音か　水原秋櫻子
かたまりて通る霧あり霧の中　高野素十
霧の道現れ来るを行くばかり　松本たかし
ランプ売るひとつランプを霧にともし　安住　敦
噴火口近くて霧が霧雨が　藤後左右
霧の村石を投《ほ》うらば父母散らん　金子兜太
一切があるなり霧に距てられ　津田清子
杉山に吸はれゆくとき霧迅し　青柳志解樹
霧の道わづかにくだりつづけたり　平井照敏
見えざれば霧の中では霧を見る　折笠美秋
霧巻きて牛百頭を神かくし　太田土男
霧を出て馬の容《かたち》にかへりけり　角谷昌子
鐘ついて十万億土霧うごく　福永法弘
朝霧や山中にある国境　太田寛郎
街燈は夜霧にぬれるためにある　渡辺白泉
人ごゑのいきなり近し霧ぶすま　稲垣きくの
なほ母をうしなひつづけ霧ぶすま　櫂　未知子
還らざるものを霧笛の呼ぶ如し　伊藤柏翠

【露《つゆ》】　白露《しらつゆ》　朝露　夜露　露の玉　露けし　露時雨《つゆしぐれ》　露葎《つゆむぐら》　芋の露

水蒸気が地表近くの冷たいものの表面に凝結して水滴となったものをいう。風のない晴れた夜に発生する。秋に著しいので、単に露といえば秋の季語になる。露時雨は、草木の葉などに露が溜まって滴り落ちるさまが、あたかも時雨のようであることからいう。露葎は、荒れた野や庭などに生い茂る雑草が露を帯びた侘しげなさまのこと。
❖日差しとともに消えることから、古来、「露の世」「露の命」などといって、はかないものの譬《たと》えに用いられる。

白露や茨の刺に一つづゝ　蕪　村
分けゆくや袂にたまる笹の露　蝶　夢
露の世は露の世ながらさりながら　一　茶
露の夜の一つのことば待たれけり　柴田白葉女
蔓踏んで一山の露動きけり　原　石鼎

金剛の露ひとつぶや石の上　川端茅舎
露なめて白猫いよよ白くなる　能村登四郎
玉をなす力の露にありにけり　粟津松彩子
露の夜や星を結べば鳥けもの　鷹羽狩行
露の世の長きプラットホームかな　星野高士
白露や死んでゆく日も帯締めて　三橋鷹女
露けさの弥撒のをはりはひざまづく　水原秋櫻子
露けさの指組む強く組みなほす　岡本　眸
紀の山の一つ高野の露けさよ　山上樹実雄
十日町更けて露けき筵買ふ　小室善弘
「母」の字の点をきつちり露けしや　片山由美子
石に触れ草にも触れて露時雨　井桁衣子
芋の露連山影を正しうす　飯田蛇笏
なみなみと大きく一つ芋の露　岩田由美

【露寒《つゆさむ》】　露寒し

晩秋、葉末に光る露は、見るからに寒々と冷たい感じがする。❖時候季語の秋寒と同じような気分だが、露寒は冷たい露のもつ具体的な印象に結びついている。

大粒に置く露寒し石の肌　青　蘿
露寒のこの淋しさのゆゑ知らず　富安風生
露寒や乳房ぽちりと犬の胸　秋元不死男
露寒や五行で終る死亡記事　安住　敦
露寒の画集をひらく膝そろへ　石田あき子
露寒や髪の重さに溺れ寝る　長谷川秋子
露寒を少し怯えて鳴く雀　辻田克巳
露寒の探し当てたる墓ひとつ　三村純也

【秋の霜《あきのしも》】　秋霜《しうさう》　露霜《つゆじも》　水霜《みづしも》

秋のうちから降りる霜。露霜は露が寒さで凍って半ば霜となりうっすらと白くなっているもので、水霜ともいう。❖厳しいものの譬えとして、「秋霜烈日」という言葉もあるように、草木などを傷めつけることがある。↓霜（冬）

百年の柱の木めや秋の霜　野　坡
露霜や死まで黒髪大切に　橋本多佳子

露霜の結ばむとする微塵かな　斎藤空華
朝風や水霜すべる神の杉　幸田露伴
水霜と思ふ深息したりけり　草間時彦

【竜田姫《たつたひめ》】
奈良の平城京の西にある竜田山を神格化した女神のこと。秋の造化を司る神とされ、春の佐保姫と対をなす。『古今集』には〈竜田姫手向《たむ》くる神のあればこそ秋の木の葉の幣《ぬさ》と散るらめ　兼覧王〉がある。

竜田姫月の鏡にうち向ひ　青木月斗
麓まで一気に駆けて龍田姫　山仲英子

地理

【秋の山《あきのやま》】 秋山《あきやま》　秋山《しうざん》　秋嶺《しうれい》　秋の峰

秋は大気が澄むので、遠い山もくっきりと見える。秋が深まるにつれ紅葉に彩られた山は、華やかさの中にも寂しさを感じさせる。→山粧ふ

信濃路やどこ迄つゞく秋の山　正岡子規
鳥獣のごとくたのしや秋の山　山口青邨
山彦とゐるわらんべや秋の山　百合山羽公
いつ見てもどの木にも風秋の山　東條未央
秋山の襞を見てゐる別れかな　沢木欣一
秋嶺の闇に入らむとなほ容《かたち》　桂　信子
肩ならべあひ秋嶺を讃へあふ　和田耕三郎

【山粧ふ《やまよそほふ》】 山粧《やまよそ》ふ

秋の山が紅葉で彩られるさまをいう。❖北宋の画家郭熙《かくき》の『林泉高致』の一節の「秋山明浄にして粧ふが如し」から季語になった。→山笑ふ（春）・山滴る（夏）・山眠る（冬）

寂寞と滝かけて山粧へり　永作火童
搾乳の朝な夕なを山粧ふ　波多野爽波

【秋の野《あきのの》】 秋野　秋郊《しうかう》

秋の野原。草花が美しく咲き乱れ、爽やかな風が吹き、夜は虫の音に包まれる。秋郊は秋の郊外の野。❖『万葉集』の〈秋の野に咲ける秋萩秋風に靡ける上に秋の露置けり　大伴家持〉などの和歌にあるように、古来趣深いものとして捉えられてきた。

秋の野に鈴鳴らしゆく人みえず　川端康成
秋の野の妻へ口笛遠くより　中矢荻風
東塔の見ゆるかぎりの秋野行く　前田普羅

秋郊の葛の葉といふ小さき駅　川端茅舎

【花野《はなの》】

秋の草花が一面に咲き乱れる広々とした野原。華やかさとともに、次の季節には枯野となる寂しさもあわせ持つ。❖「花」といえば春の季語で桜を指すが、「花野」は秋の季語で草の花を前提とする。古来、詩歌においては秋の野の草の花を愛でてきた。『玉葉集』の〈村雨の晴るる日影に秋草の花野の露や染めてほすらむ　大江貞重〉は有名。→お花畑（夏）

山臥の火を切りこぼす花野かな　野坡
岐れてもまた岐れても花野みち　富安風生
ふところに入日のひゆる花野かな　金尾梅の門
鳥銜へ去りぬ花野のわが言葉　平畑静塔
日陰ればたちまち遠き花野かな　相馬遷子
満目の花野ゆき花すこし摘む　能村登四郎
夕花野風より水の急ぎけり　黛執
昼は日を夜は月をあげ大花野　鷹羽狩行
花野ゆく母を探しに行くごとく　八染藍子
花野ゆく小舟のごとき乳母車　廣瀬町子
夕花野はてしなければ引き返す　池田澄子
大花野ときどき雲の影に入る　加藤瑠璃子
夕月を花と仰ぎて花野去る　遠藤若狭男
人去りて花野に道の残りけり　成井侃
断崖をもつて果てたる花野かな　片山由美子
今ここにゐる遥けさの花野かな　三森鉄治

【秋の園《あきのその》】　秋園《しゅうえん》　秋苑

秋の公園や庭園のこと。さまざまな花が咲くが、紫の花などが多く、ひそやかなたたずまいが感じられる。

暮れかけてまた来る客や秋の園　上川井梨葉
秋苑の衰ふること俄かなり　池上浩山人
秋苑や風をいざなひ咲けるもの　西山春文

【花畑《はなばたけ》】　花畠　花壇　花園《はなぞの》　花圃《くわほ》

秋の草花を咲かせた畑。花壇や花圃も秋の

草花の咲くものをいう。❖花野、草の花が秋の季語とされるように、秋草の美しさを念頭に置く季語。秋以外の俳句で詠まれたものは季語としては扱わない。また「お花畑」は夏の季語。→お花畑（夏）

佇《たたず》めば昴が高し花畑　松本たかし
おほかたは穂に出て花圃の軽くなる　鷹羽狩行

【秋の田《あきのた》】　稔り田《みのりだ》　稲田

稲が熟した田。刈り入れを待つ田は豊かさを感じさせる。『万葉集』の〈秋の田の穂の上《へ》に霧《き》らふ朝霞いつへの方に我《あ》が恋止まむ　磐姫皇后〉など、古歌にも多く詠まれてきた。

秋の田の父呼ぶ声の徹るなり　田中鬼骨
秋の田に影落しゆく雲のあり　栗原憲司
みのり田に見えかくれして衣川　小泉暁村
宍道湖の波のかよへる稲田かな　大場白水郎
晩稲田に音のかそけき夜の雨　五十崎古郷
落日の燃えつきさうな稲田かな　本宮哲郎

【刈田《かりた》】　刈田道

稲を刈り取ったあとの田。にわかに広々として、一面、刈株が並ぶ。❖物寂しさとともに、開放感がある。

うつくしき松に遇ひけり刈田来て　京極杜藻
いちまいの刈田となりてただ日なた　長谷川素逝
うすうすと刈田の匂ひ日に残り　上村占魚
みちのくの星の近づく刈田かな　神蔵器
空のある限りを越の刈田かな　吉原一暁
家包む刈田の甘き香りかな　鈴木厚子
ごつごつと刈田を猫の渡りけり　日原傳

【穭田《ひつじだ》】

稲刈りが終わったあと、刈株に伸びてくる細い茎を穭という。穭が出た田が穭田で、花をつけ短い穂を垂れていることもある。

穭田に鶏あそぶ夕日かな　内藤鳴雪
穭田に大社の雀来て遊ぶ　村山古郷

穭田や雲の茜が水にあり　森　澄雄

【落し水《おとしみづ》】　水落す　田水落す

稲に実が入り、穂を垂れ出すころ、畦《あぜ》の水口を払って水を落とすこと。音を立てて流れるその水もいう。稲に水が不要になるため、および田を固め稲刈りをしやすくするために行う。

暗き夜のなほくらき辺に落し水　木下夕爾
落し水闇もろともに流れをり　草間時彦
落柿舎の門前暗し落し水　北澤瑞史
草ぐさの影をふるはせ落し水　菊田一平
荒海へ千枚の田の水落とす　下村非文

【秋の水《あきのみづ》】　秋水《しうすい》　水の秋

秋は渓谷・河川・湖沼などの水が透明で美しい。その曇りのないさまは、「三尺の秋水」といって研ぎすました刀剣の譬えにも使われる。「水の秋」は水の美しい秋をたたえていう。❖淡水のことで、主に景色をいう。海水や飲む水などには使わない。↓水澄む

魚の眼のするどくなりぬ秋の水　佐藤紅緑
吹き飛んで袋立ちたる秋の水　川崎展宏
秋水や鯉やはらかく鯉を避け　今瀬剛一
秋水の昃《ひかげ》ることのまたはやし　倉田紘文
秋水がゆくかなしみのやうにゆく　石田郷子
秋水や日陰に立てば魚が見え　岸本尚毅
十棹とはあらぬ渡しや水の秋　松本たかし
棹さすは漂ふに似て水の秋　林　翔
船津屋に灯のひとつ入り水の秋　鷲谷七菜子
舟ばたに杖をこつんと水の秋　伊藤敬子
身になじむ紬の軽さ水の秋　西嶋あさ子
深吉野の草木すこやか水の秋　茨木和生
はるかより鶏鳴とどく水の秋　寺島ただし

【水澄む《みづすむ》】

秋はものみな澄みわたる季節であり、水もまた美しく澄む。水底まで見えるような湖

沼や川の美しさをいう。❖水溜まりや汲み置きの水などには使わない。↓秋の水

水澄むや人はつれなくうつくしく　柴田白葉女
水澄んで遠くのものの声を待つ　谷野予志
水澄みて四方に関ある甲斐の国　飯田龍太
走り去る容《かたち》の水の澄みにけり　石田勝彦
正座してこころ水澄む方へ行く　村越化石
水澄めりけはひのごとき魚の影　鷹羽狩行
水澄むや死にゆくものに開く扉　藤田直子

【秋の川《あきのかは》】 秋川《あきかは》　秋江《しうかう》

秋空を映して広々と流れていく川、ひんやりとした水が急ぐ渓流など、いずれもいかにも秋らしい風景である。

秋の川真白な石を拾ひけり　夏目漱石
吾に近き波はいそげり秋の川　橋本多佳子
うらがへる音もまじりて秋の川　山上樹実雄
仰むけに流れて秋の大河かな　平井照敏
秋の川ほとけのものを洗ひけり　赤塚五行
覗き込む顔の流るる秋の川　白濱一羊
秋江に沿ひゆき蔵書売らんとす　森川暁水

【秋出水《あきでみづ》】

秋に集中豪雨や台風のため、河川が氾濫すること。❖単に出水といえば、梅雨時の豪雨による洪水をさす。↓出水（夏）

柵の上に腰かけ居るや秋出水　高浜虚子
踏切を流れ退く秋出水　橋本多佳子
流れよる枕わびしや秋出水　武原はん
光つつ仏壇沈む秋出水　東條素香
駅舎にも灯の点らずに秋出水　茨木和生
一軒の家を貫く秋出水　白濱一羊
甲斐秩父分かつ闇より秋出水　三森鉄治
秋出水引きて水路の現はるる　今瀬一博

【秋の海《あきのうみ》】 秋の波　秋の浜　秋の渚　秋の岬

夏の間賑った海も、秋になると静けさを取り戻す。一夏の賑いのあとだけに、高い秋

空の下に広がる海は寂しさを誘う。

嘶きに秋の白波ただ遥か　中岡毅雄

幼子のひとりは背負ひ秋の浜　飯田龍太

秋の浜てのひら二枚暮れ残る　小檜山繁子

流木を撫でて人去る秋の浜　茂木連葉子

わが靴の跡ふみ戻る秋の浜　花谷　清

【秋の潮《あきのしほ》】　秋潮《あきしほ》　秋潮《しうてう》

秋の潮は春の潮と同じく、干満の差が大きい。人気のない海岸などで眺める澄んだ秋の潮は、しみじみと寂しさを感じさせる。秋が深まるにつれて潮の色は深まってゆく。

釣竿の先の暗さも秋の潮　後藤比奈夫

やはらかき枕へひびき秋の潮　沢木欣一

貝殻のささやき始む秋の潮　甲斐由起子

秋潮の音声《おんじやう》こもる窟《いはや》かな　鷲谷七菜子

【初潮《はつしほ》】　葉月潮《はづきじほ》　望《もち》の潮《しほ》

旧暦八月十五日の大潮をいう。夕刻あたりから潮位が高まる場所が多く、満々と差す潮が名月に照らされるさまなども見られる。葉月潮は葉月の潮の意。満月の夜であることから「望の潮」とも。

初潮や鵜戸《うど》の神岩たたなはり　下村梅子

葉月潮ふなべりに巫女腰かけて　神尾季羊

葉月潮満ちて真珠の筏揺る　宮田正和

葉月潮ひく美しき弧を残し　西宮　舞

神島に汐煙立て葉月潮　喜多真王

望の潮しづかに湛へ舟溜　大橋越央子

【盆波《ぼんなみ》】　盆荒《ぼんあれ》

旧暦の盂蘭盆《うらぼん》のころ、主に太平洋沿岸に押し寄せてくるうねりのある高波のこと。海辺の漁村の人などにとっては、盂蘭盆の行事と結びつき、海難で亡くなった人を思い出させる。盆荒は盆波が押し寄せる海の荒れをいう。

盆波やいのちをきざむ崕づたひ　飯田蛇笏

盆波にひとりの泳ぎすぐ返す　井沢正江

【不知火《しらぬひ》】　竜灯《りゅうとう》

旧暦八月一日ごろの夜中、九州の八代《やつしろ》海の沖合いに、無数の光が明滅し、横に広がって、灯火のようにゆらめく現象をいう。古くから、その神秘と詩的な情景に関心が持たれてきた。原因について諸説があったが、現在は沖合の漁火が海面付近の冷気によって屈折し、変化して見えるという説が有力である。❖『日本書紀』には、景行天皇の筑紫行幸《つくしぎょうこう》の際、暗夜の海上にこの火を見、現れた火に従って船を進め、無事に岸につくことができたが、この火の主は誰かと天皇が尋ねたところ誰も知らなかったとある。

不知火を見てなほくらき方へゆく　伊藤通明

不知火の闇に鬼棲む匂ひあり　松本陽平

生活

【休暇明《きうかあけ》】　休暇果つ

地域にもよるが、小・中・高等学校では普通九月に入ると長い夏期休暇が終わり、秋の新学期が始まる。大学では九月の終わりごろの所もある。→夏休（夏）

友死すと掲示してあり休暇明　上村占魚
教室のよそよそしさよ休暇明け　佐藤博美
黒板のつくづく黒き休暇明　片山由美子
押花に幼き文字や休暇果つ　堀口星眠
休暇果つ少女風視る目をしたり　岡本眸
茶の楉《すはえ》こもごも揺れて休暇果つ　柿沼茂

【盆帰省《ぼんきせい》】

「帰省」は学生が中心だが、「盆帰省」は社会人やその家族らが中心になる。大量の土産を抱えて列車や自動車で故郷へ向かうさまは、さながら民族大移動のようである。→帰省（夏）

キヨスクで土産買ひ足し盆帰省　矢野美羽
ぽつねんと新駅のある盆帰省　筏井遙

【運動会《うんどうくわい》】　体育祭

天高く空気の澄む秋はスポーツに適し、学校などでは運動会が行われる。

運動会村の自動車集まれり　右城暮石
運動会子の手握れば走りたし　加藤憲曠
手庇《てびさし》に子を追ひかけて運動会　土生重次
運動会消えたる国の旗つらね　戸恒東人
ねかされて運動会の旗の束　千葉皓史
運動会午後へ白線引き直す　西村和子
楡の木の風の湧きたつ体育祭　井上弘美

【夜学《やがく》】　夜学校　夜学生

夜学には、夜間に開かれる学校と夜間に勉強するという双方の意味があるが、季語としては、前者をいう。❖学校そのものは一年中あるが、灯火親しむ夜長の候は落ち着いて勉強するのに適しているので、秋の季語になっている。

ややありて遠き夜学の灯も消えぬ　谷野予志
音もなく星の燃ゆる夜学かな　橋本鶏二
くらがりへ教師消え去る夜学かな　木村蕪城
翅青き虫きてまとふ夜学かな　木下夕爾
夜学の灯消して俄にひとりなる　松倉久悟
雨のバス夜学終へたる師弟のみ　肥田埜勝美
新しき眼鏡をかけて夜学かな　深見けん二
昇降機声なく満ちて夜学果つ　中嶋秀子
夜学校小さな門の開いてをり　井上弘美
灯に遠き席から埋まり夜学生　今瀬剛一

【後の更衣《のちのころもがへ》】　秋の更衣

かつては旧暦十月一日に袷から綿入れに着替えた。現在では、夏の単衣から秋の袷に替えることを指すことが多くなっている。↓更衣（夏）

眉毛剃り落として後の更衣　茨木和生
醒ヶ井の水汲む後の更衣　井上弘美

【秋袷《あきあはせ》】　秋の袷　後《のち》の袷

裏地のついた着物を袷といい、秋冷のころに着る袷を秋袷という。秋らしい織りや配色のものが好まれる。↓春袷（春）・袷（夏）

ぬくもりのたゝむ手にあり秋袷　武原はん
人は憂《うれひ》を包むやうにも秋袷　細見綾子
木洩れ日の素顔にあたり秋袷　桂　信子
秋袷潮の流れの濃き日なり　摂津よしこ
喪主といふ妻の終《つひ》の座秋袷　岡本　眸

【新酒《しんしゆ》】　今年酒　新走《あらばしり》　利酒《ききざけ》

新米で醸造した酒。❖かつては収穫後の米をすぐ醸造したため、新酒は秋の季語とさ

れた。→古酒・寒造（冬）

風に名のついて吹くより新酒かな　園女
袖口のからくれなゐや新酒つぐ　日野草城
杉玉の新酒のころを山の雨　文挾夫佐恵
先立ちし誰かれの顔新酒酌む　藤田枕流
三輪山の月をあげたる新酒かな　石嶌岳
とつくんのあとくとくと今年酒　鷹羽狩行
旅憂しと歯にしみにけり新走　宇田零雨
かたまつて鬼も暖とる新ばしり　中原道夫
上戸下戸ゐて利酒のにぎはひぬ　古賀雪江

【濁り酒《にごりざけ》】　どぶろく　どびろく　濁酒《だくしゅ》

発酵した醪《もろみ》を漉《こ》していない酒。通常は白く濁っている。新米を炊き、麴《こうじ》を加えて発酵させ、甘酒から辛酒に変わってから飲む。長くおくと酸っぱくなる。かつては密造酒のことをいった。

山里や杉の葉釣りてにごり酒　一茶
藁の栓してみちのくの濁酒　山口青邨
くる浪の起つとき暗し濁酒　遠山陽子
更けて酌む羽黒の神の濁り酒　阿部月山子
濁醪は沸き高嶺星青くなる　佐々木有風
濁酒《どぶろく》に壮年の髭ぬらしけり　飯島晴子
どびろくに酔ひたる人を怖れけり　後藤比奈夫

【猿酒《さるざけ》】　ましら酒

猿が木の実や草の実を採り貯めておいた樹木の空洞や岩の窪《くぼ》みに、雨や露がかかり、自然に発酵して酒となったものといわれている。❖空想的な季語だが、深山の風情があっておもしろい。

猿酒や鬼の栖《す》むなる大江山　青木月斗
猿酒に酔ひては雨の飛驒泊　羽田岳水
猿酒不死とは言はず不老ほど　有馬朗人
赤い実の混じりてゐたる猿酒　千々和恵美子
生国は丹波も奥のましら酒　山田弘子

【古酒《こしゅ》】　古酒《ふるざけ》

新酒が出てもまだ残っている前年の酒。日

本酒は夏を越すと酸化しやすい。❖新茶に対して前年の茶を古茶というのに似ている。
↓新酒

古酒の壺筵にとんと置き据ゑぬ　佐藤念腹
古酒酌んで何かが足りぬ思ひかな　高橋将夫
岩塩のくれなゐを舐め古酒を舐め　日原傳

【新米《しんまい》】　今年米

今年収穫した米。早稲《わせ》種は早い所で七月下旬から出荷が始まる。米どころ新潟県では、中稲《なかて》種が九月二十日ごろにピークを迎え、晩稲《おくて》種は十月いっぱいに出荷が終わる。新米が出回ると前年の米は古米となる。↓稲刈・稲

新米もまだ艸の実の匂ひかな　蕪村
新米の其一粒の光かな　高浜虚子
新米を詰められ袋立ちあがる　江川千代八
新米を掬ふしみじみうすみどり　三嶋隆英
国東の新米と言ひはや届く　阿部ひろし
新米を積み込む揺れの艀かな　山尾玉藻
山よりの日は金色に今年米　成田千空
ひんやりと両手に応へ今年米　若井新一
よき名つけ姫やひかりや今年米　岩井英雅

【夜食《やしょく》】

収穫期、かつての農村では夜も家の中で仕事をしていたので、遅い時刻に空腹を覚え軽い食事を取った。現在は残業している会社員や遅くまで勉強している受験生などがとる軽食のことも指す。

所望して小さきむすび夜食とる　星野立子
夜食とる後姿の足重ね　福田蓼汀
夜食には夜食の贅のありにけり　高浜朋子
夜食とる机上のものを片寄せて　佐藤博美

【枝豆《えだまめ》】　畦豆《あぜまめ》　月見豆

熟す前の青い大豆。枝ごと採ることから枝豆という。莢《さや》のまま塩茹でにして食べる。通常は畑に植えるが、田の畦に植えること

も多く、畦豆と呼ばれる。月見豆は十五夜に供えることから。

枝豆やふれてつめたき青絵皿　猿橋統流子
枝豆を押せば生るるやうに豆　鳥居三朗
枝豆の莢をとび出す喜色かな　落合水尾

【零余子飯《むかごめし》】　ぬかご飯

零余子は自然薯《じねんじょ》や長芋などの腋芽《えきが》が養分を蓄えて球状となったもの。それを皮付きのまま炊き込んだものを零余子飯という。❖独特の風味で、野趣がある。

旅先の訛《なまり》親しきむかご飯　鈴木美智子
零余子飯遠くにかすむ鹿島槍　河西正克
さびしさのすでに過ぎたるぬかごめし　岡井省二
炊きあげてかすもの如しぬかご飯　角川照子

【栗飯《くりめし》】　栗ごはん　栗おこは

栗の鬼皮と渋皮を剝《む》き、炊き込んだご飯。子どももよろこぶ秋の味覚である。

栗飯のまつたき栗にめぐりあふ　日野草城
栗飯のほくりほくりと食まれけり　太田鴻村
栗飯を子が食ひ散らす散らさせよ　石川桂郎
栗飯や越後の薄日茫々と　廣瀬直人
栗の飯雲又雲の丹波かな　浜田喜夫
栗ごはんおひおひ母のこと話す　角光雄

【松茸飯《まつたけめし》】　茸飯《きのこめし》

地方によって異なるが、松茸を薄切りにし、醬油《しょうゆ》・酒・味醂《みりん》などで炊き込んだご飯。香り高く、歯触り・風味が良い。初夏の筍《たけのこ》飯《めし》とともに、好んで作られる季節料理である。

松茸飯炊いてほとけをよろこばす　渡辺恭子
松茸飯炊くにぎやかに火を育て　茨木和生
ほんたうは松茸御飯炊いてをり　筑紫磐井
木の国の木の香なりけり茸飯　藤本美和子

【柚味噌《ゆみそ》】　柚子味噌《ゆずみそ》　柚子釜《ゆずがま》　柚釜《ゆがま》

練味噌に柚子の皮のすり下ろしや果汁を加え、酒・砂糖などと合わせたもの。柚子釜は柚子の上部を蓋《ふた》のように切って中身をえぐり取り、柚味噌を入れてもとのように蓋をしたもので、火にかけて香りを際立たせる。

青き葉をりんと残して柚味噌かな　涼　菟
一つ湧けば次々に湧く柚味噌かな　内藤鳴雪
旅びとに斎《とき》の柚味噌や高山寺　水原秋櫻子
柚味噌やひとの家族にうちまじり　岡本　眸
柚子釜の葉を焦さんと焔かな　皆吉爽雨
三輪山の箸にいただく柚釜かな　八木林之助

【干柿《ほしがき》】柿干す　吊《つる》し柿　串柿《くしがき》　甘干《あまぼし》
枯露柿《ころがき》　柿簾《かきすだれ》

渋柿の皮を剝《む》き、日に干したもの。吊し柿は縄に吊して干し、串柿は竹や木の串で貫いて干す。吊し連ねた柿が簾状に見えることから柿簾と呼ばれる。天日に晒した後、筵の上で転がして乾燥させたものを枯露柿という。❖砂糖が貴重品だったころは、秋から冬にかけて珍重された。↓柿

釣柿や障子にくるふ夕日影　丈　草
干柿の緞帳山に対しけり　百合山羽公
柿干してけふの独り居雲もなし　水原秋櫻子
完璧なあをぞら柿を干し終へて　佐藤郁良
吊し柿山窪の日は翳りがち　松村昌弘
山国や星のなかなる吊し柿　木内彰志
半日の陽を大切に吊し柿　甲斐遊糸
甘干に軒も余さず詩仙堂　松瀬青々
軍鶏籠を日向にうつし柿簾　藤木倶子

【菊膾《きくなます》】

菊の花びらを茹《ゆ》でて、三杯酢や芥子《からし》酢《ず》などで和えたもの。香り高く甘味もあり、歯触りがよい。なお、食用菊には黄色系と桃色系とがある。↓菊

菊なます色をまじへて美しく　高浜年尾
菊膾てふやさしきを重の隅　細見綾子
空は散るものに満ちたり菊膾　斎藤　玄

乾盃の一言長し菊膾　水原春郎
烟《けむ》るごと老い給ふ母菊膾　山田みづえ
星屑の冷めたさに似て菊膾　大木あまり
さざめきに香り立ちたる菊膾　佐藤麻績
その後の便りもあらず菊膾　西嶋あさ子
爪汚す仕事を知らず菊膾　小川軽舟
大津絵の鬼に一献菊膾　山田佳乃

【衣被《きぬかつぎ》】

小ぶりの里芋を皮のまま茹で塩味で食べるもの。衣を脱ぐようにつるりと皮が剝《む》ける。もとは「きぬかづき」で衣を被《かつ》く意から。❖中秋の名月のお供えには欠かせない。

今生のいまが倖せ衣被　鈴木真砂女
子にうつす故里なまり衣被　石橋秀野
衣被しばらく湯気をあげにけり　八木林之助
夜ふかしの口さみしさに衣被　片山鶏頭子
夜と言ひ晩とも言ひて衣被　星野高士
妹に雨の匂いや衣被　折勝家鴨

【とろろ汁《じる》】　とろろ　麦とろ

自然薯《じねんじよ》・長芋・大和芋《やまと》などの皮を剝《む》き、すり鉢ですり下ろし、出汁を加えたもの。とろろ汁を麦飯にかけて食べるものを麦とろという。❖鞠子宿《まりこじゆく》（静岡市駿河区丸子）のとろろ汁は古くからの名物である。

とろろ汁鞠子と書きし昔より　富安風生
生家には凭《よ》る柱ありとろろ汁　小原啄葉
夫死にしあとのながいきとろろ汁　関戸靖子
甲冑をうしろに置いてとろろ汁　斎藤夏風
香の物添ふれば足りてとろろ汁　白濱一羊
とろろ吸ひ月光に肌すきとほる　檜山哲彦

【新蕎麦《しんそば》】　走り蕎麦

夏蒔きの熟しきっていない蕎麦を早刈りし、その粉で打った蕎麦。走り蕎麦ともいい、香りがよい。→蕎麦刈・蕎麦の花

新蕎麦やむぐらの宿の根来椀《ねごろ》　蕪村
新蕎麦や熊野へつゞく吉野山　許六

山国や新蕎麦を切る音迅し　井上　雪
新蕎麦をすりて旅も終りけり　森田かずや
新蕎麦のそば湯を棒のごとく注ぎ　鷹羽狩行
新蕎麦を待つに御岳の雨となる　宇咲冬男
昼酒の長くなりたり走り蕎麦　小島　健
来年のこと話しをり走り蕎麦　日下部太河

【新豆腐《しんどうふ》】

新しく収穫した大豆で作った豆腐。滋味が深いとされる。❖現在では取れたての豆が市場に出にくいため、なかなか見られなくなった。

はからずも雨の蘇州の新豆腐　加藤楸邨
新豆腐乗ったる板の雫かな　石田勝彦
ゆらゆらと母の齢《よはひ》や新豆腐　古賀まり子
谷風や布目を密に新豆腐　正木みえ子
まむかひに仏塔のある新豆腐　井上弘美

【秋の灯《あきのひ》】　**秋灯《しゅうとう》**　**秋ともし**

秋の夜の灯火のこと。❖春の灯の艶やかさに対して、秋の灯はどことなく懐かしく、家路を急ぐ気持ちを誘う。

あかすぎて寝られぬ秋のともしかな　大　蕪
秋の燈や山ふところに邑《むら》つくり　大野林火
秋の燈のいつものひとつともりたる　木下夕爾
秋の灯の琅玕は色深めたり　藤木倶子
秋の灯にひらがなばかり母の文　倉田紘文
秋灯や夫婦互に無き如く　高浜虚子
秋灯を明うせよ秋灯を明うせよ　星野立子
傷んだる辞書を抱きあげ秋燈下　川崎展宏
一つ濃く一つはあはれ秋灯　山口青邨
曲がる度路地狭くなり秋灯　須川洋子

【灯火親しむ《とうかしたしむ》】　**灯火親し**

灯火のもとで読書などをすること。夜長の気分をともなう。❖韓愈《かんゆ》の「灯火稍親しむべく、簡編巻舒《けんじょ》すべし」を出典とするが、誤って「灯下親し」と書かれることがある。

灯火親しむ鳥籠に布かぶせ　鷹羽狩行

燈火親し声かけて子の部屋に入る　細川加賀
燈火親し琥珀の酒を注げばなほ　青柳志解樹
燈火親しもの影のみな智慧もつごと　宮津昭彦
燈火親し平家のあはれまだ半ば　武田花果

【秋の蚊帳《あきのかや》】秋の蟵《かや》　秋蚊帳　蚊帳《かや》の果　蚊帳の別れ　蚊帳の名残《なごり》

秋になってもまだ用いられている蚊帳。蚊がようやく姿を消すと「蚊帳の別れ」「蚊帳の果」になり蚊帳を仕舞う。↓蚊帳（夏）

干草のごとく押し込み秋の蚊帳　菊池緑蔭
ふるさとの暗き灯に吊る秋の蚊帳　桂　信子
みづうみに雨ふる蚊帳の別れかな　神尾季羊

【秋扇《あきあふぎ》】秋扇《しうせん》　秋団扇《あきうちは》　扇置く　団扇置く　捨扇　捨団扇

立秋を過ぎても残暑の厳しい間は、扇や団扇をしばらくは使う。しまわずに置かれたままになっているのが「捨扇」「捨団扇」で、何となく侘《わび》しい。❖秋扇は手にすることが稀な時季になっても手放しがたいものがある。↓扇（夏）

秋扇あだに使ひて美しき　田畑美穂女
秋扇しばらく使ひたたみけり　小林康治
秋扇もてなしうすく帰しけり　佐野美智
秋扇要に力なかりけり　沢　ふみ江
秋扇や生れながらに能役者　松本たかし
人の手にわが秋扇のひらかれぬ　井沢正江
掃きとりて花屑かろき秋うちは　西島麦南
扇おくこゝろに百事新たなり　飯田蛇笏
絹の道西の果なる捨扇　有馬朗人

【菊枕《きくまくら》】

重陽に摘んだ菊の花びらを干して中身にした薄い枕。菊枕は邪気を払い、頭痛を治し、かすみ目に効果があるといわれる。↓重陽

ちなみぬふ陶淵明の菊枕　杉田久女
みちのくの黄菊ばかりの菊枕　瀧　春一

野に摘みし菊も少しや菊枕　橋本鶏二
菊枕はづしたるとき匂ひけり　大石悦子
やはらかく叩いて均す菊枕　菊田一平

【灯籠《とうろう》】　盆灯籠　盆提灯《ぼんぢやうちん》　切子灯籠《きりこどうろう》
切子　切籠《きりこ》　絵灯籠　高灯籠　花灯籠

盆に、はるばると十万億土から還ってくる精霊を迎えるためにともす灯籠。新盆の家では一般に丁寧に飾り、期間も長い。非常に高い竿《さお》の先に灯籠を吊るす地方もあり、これを高灯籠という。切子灯籠は四角い立方体の角を切り取ったような切子形で、下に長い紙が下げてある。

かき立てて見てもさびしき燈籠かな　二柳
高燈籠消えなんとするあまたゝび　蕪村
かりそめに燈籠おくや草の中　飯田蛇笏
灯籠にしばらくのこる匂ひかな　大野林火
家のうちのあはれあらはに盆燈籠　富安風生
ぬれ縁をわづかに照らし盆燈籠　今井つる女
盆燈籠ともす一事に生き残る　角川照子
盆提灯みづいろ淡くともりけり　柴田白葉女
盆提灯たためば熱き息をせり　野中亮介
昼夜なき盆提灯をともしけり　藺草慶子
大原の奥に風立つ切子かな　鷲谷七菜子
大切子匂ふばかりに新しく　星野椿
ひと夜母のふた夜は妻の切籠かな　石原八束

【秋簾《あきすだれ》】　簾名残《すだれなごり》　簾納む

立秋が過ぎてもなお吊してある簾。少し巻き上げられていたり、おろしたままにしてあったりするのも、いかにも秋の風情を感じさせる。→青簾（夏）

おのづから世を隔てけり秋簾　大場白水郎
やゝ暗きことに落ちつき秋簾　今井つる女
秋簾とろりたらりと懸りたり　星野立子
一枚は日の当りたる秋簾　岸田稚魚
づかづかと日の射してをり秋簾　鷲谷七菜子
ささくれて秋の簾となりにけり　山﨑冨美子

【秋風鈴《あきふうりん》】

秋になっても吊られたままの風鈴。❖夏の涼しさを呼ぶ音と違い、いささか寂しくうすら寒い音がする。

くろがねの秋の風鈴鳴りにけり　飯田蛇笏

【障子洗ふ《しやうじあらふ》】　障子貼る
冬仕度の一つとして障子の貼り替えがある。庭先などで水をかけ、ごしごしこすって洗いながら紙を剝《は》がす。以前は川や池などにしばらく浸けておき、古い紙が剝がれるのを待ったものである。→障子（冬）
湖へ倒して障子洗ひをり　大橋櫻坡子
洗ひをる障子のしたも藻のなびき　大野林火
みづうみに四五枚洗ふ障子かな　大峯あきら
障子洗へば桟に透く山河かな　鷹羽狩行
障子貼るひとり刃のあるものつかひ　橋本多佳子
障子紙まだ世にありて障子貼る　百合山羽公
次なる子はやも宿して障子貼る　波多野爽波
使ふ部屋使はざる部屋障子貼る　大橋敦子
ふるさとへ障子を貼りに帰りけり　大串章
独りなり障子貼り替へてはみても　奥名春江

【火恋し《ひこひし》】
晩秋ともなると、暖房が欲しくなる。いかにも冬が近いことを思わせる。
旅十日家の恋しく火恋し　勝又一透
火が恋し窓に樹海の迫る夜は　大島民郎
身ほとりの片付きてより火の恋し　武田澄江
火の恋しみちのく訛聞けばなほ　佐藤郁良

【松手入《まつていれ》】

松の木の手入れをすること。寺社などでは晩秋にかけて古葉を取り去り、枝をためて樹形を整える。庭木のなかで、松は手入れが難しいといわれる。❖晴れた日に鋏《はさみ》の音が聞こえてくるといかにも秋らしさを感じる。

大空に微塵かがやき松手入　中村汀女

きら〳〵と松葉が落ちる松手入　星野立子
まつすぐに物の落ちけり松手入　森田　峠
日和得て海坂藩の松手入　柏原眠雨
門柱にかかる枝より松手入　沢　ふみ江
松手入男の素手のこまやかに　西村和子
ばさと落ちはらはらと降り松手入　片山由美子
松手入晴天音を返したる　野中亮介

【風炉の名残《ふろのなごり》】　風炉名残　名残の茶

旧暦十月の亥の日の炉開きの前に、風炉に別れを惜しんで行われる茶会。→風炉茶（夏）・炉開（冬）

菊生けてめでたき風炉の名残かな　蓑　虫
一杓に湯気の白さよ風炉名残　井沢正江
風炉名残紬の帯を低く締め　谷口みちる

【冬支度《ふゆじたく》】　冬用意

冬の寒さに備えて晩秋に行うさまざまな準備。寒さに追いかけられるように心が急《せ》く。

納屋のもの取り出してあり冬支度　上村占魚
裏畑に穴掘ることも冬支度　小原啄葉
木の葉かと思へば鳥や冬仕度　下坂速穂
箪笥より猫の飛び出す冬用意　馬場公江

【秋耕《しうかう》】

収穫の後、田畑の土を上下に鋤《す》き返しておくこと。土の質を高めるためと、翌年の作業を容易にするためである。また、裏作のために耕すこともいう。裏作の作物は麦や菜種や蚕豆《そらまめ》が多い。→耕（春）・冬耕（冬）

ばさ〳〵と秋耕の手の乾きけり　飯田蛇笏
秋耕のひとりに遠きひとりあり　田村了咲
秋耕や鳥の影に鍬深く　加藤知世子
秋耕の終りの鍬は土撫づる　能村登四郎
秋耕の石くればかり掘つてゐる　安東次男
秋耕の了《をは》りし丘を月冷やす　野澤節子
離宮裏秋耕もまたしづかなり　丸山哲郎

【添水《そふづ》】　僧都《そうづ》　ばつたんこ　鹿威《ししおど》し

害獣を追い払うために水の流れを利用して、

竹筒が石にあたって大きな音を立てるようにした装置。もともとは鹿を脅かして追い払うものであったが、庭園に仕掛けて風流を楽しむようにもなった。別名「鹿威し」とも。

通夜の窓ことり〳〵と添水かな　内藤鳴雪
竹の音石の音とも添水鳴る　粟津松彩子
こころもちあはひ詰めたる添水かな　中原道夫
ばつたんこ何を威すとなけれども　瀧春一
ばつたんこ水余さずに吐きにけり　茨木和生

【案山子《かがし》】　かかし　捨案山子

竹・藁《わら》などで作った人形で、鳥獣の害を防ぐため田畑に立てる。古くは鳥獣の肉や毛を焼き、その悪臭をかがせて追い払ったことから、「嗅《か》がし」といった。

棒の手のおなじさまなるかがしかな　丈草
御所柿にたのまれ貌のかがしかな　蕪村
落つる日に影さへうすきかがしかな　白雄
夕空のなごみわたれる案山子かな　富安風生
あたたかな案山子を抱いて捨てにゆく　内藤吐天
倒れたる案山子の顔の上に天　西東三鬼
あけくれをかたぶき尽す案山子かな　安東次男
たゞしろき案山子の面倒れたり　八木林之助
案山子翁風に吹かるるものまとふ　大橋敦子
案山子よりからからと抜く竹の棒　今瀬剛一
肩を貸すやうに案山子をはこびけり　山本一歩
捨案山子海の紺青光りなし　金尾梅の門

【鳴子《なるこ》】　引板《ひた》　ひきいた　鳴竿《なるさを》　鳴子縄　鳴子綱

音を出して鳥を追い払うための装置。板に細い竹筒を掛け並べ、遠くから綱を引くとかたかたと鳴るようにしてある。引板ともいう。竿の先に鳴子をつけたものが鳴竿。

新らしき板もまじりて鳴子かな　太祇
ひとしきり鳴子音して日は入りぬ　大江丸
鳴子鳴るあとを淋しき大河かな　松根東洋城

鳥立ちしあとも鳴子の鳴りやまず　中村汀女
火の山へ躍り上つて鳴子鳴る　村松紅花
鳴子縄たはむれに引くひとり旅　中村苑子

【鳥威し《とりおどし》】　威銃《おどしづつ》

実った作物を荒しにくる鳥を威して追い払う仕掛け。赤い小裂《こぎれ》やピカピカ光るガラス玉や合成樹脂の板などを無数に下げた紐《ひも》を張りめぐらしたりして、鳥を寄せつけないようにする。威銃は銃声音や爆発音などを使って鳥を追い払う仕掛け。

母恋し赤き小切の鳥威　秋元不死男
月明き夜は夜もすがら鳥威　岡本　眸
これよりはみちのくに入る威し銃　菖蒲あや
日のさしてをり威し銃鳴るあたり　今瀬剛一
水の輪の中の水の輪威銃　藤本美和子

【鹿火屋《かびや》】　鹿火屋守

火を焚《た》き、獣が嫌う臭いものを燻《いぶ》らせたり、音や声を出すための小屋。鹿・猪などが山村の田畑を荒すのを防ぐ。↓鹿垣

焚きそめて火柱なせる鹿火にあふ　皆吉爽雨
月落ちて鈴鹿の闇に鹿火ひとつ　下田　稔
飲食のもののちらばる鹿火屋かな　武藤紀子
淋しさにまた銅鑼うつや鹿火屋守　原　石鼎

【鹿垣《ししがき》】　鹿小屋《ししごや》　猪垣《ししがき》

山地で作物を荒す鹿・猪などの侵入を防ぐため、田畑の周辺に張りめぐらした低めの木柵《もくさく》・石垣・土手。鹿小屋は番人のいる小屋。↓鹿火屋

鹿垣の門鎖し居る男かな　原　石鼎
鹿垣と言ふは徹底して続く　後藤立夫
猪垣のひとところ切れ人通す　岡田日郎
猪垣をくぐりてゐるは流れのみ　中原道夫
猪垣の几帳面なる出入口　井上弘美
猪垣に金色の紐銀の紐　大西　朋

【稲刈《いねかり》】　稲刈る　田刈る　刈稲　稲束
稲車　稲舟

実った稲を刈り取る作業。雨を避けて、いかに短期間に終えるかが重要となる。刈り取った稲を積んで運ぶための舟を稲舟という。❖農家の収穫の喜びが感じられる季語である。

世の中は稲刈る頃か草の庵　芭蕉
稲刈れば小草に秋の日のあたる　蕪村
立山に初雪降れり稲を刈る　前田普羅
稲刈のたけなはにして野はしづか　軽部烏頭子
稲刈つて飛鳥の道のさびしさよ　日野草城
墓一つ残して稲を刈りつくす　日下部宵三
稲刈つて鳥入れかはる甲斐の空　福田甲子雄
稲刈の空を拡げてをりにけり　仲　寒蟬
沖に出て別るる雲や晩稲刈　山﨑冨美子
刈稲を置く音聞きに来よといふ　飯島晴子
湖沿ひの闇路となりぬ稲車　飯田蛇笏
稲車押すこと厭きてぶらさがる　福田蓼汀
夕雲ににぎはふころを稲車　友岡子郷
稲舟の音もなく漕ぎかはしけり　吉田冬葉

【稲架《はざ》】 はさ　稲掛　掛稲　稲木　稲城《いなぎ》　田母木《たもぎ》　稲棒《ぼつち》　稲干す

刈った稲を掛けわたし自然乾燥させるための木組み。出雲《いずも》地方などには段数の多いものもある。地域や形状により稲木や稲城、田母木や稲棒などともいう。

象潟や稲木も網の助杭　言水
稲架組むや相別れたる峰二つ　原　裕
夜の稲架の甘き香を子の寝床まで　細見綾子
夕稲架のあはきほてりにしばし沿ふ　八木絵馬
くらがりの稲架を見てゐる喪の眼かな　草間時彦
稲架解くや雲またほぐれかつむすび　木下夕爾
新稲架の香のする星を見にゆかむ　千代田葛彦
稲架を組むうしろ真青に日本海　森田かずを
空稲架に老人が立つそれが兄　大牧　広
整然と神話の国の稲架の列　川崎慶子
稲架日和家の奥まで見えにけり　亀井雉子男

空稲架の縄のたるみも越後かな　若井新一
棒稲架の棒が余つてゐたりけり　細川加賀
稲かけて天の香久山かくれたり　富安風生
掛稲のすぐそこにある湯呑かな　波多野爽波
掛稲の露の垣なす丹波かな　宇佐見魚目
稲高く架けて若狭の海かくす　畠山譲二

【稲扱《いねこき》】　脱穀　稲埃《いなぼこり》

刈り取って乾燥させた稲の穂から籾《もみ》を扱《こ》きとること。並べた竹の管の間を通して扱きとる原始的な方法から、鉄の櫛《くし》形の歯を使う千歯《せんば》扱き、回転式の脱穀機を経て、稲を刈りながら脱穀するコンバインへと、機械化が進んだ。

稲こきて藁となりたる軽さ投ぐ　吉野義子
競ひゐし脱穀音の一つ熄む　右城暮石
血が薄くなる脱穀の夕まぐれ　佐藤鬼房
来かかりし人ひきかへす稲埃　高野素十

【籾《もみ》】　籾干《もみほ》す　籾摺《もみすり》　籾筵《もみむしろ》　籾臼《もみうす》　籾摺歌　籾殻焼く

籾は扱《こ》き落としたまま殻のついた状態で筵干しにし、十分乾燥してから籾摺りをする。かつての農家では籾のまま俵に入れて保存する場合が多かったが、機械化が進んでからは俵が姿を消し、紙の米袋に籾摺りした玄米を保存するようになった。

籾かゆし大和をとめは帯を解く　阿波野青畝
電柱の影が乗りくる籾筵　辻田克巳
夕日にもひと日の疲れ籾筵　友岡子郷
籾むしろ撫でふるさとの日を均《なら》す　大串章
籾殻火千曲《ちくま》の暮色にはかなり　皆川白陀
籾殻のひとり燃えゐて日本海　神蔵器
籾埃とある納屋より吹き出せる　西山泊雲

【秋収《あきをさめ》】　田仕舞《たじまひ》

秋の取り入れや脱穀などの農事。また、収穫が終わったことを祝う宴のこと。❖宴の仕方は地方によってまちまちであり、呼び名も、「秋じまひ」「鎌をさめ」「秋忘れ」などさまざまである。近年では行う地域が少なくなった。

にはとりに飛ぶ宙のあり秋収め　宇多喜代子
一穂の長きを供へ秋収　若井新一
噴煙のけさは高きに秋収　大島雄作
京都より赤子来てゐる秋収め　前田攝子
田仕舞の焚き加へたるものが爆ぜ　鈴木多江子

【豊年《ほうねん》】　出来秋《できあき》　豊の秋《とよのあき》　豊作

風水害や病害もなく、五穀がよく実った年。品種改良や農耕技術の発達によって、豊作凶作の差は少なくなったが、豊作は現在でも農家にとって最大の喜びである。

豊年や切手をのせて舌甘し　秋元不死男
豊年やあまごに朱の走りたる　永方裕子
出来秋の人影もなき田圃かな　阿部慧月
出来秋の棚田一枚づつの色　片山由美子
寝台車明けゆくほどに豊の秋　すずき春雪
すぐそこといはれて一里豊の秋　八染藍子
修善寺線切分けすすむ豊の秋　大高霧海
飲食のあかりの灯る豊の秋　井上弘美

【凶作《きょうさく》】　不作　凶年

天候の異変や病虫害などによって、農作物の出来がひどく悪いこと。かつては人々の生存を脅かすほどの一大事であった。

草のごと凶作の稲つかみ刈る　山口青邨
凶作や人の眼鳶の眼と合へり　中西舗土
凶年や深空やうやうなつかしく　飯島晴子

【新藁《しんわら》】　今年藁《ことしわら》

その年に刈った稲の藁。うっすら青く、爽《さわ》やかに匂う。かつては秋の夜長の夜なべ仕事に新藁で新年用の注連飾《しめかざ》りを編み、縄を綯《な》い、俵を作り、草鞋《わらじ》や草履《ぞうり》などを編んだ。時代の変化により、現在では稲を刈る際に藁を細かく切ってしまうようになった。

新藁の香のこのもしく猫育つ　飯田蛇笏

新藁や永劫太き納屋の梁　芝　不器男
吹き晴れて新藁安曇野を飛ぶよ　大野林火
新藁を積みたる夜の酒利きぬ　宮田正和
今年藁積みて夜の庭ほのぬくし　古賀まり子
よろこびて馬のころがる今年藁　滝沢伊代次
天窓も隠さむばかり今年藁　寺島ただし

【藁塚《わらづか》】 藁塚《にほ》

稲扱《こ》きが済んだ新藁を積み上げたもの。地方により形や大きさはさまざま。

藁塚の同じ姿に傾ける　軽部烏頭子
藁塚に一つの強き棒挿さる　平畑静塔
藁塚をのこしてすでになにもなし　谷野予志
藁塚の父の胡坐のごとくあり　伊藤伊那男
うづくまるあまたの藁塚《にほ》の一つかな　富安風生

【蕎麦刈《そばかり》】 蕎麦干す

蕎麦は普通十月中～下旬に収穫される。良い蕎麦粉を取るためには、鎌で丁寧に刈り取り、石臼で粉にするのが理想的だが、刈り取り・脱穀・製粉まで機械まかせが昨今の実情である。↓新蕎麦

そば刈るやまだしら花の有りながら　曾良
蕎麦刈の三人《みたり》もをれば賑々し　小原啄葉
蕎麦刈るや晴れても風の北信濃　岡田貞峰
雁の束の間に蕎麦刈られけり　石田波郷

【夜なべ《よなべ》】 夜仕事　夜業《やげふ》

秋の夜長に昼間できなかった仕事の続きをすること。夜なべは、夜を延べるの意味の「夜のべ」であるとか、夜食をとる意味の「夜鍋」だとする説がある。夜業は会社や工場などでの残業の色合いが強い。

夜なべしにとんとんあがる二階かな　森川暁水
同じ櫛ばかりを作る夜なべかな　森田峠
暗闇の先に海ある夜なべかな　伊沢惠
飢ゑすこしありてはかどる夜なべかな　鷹羽狩行
さびしくて夜なべはかどりをりにけり　山田弘子
夜業人に調帯《ベルト》たわたわたわたわす　阿波野青畝

最終の校正といふ夜業かな　稲畑廣太郎

【砧《きぬた》】碪《きぬた》　砧打つ　衣打つ

麻・藤・葛などで織った堅い布を柔らかくし艶《つや》を出すため、木や石の板にのせて槌《つち》などで打つこと。「衣板《きぬいた》」からの転訛《てんか》。❖李白の〈長安一片の月／萬戸衣を打つの聲（中略）何れの日か胡虜を平らげ／良人遠征を罷めん〉（「子夜呉歌」）を踏まえ、遠く離れた夫に対する妻の夜寒の情を詠む。

砧打て我に聞かせよや坊が妻　芭蕉
音添うて雨にしづまる碪かな　千代女
湖に響きて消ゆる砧かな　松根東洋城
山かげの月未だなる砧かな　嶋田青峰
白河の更けゆくものに小夜砧　後藤比奈夫

【渋取《しぶとり》】柿渋取る　渋搗《しぶつ》く　新渋　生《き》渋《しぶ》　一番渋　二番渋　木渋桶《きしぶをけ》　渋桶《しぶをけ》

青い渋柿から防腐剤・補強剤用の渋を取る作業。糖分の少ない柿を選び、臼に入れ細かく搗く。これを樽《たる》に詰めて発酵させ、圧搾して生渋を取る。生渋を沈澱《ちんでん》させた透明な上澄み液が一番渋で、家屋・家具の漆下や傘に塗った。滓《かす》をさらに搾ったのが二番渋。

渋搗の渋がはねたる柱かな　橋本鶏二
渋を搗く音を労るやうに搗く　加倉井秋を
新渋の一壺ゆたかに山廬かな　飯田蛇笏
新渋の手を洗つても洗つても　田山耕村
煙り出しより風がきて二番渋　今瀬剛一
渋桶に月さしこんで澄みにけり　村上鬼城

【綿取《わたとり》】綿摘　棉摘《わたつみ》　綿取る　綿車　綿干す　綿繰《わたくり》　綿打《わたうち》

開いた棉の実を摘み取る作業。棉の果実は晩秋に成熟すると、裂けて棉の部分を露出する。よく日に晒したものを綿繰・綿打などの作業を経て綿糸にする。❖綿車は綿を運ぶ車ではなく、綿繰車のことである。↓

棉
山の端の日の嬉しさや木綿とり　浪　化
綿摘むや雲のさゞなみ空たかく　西島麦南
綿の実を摘みゐてうたふこともなし　加藤楸邨
棉摘んで湿りがちなる掌　坂本茉莉
箕と笊に今年の棉はこれつきり　中田みづほ
綿打の綿にまみれて了りけり　佐藤郁良
弓びゆんと鳴らし綿打はじめけり　永瀬十悟

【竹伐る《たけきる》】

「竹八月に木六月」といって、旧暦の八月が竹、六月が木の伐採の好期とされた。新暦では九月から十月が竹の伐り時であり、それは晩春から初夏にかけて筍を育てた親竹も、元気を取り戻すころだからという。

竹伐るやうち倒れゆく竹の中　田中王城
一本の竹を伐る音竹の中　榎本冬一郎
竹を伐る無数の竹にとりまかれ　鈴木六林男
一本の竹さわがせて伐りにけり　加藤三七子
竹を伐るこだまの中に竹を伐る　福神規子

【懸煙草《かけたばこ》】　煙草刈る　煙草干す　新煙草　若煙草

かつては夏から初秋にかけて採取した煙草の葉を、張りめぐらした縄の撚《よ》り目ごとに一枚ずつはさみ込んで干した。現在は乾燥室を使う。収穫したばかりの煙草の葉を新煙草・若煙草という。

門先は耶馬のたぎつせ懸煙草　田村木国
掛煙草日にけに匂ひ夜も匂ふ　金子伊昔紅
子供等の空地とられて懸莨　山口青邨
懸煙草音なき雨となりにけり　石橋秀野
軒に干す束はたばこの色得つつ　西垣　脩

【種採《たねとり》】

秋に草花の種を取って、翌年に備え保存すること。

種を採る鶏頭林の一火より　皆吉爽雨
種採るや洗ひざらしのものを着て　波多野爽波

ゆふがほの誰へともなく種を採る　中尾杏子
束の間の日向の種を採りにけり　大峯あきら
たまゆらや夕顔の種採れば鳴る　大石悦子
朝顔の種採つて母帰りけり　鈴木しげを
日にぬくきおしろいの種採る児かな　松尾隆信
てのひらのよろこぶ種を採りにけり　岩岡中正
朝顔の種採りはじめ採り尽す　片山由美子

【秋蒔《あきまき》】　菜種蒔く　大根蒔く　芥菜蒔《からしなま》く　蚕豆蒔《そらまめま》く　豌豆蒔《えんどうま》く　罌粟蒔《けしま》く　紫雲英《げんげ》蒔《ま》く

秋に植物の種子を蒔くこと。冬や春に収穫する野菜の種は八月中旬～十月に蒔くことが多い。→物種蒔く（春）

秋蒔の土をこまかくしてやまず　吉本伊智朗
うしろから山風来るや菜種蒔　岡本癖三酔
大根蒔く戦《いくさ》に負けし貧しさに　山口青邨
大根蒔く短き影をそばに置き　加倉井秋を
さめやすき夕映の海大根蒔く　遠藤寛太郎
大根をきのふ蒔きたる在所かな　大峯あきら
風の吹くままに紫雲英を蒔きにけり　小松水花

【牡丹根分《ぼたんねわけ》】　牡丹接木《ぼたんつぎき》　牡丹植う

晩秋に牡丹の根元の小さな蘖《ひこばえ》をかき取り、植えなおすこと。接木は普通九～十月ごろで、花の悪い牡丹を砧木《だいぎ》にし、丈夫な花の枝を切り接ぐ切接《きりつぎ》法を用いる。→根分（春）

さびしくて牡丹根分を思ひ立つ　草間時彦
縁談をすゝめ牡丹の根分かな　滝沢伊代次
方丈に乞はれし牡丹根分かな　赤田松風

【薬掘る《くすりほる》】　薬採る　薬草掘る

晩秋、まだ草木が枯れ切らないうちに山野に出かけて、薬草の根を掘り上げること。

ほらねども山は薬のひかりかな　来山
薬掘蝮も提げてもどりけり　太祇
萱原の日にうづもれて薬掘る　木村蕪城
花言葉無きものばかり薬掘る　浦野芳南

ゲレンデとなるべき辺り薬掘る　森田　峠

【葛掘る《くずほる》】　葛引く　葛根掘る

晩秋、澱粉を採るために葛の根を掘ること。葛の根は長いもので一・五メートルに達するという。→葛晒（冬）

松風も家督にしたり葛根掘　三　津　人
葛掘るはたたかひに似て吉野人　加藤知世子
葛掘にいろいろな葉のふりかかる　早川志津子
葛引の川より山に入りにけり　宇佐美魚目

【豆引く《まめひく》】　大豆《だいづ》引《ひ》く　小豆《あづき》引《ひ》く　豇豆《ささげ》引《ひ》く　大豆干す　豆稲架《まめはざ》　豆打つ　豆叩く　豆筵《まめむしろ》

豆類は葉が黄ばむようになると実が熟れて収穫期を迎える。莢《さや》や葉を付けたまま株ごと引き抜くので豆引くという。それを束ね、架け並べて乾燥させる。充分に乾いた莢を棒で打って実を取り出す。

菜も青し庵の味噌豆今や引く　一　茶
とやかくとはかどるらしや小豆引　星野立子
小豆引く言葉少き一日かな　細見綾子
山畑も三成陣址小豆干す　神蔵　器
光る瀬のひびきひねもす豆を干す　鍵和田秞子
日向へと飛び散る豆を叩きけり　森田　峠
豆筵かたはらに寄せ駐車場　五十嵐義知

【牛蒡引く《ごぼうひく》】　牛蒡掘る

牛蒡は普通、春蒔きで秋に収穫する。根は細長く一メートルにもなり、周囲を鍬で掘って引き抜く。

老の息うちしづめつつ牛蒡引く　後藤夜半
半日は翳となる畑牛蒡引く　須佐薫子
相模野に雲厚き日や牛蒡引く　佐野美智
懐に夕風入れて牛蒡引　古賀まり子

【胡麻刈る《ごまかる》】　胡麻干す　胡麻叩く　新胡麻

胡麻の実は初秋から仲秋にかけて熟し、これを刈る。刈った後、干して叩くと細かな種子が採れる。白黒それぞれに食用に用いるほか、胡麻油の材料にもなる。

胡麻刈や青きもまじるひとからげ　村上鬼城
胡麻刈つていよよ澄みたる八ヶ岳　名和未知男
胡麻刈つて山影の濃き段畑　棚山波朗
秋篠寺四門の一つ胡麻を干す　田畑美穂女
胡麻干すや新羅造りといふ土塀　江川虹村
長生きをしきりに詫びて胡麻叩く　小原啄葉

【萩刈る《はぎかる》】

花期が終わると同時に、萩の株を根元から全部刈り取ってしまうこと。萩は花どきを終えても枝をさらに伸ばす性質を持っているからである。切り口を揃えてうすく土をかけておくと、翌年の発芽が良い。

萩刈つて多少の惜みなしとせず　鈴木花蓑
さきがけて一切経寺萩刈れり　安住敦
萩刈つて思ひの一つ吹つ切れし　児玉輝代
萩刈つて土のあらはに百毫寺　伊藤敬子
萩刈つて金色の日を賜はりぬ　嶋田麻紀

【木賊刈る《とくさかる》】　砥《と》草《くさ》刈る

木賊は観賞用に庭などでよく見かけるが、本来は木材や器物を磨く研磨材とするために植えられていた。茎のもっとも充実している秋に刈り取り、茹でて乾燥させて使う。

↓木賊

ものいはぬ男なりけり木賊刈り　蓼太
木賊皆刈られて水の行方かな　高浜虚子
木賊刈憩ひたれども笠をとらず　安田蚊杖

【萱刈る《かやかる》】

晩秋のころに生長した萱を刈ること。萱は、よく乾燥させて屋根葺《ふ》きの材料にしたり、牛馬の飼料にしたり、炭俵を編んだりと用途が多かった。

萱刈の地色広げて刈進む　篠原温亭
頂に遊べる馬や萱を刈る　河野静雲
萱を刈るとき全身を沈めけり　稲畑汀子

刈り伏せの萱に日渡る裏秩父　上田五千石

【蘆刈《あしかり》】　蘆刈る　刈蘆　蘆舟　蘆火

湖や川に生える蘆を刈ること。晩秋から冬にかけて行われ、刈られた蘆は屋根葺《ふ》きや葭簀《よしず》の材料になる。蘆火は干した蘆を燃料として焚く火のこと。

蘆刈の置きのこしたる遠嶺かな　橋本鶏二
蘆刈のうしろひらける大和かな　加藤郁乎
蘆刈の音とほざかる蘆の中　黛　執
蘆刈の音より先を刈りてをり　大石悦子
また一人遠くの芦を刈りはじむ　高野素十
津の国の減りゆく蘆を刈りにけり　後藤夜半
束ねたる手のすぐにまた蘆を刈る　岡安仁義
束ねたる刈蘆の穂が吹かれゐる　大橋敦子
行暮れて利根の芦火にあひにけり　水原秋櫻子
蘆の火の美しければ手をかざす　有働木母寺
湖の中洲のくらき蘆火かな　長谷川櫂

【小鳥狩《ことりがり》】　小鳥網　霞網《かすみあみ》　鳥屋師《とやし》　高《たか》擌《はご》

秋に渡ってくる小鳥類を捕える猟法。見えないほどの糸で作った霞網や、鳥黐《とりもち》を使う方法がある。❖現在では全面的に禁止されており、季語としての存在感は薄い。

川上や黄昏かゝる小鳥あみ　召　波
禁鳥の高きにかかり小鳥網　大橋宵火
鳥かかるまで美しく霞網　伊藤トキノ
袂より鶫《つぐみ》とり出す鳥屋師かな　大橋櫻坡子

【囮《をとり》】　囮籠

小鳥狩の際、小鳥をおびきよせる時に用いる鳥のこと。籠などに入れて擌《はご》や霞網の近くに置くと、鳴き声に誘われて他の鳥が寄ってきてかかる。❖野鳥保護の観点から現在ではこうした猟は禁止されている。

峠路のいづこか鳴ける囮かな　水原秋櫻子
日が翳り人も囮もさびしくなる　関　成美
啼き出して囮たること忘れゐむ　木附沢麦青

そのころゑの谺《こだま》ちかづく囮籠　福永耕二

【鳩吹《はとふき》】　鳩吹く

鳩の鳴き声をまね両手を合わせて吹くこと。山鳩を捕えるためとも、鹿狩の際、獲物を見つけたという合図に吹いたともいう。

鳩吹や己が拳のあはれなる　松根東洋城
鳩吹やけぶらふに足る峡の雨　岩永佐保
鳩吹きて顔とつぷりと暮れにけり　有馬朗人

【下り簗《くだりやな》】　崩れ簗

産卵を終えて川を下る魚を獲るための仕掛け。落鮎がその中心だが、地域によって魚の種類は異なる。晩秋になってその簗が崩れかかっているものを崩れ簗といい、いかにも侘《わび》しげである。↓上り簗（春）・簗（夏）

獺《かはうそ》の月に遊ぶや崩れ簗　蕪村
ほどほどの濁りたのもし下り簗　上村占魚
ふるさとの山河は老いず下り簗　水沼三郎
みちのくの山並暗し崩れ簗　阿波野青畝
紀の国の水にしたがひ崩れ簗　竹中碧水史
辛うじてそれとわかりぬ崩れ簗　森田峠
崩れ簗ときどき渦をつくりけり　原雅子

【鰯引く《いわしひく》】　鰯干す　鰯網　鰯船

網を引いて鰯を獲ること。漁期は秋から冬。普通は引網《ひきあみ》・刺網《さしあみ》・敷網《しきあみ》・定置網などで漁をするが、「鰯引く」という場合は砂浜での地引網漁をさし、古くから行われている。↓鰯

引き上げて平砂を照らす鰯かな　白扇
この先は大景ばかり鰯引　阿波野青畝
鰯網追へど離れぬ鷗かな　西山泊雲
鰯船火の粉散らして闇すすむ　山口誓子

【根釣《ねづり》】　岸釣

水温が下がる秋に、岩礁に潜む魚を狙う釣り。「根」は岩根の意味。根釣は時間をかけてじっくりと楽しむことが多い。

夕づける根釣や一人加はりぬ　笠原古畦
青森の夜半の港の根釣かな　轡田　進
ぶらぶらと根釣の下見とも見ゆる　石田郷子
いかめしき足拵への根釣人　高木良多

【踊《をどり》】盆踊　踊子　踊笠《をどりがさ》　踊太鼓　踊唄　踊櫓《をどりやぐら》

盆踊のこと。盆とその前後に、広場や社寺の境内、砂浜などで行われる。本来は先祖の供養のためであったものがいつしか娯楽になり、浴衣がけの男女が音頭にあわせて夜の更けるのを忘れて踊るようになった。❖土地によっては町の中を歌い踊りながら練り歩くのもあるが、普通は輪踊が多い。

四五人に月落ちかかるをどりかな　蕪　村
うかと出て家路に遠き躍かな　召　波
提灯に海を照らして踊かな　原　月舟
一ところくらきをくゞる踊の輪　橋本多佳子
足もとに波のきてゐる踊かな　五十嵐播水
まつくらな橋渡り来て踊りけり　細川加賀
いくたびも月にのけぞる踊かな　加藤三七子
ひとりづつ灯を浴びてゆく踊かな　佐久間慧子
ひろがりて月を入れたる踊の輪　柴田佐知子
あと戻り多き踊にして進む　中原道夫
うなじよりかんばせくらき踊かな　山口昭男
くらやみに木は木とたてり盆踊　原田　喬
盆踊ほとけに留守を頼みけり　西嶋あさ子
盆踊り海峡の町風の町　七田谷まりうす
づか〱と来て踊子にさゝやける　高野素十
踊子にやはらかに足踏まれけり　西本一都
ほろほろと風に消えゆく踊唄　和田華凜
踊髪とけばもの落つはら〱と　高浜年尾

【相撲《すまふ》】角力《すまふ》　宮相撲　草相撲　秋場所　九月場所

日本の国技。本来は神事と縁が深く、宮中にて旧暦七月に相撲節会《すまいのせちえ》が行われたため、秋の季語となった。また、農耕儀礼では七夕に神前で相撲をとって豊凶を占った。室町時代には職業相撲が発達、興行化された。神社の境内などで相撲をとるのは宮相撲・草相撲という。❖現代俳句では相撲取、力士、関取、土俵などだけでは季語としない。

やはらかに人分け行くや勝角力　几董
相撲見てをれば辺りの暮れて来ぬ　髙澤良一
合弟子は佐渡へかへりし角力かな　久保田万太郎
少年の尻輝けり草相撲　金澤諒和

【地芝居《ぢしばゐ》】　村芝居

秋の収穫後に土地の人々が集まって歌舞伎の演目などを披露すること。あくまでも素人芝居ではあるが、かつて歌舞伎役者が地方巡業した名残から、各地にさまざまな演目が残っている。

地芝居のお軽に用や楽屋口　富安風生
地芝居の松にはいつも月懸り　茂惠一郎
出番待つ馬話し合ふ村芝居　桂信子
奉納の米俵積む村芝居　茨木和生

【月見《つきみ》】　観月　月まつる　月の宴　月見酒　月見団子　月見舟

旧暦八月十五日の中秋の名月と、九月十三日の月を眺めて賞することをいうが、単に「月見」といえば前者を指す。この日は薄を活け、月見団子や芋などを供えてまどかなる月を愛でた。各地に月見に関するさまざまな風習が残っている。❖月見の風習は中国から伝わったが、九月十三夜の月見は日本独特のもので、「後の月見」という。かつては、どちらか一方しかしないことを「片月見」といって嫌った。

岩はなやこゝにもひとり月の客　去来
此の秋は膝に子のない月見かな　鬼貫
一本の芒が強し月まつる　馬場移公子
月祀る家の冷たき畳かな　渡辺純枝
濡れ縁に座を移したる月見酒　伊藤康江

やはらかく重ねて月見団子かな　山崎ひさを
河岸にも灯連ねて宇治の月見舟　竹中碧水史

【海嬴廻し《ばいまはし》】　海嬴打《ばいうち》　ばい独楽《ごま》　べい独楽

海嬴《ばい》貝《がい》を用いた独楽廻し。独楽を茣蓙《ござ》で作った円形の座の上で回しあい、相手をはじき出した方が勝ちとなる子どもの遊びである。巻貝のばいを真ん中で切断し、中に蠟《ろう》や鉛などを詰めたのが貝独楽《ばいごま》であるが、現在は「べいごま」といって、貝の代わりに鋳物製のものを用いる。↓独楽（新年）

家々のはざまの海や海嬴回し　富安風生
海嬴打つてかくしことばのやりとりも　軽部烏頭子
ポケットに海嬴の重さや海嬴を打つ　後藤比奈夫

【菊人形《きくにんぎやう》】　菊師　菊人形展

菊の花を衣装に擬して作った人形。当たり狂言や世相・花鳥を写し出して、見世物として興行する。明治末期までは東京千駄木《せんだぎ》の団子坂が有名だったが、現在は各地の公園などで行われている。

菊人形たましひのなき匂かな　渡辺水巴
菊人形小町世にふる眺めして　百合山羽公
菊人形足元に灯を賜りし　森川光郎
菊人形胸もと花のやや混みて　福永耕二
菊人形武士の匂ふはあはれなり　鈴木鷹夫
菊人形恥ぢらふ袖のまだ蕾　沢田早苗
落城の姫に菊師のかしづけり　太田土男

【虫売《むしうり》】

秋の夜に鳴く虫を売ること、またその人。かつては縁日や薄暗い橋際などに、市松障子の荷を下ろして、籠《かご》に入ったいろいろな虫を売った。現在でも夜店などで売られることがある。↓虫

虫売も舟に乗りけり隅田川　内藤鳴雪
虫売や宵寝のあとの雨あがり　富田木歩
虫売りのふいに大きな影法師　中村和弘

虫売の頤ほそくゐたりけり　大野崇文
虫売の帽子かぶれば雨が落ち　岸本尚毅

【虫籠《むしかご》】虫籠《むしこ》

美しい声で鳴く秋の虫を入れて飼う籠のこと。

虫籠に虫ゐる軽さゐぬ軽さ　西村和子
虫籠の置かれて浮くや草の上　本多燐
虫籠を湖の暗さの物置より　鈴木総史

【茸狩《たけがり》】茸狩《きのこがり》　茸《きのこ》とり　菌狩《きのこがり》　茸籠《きのこかご》　茸山《たけやま》　茸山《きのこやま》

山林に自生する食用の茸を採ること。秋の行楽の一つにもなった。松茸はいうまでもなく、占地《しめじ》など種々の茸を求めて山に入る。

→茸

たけがりや見付けぬ先のおもしろさ　素堂
瀬戸うちの帆が見ゆるなりきのこ狩　及川貞
一本は神に残して茸狩　仲寒蟬
風の香を聞き過たず茸採　三村純也
斯くなれば濡るゝ外なし菌狩　松藤夏山
鷲の巣の下を行きたる菌狩　相生垣瓜人
茸山を淋しき顔の出て来たる　飯田龍太
傘さしてまつすぐ通るきのこ山　桂信子
あやしきも持ちて下りけり茸山　須原和男
その奥の目立たぬ山が茸山　岸本尚毅

【紅葉狩《もみぢがり》】紅葉見　観楓《くわんぷう》　紅葉酒　紅葉茶屋

紅葉の名所を訪ね歩き、その美を賞すること。❖紅葉狩の「狩」は美しいものを訪ね歩くことを意味する。

紅葉見や用意かしこき傘二本　蕪村
仁和寺を道の序《ついで》や紅葉狩　松根東洋城
峡の日にまぶたぬらして紅葉狩　太田鴻村
六甲の青空に着く紅葉狩　古賀しぐれ
観楓船曳く波うすくうすく展《の》べ　堀葦男

【芋煮会《いもにくわい》】

秋の行楽の一つ。川原で里芋・肉・蒟蒻《こんにやく》・

葱《ねぎ》・茸などを煮込み、鍋《なべ》を囲んで楽しむ。山形県、宮城県、福島県の会津《あいづ》地方で盛んに行われ、肉の種類と味付けの仕方はさまざま。里芋の季節には川原のあちこちに大鍋を囲んだ円陣ができる。

芋煮会寺の大鍋借りて来ぬ　細谷鳩舎
初めより傾く鍋や芋煮会　森田峠
芋煮会風にさからふかまど口　青柳志解樹
蔵王より日照雨《そばへ》走れり芋煮会　荏原京子
蔵王嶺の晴れて始まる芋煮会　高橋悦男
芋煮会誰も山河の晴を言ひ　大畑善昭
月山を指呼に車座芋煮会　阿部月山子
芋煮会ひとり遊びの子を呼びぬ　田中冬生

【鯊釣《はぜつり》】　鯊舟

鯊を釣ること。河口や遠浅の海などで行われる秋の代表的な釣り。仕掛けが簡単で女性や子どもにも釣れることから、行楽としても人気がある。↓鯊

鯊釣れず水にある日のうつくしく　山口青邨
鯊釣や不二暮れそめて手を洗ふ　水原秋櫻子
鯊釣の女に負けて戻りけり　橋　閒石
鯊釣の並びてひとりひとりかな　今井千鶴子
鯊舟の小錨砂に据りけり　永井龍男

【秋思《しゅう し》】

秋の寂しさに誘われる物思い。中国唐代の杜甫《とほ》の「秋思雲髻《うんぴん》を抛《なげう》ち、腰肢《ようし》宝衣に勝る」に発する漢語。孟郊《もうこう》や菅原道真《すがわらのみちざね》の詩にも例がある。❖「秋あはれ」「秋さびし」「秋思濃し」「秋思せり」などとは用いない。春愁と違い、思索にふけるような趣がある。

この秋思五合庵よりつききたる　上田五千石
この秋思断つべく海に足濡らす　北澤瑞史
秋思とも齢ともただ坐してをり　村越化石
藍甕の藍にはじまる秋思かな　市村究一郎
秋思斯く深し屈原像に触れ　有馬朗人
鳴き砂の秋思の一歩にも鳴けり　今瀬剛一

二上山《ふたかみ》を見しが秋思のはじめかな　大石悦子
新書判ほどの秋思といふべしや　片山由美子
貝殻の内側光る秋思かな　山西雅子

行事

【重陽《ちょうやう》】 重九《ちょうきう》　菊の節句　菊の日　今日の菊　菊酒　菊の被綿《きせわた》　重陽の宴　菊の宴

旧暦九月九日の節句。五節句の一つで、中国から伝わった。九は陽数（奇数）で九を重ねるから重陽または重九という。古くは菊の節句と呼んで、菊の花を浮かべた酒を飲んで邪気を払うなど盛んであったが、明治以降急速に廃《すた》れた。❖菊の被綿は菊の花に綿をおおいかぶせたもの。節句の前夜、綿に露や香を移し取り、翌朝その綿で身体を拭うと長寿を保つという。

人心しづかに菊の節句かな　召波
重陽や海の青きを見に登る　野村喜舟
重陽や子盃なる縁の金　鷹羽狩行
重陽の膳なる豆腐づくしかな　藤本美和子
菊の日や水すいと引く砂の中　宇佐美魚目
菊の酒口許ほのと明るうす　山田真砂年
菊に着す伊勢の新棉よろしけれ　大石悦子

【高きに登る《たかきにのぼる》】 登高《とうかう》　茱萸《ぐみ》の酒《さけ》

中国から伝わった重陽の行事の一つ。旧暦九月九日に茱萸（中国では山椒のこと）を入れた袋をもち、茱萸の枝を髪にさして小高い丘や山に登り、厄払いをした。頂上で茱萸や菊花を浮かべた酒を飲むと邪気が払われ齢が延びるとされていた。❖現在では単に秋に高い所に登ることを詠むようになってしまった。

菊の酒醒めて高きに登りけり　闌更
行く道のままに高きに登りけり　富安風生

登高や浪ゆたかなる瀬戸晴れて　村山古郷
登高の国見ケ丘と申しけり　下村梅子
登高の即ち風の佐久平　斎藤夏風

【後の雛《のちのひな》】　秋の雛　菊雛

三月三日の雛祭に対して、旧暦九月九日の重陽の節句、または八月朔日に飾る雛。大阪の一部や徳島、伊勢地方で九月九日に雛を飾った。八朔に飾る八朔雛も西日本の広い地域で行われていた。現在もその伝統を受け継いでいる地域がある。重陽に飾る雛を菊雛という。

蔵町は雨に暮れゆく後の雛　上谷昌憲
ひむがしに潮なだるる後の雛　井上弘美

【温め酒《あたためざけ》】

旧暦九月九日の重陽の日に温めた酒を飲むこと。また、その酒。この日は寒暖の境目とされ、酒を温めて飲むと病にかかることがないとの言い伝えがあり、この日から酒は温めて飲むものとされていた。❖五音にするために「ぬくめ酒」と詠んでいる句を見掛けるが望ましくない。

嗜《たしな》まねど温め酒はよき名なり　高浜虚子
夜は波のうしろより来る温め酒　永方裕子
かくて吾も離郷のひとり温め酒　中村与謝男

【終戦記念日《しゆうせんきねんび》】　終戦日　終戦の日　敗戦日　敗戦忌　八月十五日

八月十五日。日本は連合国側のポツダム宣言を無条件で受諾し、昭和二十年のこの日、天皇はラジオを通じて第二次世界大戦の終戦を国民に伝えた。以後、「終戦記念日」として、戦争の根絶と平和を誓い、戦没者を追悼する日となっている。

堪ふることいまは暑のみや終戦日　及川貞
終戦日妻子入れむと風呂洗ふ　秋元不死男
暮るるまで蟬鳴き通す終戦日　下村ひろし
終戦日沖へ崩るる雲ばかり　渡邊千枝子

痛かりし母のバリカン終戦日　須原和男
敗戦日少年に川いまも流れ　矢島渚男
濡縁のとことん乾く敗戦日　宇多喜代子
屋根叩く雨となりたる敗戦日　白濱一羊
大空の深さを言へり敗戦忌　阪田昭風
割箸の割れのささくれ敗戦忌　辻田克巳
いつまでもいつも八月十五日　綾部仁喜

【震災記念日《しんさいきねんび》】　震災忌

九月一日。大正十二年のこの日、相模灘《さがみなだ》一帯を震源とする大地震が関東一円を襲い、各地ともはなはだしい被害を受けた。とりわけ京浜地区に甚大な被害をもたらし、死傷者は二十万人にものぼった。本所被服廠《ほんじょひふくしょう》跡に建てられた東京都慰霊堂で犠牲者に対する慰霊祭が営まれる。❖防災の意識を喚起する日となっている。

江東にまた帰り住み震災忌　大橋越央子
震災忌大鉄橋を波洗ふ　松村蒼石
十二時に十二時打ちぬ震災忌　遠藤梧逸
万巻の書のひそかなり震災忌　中村草田男
路地深き煮ものの匂ひ震災忌　平川雅也
水の上に赤き毬浮く震災忌　舘岡沙緻
あをき火のあをき影生む震災忌　福谷俊子

【敬老の日《けいろうのひ》】　老人の日　年寄の日

九月の第三月曜日。国民の祝日の一つ。九月十五日であったが、平成十五年に現在のように改定された。この日は、多年にわたり社会につくしてきた老人を敬愛し、長寿を祝う催しが行われる。

敬老の日のわが周囲みな老ゆる　山口青邨
雀来て敬老の日の雨あがり　吉田鴻司
敬老の日の公園の椅子に雨　星野高士
老人の日よ晩学の書架貧し　馬場移山子
年寄の日と関はらずわが昼寝　石塚友二

【秋分の日《しうぶんのひ》】

九月二十三日ごろ。昭和二十三年に制定さ

れた国民の祝日の一つ。祖先を敬い、亡くなった人々を偲《しの》ぶ日。戦前の秋季皇霊祭の日で、秋の彼岸の中日でもある。↓秋分・秋彼岸

山かがし秋分の日の草に浮く　松村蒼石
秋分の日の音立てて甲斐の川　廣瀬町子

【赤い羽根《あかいはね》】　愛の羽根

社会福祉運動の一環として、毎年十月一日から街頭その他で行われる共同募金。募金をした人の胸に赤い羽根が付けられる。募金は福祉事業などに使われる。

赤い羽根つけらるる待つ息とめて　阿波野青畝
赤い羽根つけて背筋を伸ばしたる　塩川雄三
心臓のところにとめて赤い羽根　鈴木伸一
赤い羽根つけて電車のなか歩く　加藤静夫
駅頭の雨滝なせり愛の羽根　水原秋櫻子
半日にして失ひぬ愛の羽根　片山由美子

【体育の日《たいいくのひ》】

十月の第二月曜日。国民の祝日の一つ。東京オリンピック大会（昭和三十九年）の開会式の日を記念して、同四十一年にスポーツに親しみ健康な心身をつちかうという趣旨で、十月十日が祝日に制定された。平成十二年より、現在の日になった。

体育の日なり青竹踏むとせむ　草間時彦
体育の日や父の背を攀ぢ登る　甲斐遊糸

【文化の日《ぶんかのひ》】　明治節

十一月三日。国民の祝日の一つ。かつては明治天皇の生誕を祝う「天長節」「明治節」であったが、昭和二十三年、日本国憲法の公布を記念して「自由と平和を愛し、文化をすすめる」ための日と定められた。文化の発展や向上に貢献した人に文化勲章が授与される。各地で文化祭・芸術祭が開催される。

カレーの香ただよふ雨の文化の日　大島民郎

叙勲の名一眺めして文化の日　深見けん二
文化の日幹は画鋲をあまた刺す　福永耕二
深錆に吸はるるペンキ文化の日　奈良文夫

【硯洗《すずりあらひ》】　硯洗ふ　机洗《つくゑあら》ふ

七夕の前日に、手習いの上達を祈って、硯や机を洗い清めること。京都北野天満宮の、硯に梶《かじ》の葉を添えて神前に供える御手洗《みたらし》祭（現在では新暦七月七日）にならったもの。七日の朝、洗い清めた硯に芋の葉や稲の朝露をうけて墨をすり、七夕竹に吊《つる》す短冊の色紙《いろがみ》に字をしたためる。

山水の迅きに洗ふ硯かな　大橋越央子
硯洗ふ墨あをあをと流れけり　橋本多佳子
いにしへの硯洗ふや月さしぬ　加藤楸邨
今年より吾子《あこ》の硯のありて洗ふ　能村登四郎
硯洗ふてのひらほどの一つ得て　神蔵器
夕風のまつはる硯洗ひけり　黛執
ねんごろに贋端渓を洗ひけり　草間時彦

【七夕《たなばた》】　棚機《たなばた》　棚機つ女《め》　七夕祭　乞《き》巧奠《こうでん》　星祭　星祭る　星合《ほしあひ》　星の恋　星の契　星迎《ほしむかへ》　星今宵《ほしこよひ》　二星《にせい》　牽牛《けんぎう》　織女《しよくぢよ》　彦星　織姫　七夕竹　七夕流し　願の糸　五色の糸　鵲《かささぎ》の橋

七月七日、またその日の行事。五節句の一つ。現在は新暦七月七日や月遅れの八月七日に行う所が多い。この行事は中国の牽牛・織女の伝説とそこから派生した乞巧奠の行事が伝わり、日本の棚機つ女《め》の信仰と習合したものとされる。笹竹《ささだけ》に詩や歌を書いた短冊形の色紙を吊し、軒先や窓辺に立てて文字や裁縫の上達を祈る。昔は願いの糸（五色の糸）を竹竿《たけざお》にかけて願いごとをした。仙台の七夕祭はよく知られる。❖棚機つ女とは、水辺に機を設けて、一夜神を待つ乙女のこと。「七夕」をタナバタと読むのは「棚機」に由来するという説がある。

七夕や野にもねがひの糸すすき　一　茶
七夕の一粒の雨ふりにけり　山口青邨
七夕や渚を誰も歩み来ず　遠藤若狭男
二条家の招きがきたる乞巧奠　成瀬櫻桃子
ぬばたまのくろ髪洗ふ星祭　高橋淡路女
希《ねが》ふこと少なくなれり星祭　品川鈴子
星祭明るきうちの家路かな　稲畑廣太郎
便箋を折る星合の夜なりけり　藤田直子
冷泉家二星をうつす角盥　立原修志
大濤のとどろと星の契りかな　飯田蛇笏
彦星のしづまりかへる夕かな　松瀬青々
うれしさや七夕竹の中を行く　正岡子規
七夕竹惜命の文字隠れなし　石田波郷
巌壁より投げて七夕竹流す　馬場移公子
自転車に七夕笹と子を二人　星野恒彦
みちのくの雨に七夕かざりかな　小澤　實
汝が為の願の糸と誰か知る　高浜虚子

【梶の葉《かぢのは》】

七夕の日に、七枚の梶の葉に歌を書いて星にたむける風習。昔は前日に梶の葉を売り歩いた。梶の葉を用いるのは天の川の渡し船の楫《かじ》と梶とをかけたためと思われる。❖梶の木はクワ科の落葉高木で、その樹皮は和紙の原料ともなる。

梶の葉を朗詠集のしをりかな　蕪　村
梶の葉の文字うす〳〵と乾きけり　飯島みさ子
梶の葉の文字瑞々と書かれけり　橋本多佳子

【真菰の馬《まこものうま》】　七夕馬　迎馬　草刈馬《うま》

関東、東北南部、新潟県などでは七月七日に真菰や麦藁《むぎわら》で馬を作る。それを、七夕の笹に吊したり、二つ作って七夕竹の横木の両端に載せたりした。七夕様の乗る馬とも、農耕馬の安全を祈るためのものであるともいわれ、草刈馬の名がある。❖古くは魂《たま》祭《まつり》が七日から始まると考えていた土地も多いことから、精霊迎えのためのもので、盆の茄子《なす》や瓜《うり》の牛馬と同様の意味をもっとも考えられている。

ふんばれる真菰の馬の肢《あし》よわし　山口青邨
真菰馬たてがみ立てて吊られたる　和田暖泡
象潟《きさかた》や紅絹《もみ》着せ真菰馬流す　岡井省二
匂ひては細うなりゆく真菰馬　鍵和田秞子

【佞武多《ねぶた》】　ねぷた　ねぶた祭　ねぶた流す　ねむた流し　眠流《ねむりなが》し　跳人《はねと》

青森県の代表的な七夕行事。青森市で八月二〜七日、弘前《ひろさき》市で八月一〜七日、五所川原市で八月四〜八日に行われる。ねぶたは睡魔のことで、秋の収穫を控えて仕事の妨げとなる睡魔を防ぐ祭とされる。青森市の「ねぶた」は歌舞伎人形灯籠《とうろう》で、跳人が勇ましく跳びはね、弘前市の「ねぷた」は扇灯籠が主、五所川原市は高さ二十メートルにも及ぶ立佞武多《たちねぷた》が町を練る。

今生を燃えよと鬼の佞武多来る　成田千空
佞武多去るくれなゐが去る総て去る　鈴木鷹夫
跳ねるたび鈴振り落す佞武多かな　戸恒東人
つかのまの若さを跳ねて佞武多かな　仙田洋子
父祖の血を騒がしねぶた太鼓打つ　新谷ひろし
月の出やはねとの鈴の鳴り急ぐ　吉田鴻司
太刀かざす出雲阿国や立佞武多　後藤比奈夫

【竿灯《かんとう》】

秋田市で八月三日から六日に行われる伝統行事。ねぶり流し、ねぷたの一種。竿灯は太い竹の先端に厄除けの御幣を付け、たくさんの横竹に俵に見立てた提灯《ちょうちん》を四十六個または四十八個吊り下げたもので「光の稲穂」と呼ばれる。大通りには二百本以上の竿灯がひしめき、勇壮な太鼓の囃子《はやし》にあわせて、腰や肩、額や顎《あご》、手などで操る妙技が披露される。

竿灯の撓《しな》ふにつれて身を反らす　中村苑子
竿灯のいづれも昏く帰りゆく　山口速

竿灯が揺れ止み天地ゆれはじむ　鷹羽狩行
竿灯の息抜くやうに倒れたる　鈴木節子
酒吹いて竿燈支ふ肩浄め　木内彰志
竿灯のはじめ寝かせて進むなり　杉浦典子

【草市《くさいち》】　草の市　盆市　盆の市

盆の行事に用いる品々を売る市のことで、かつては七月十二日の夕方から夜通し町中のそこここに立った。土地によって扱う品は異なるが、盂蘭盆《うらぼん》の魂棚《たまだな》に供える蓮《はす》の葉・真菰筵《まこもむしろ》・茄子・鬼灯《ほおずき》・溝萩《みそはぎ》や灯籠・土器《かわらけ》・膳《ぜん》などの品々、門火に使う苧殻《おがら》などを売る。❖京都の六道珍皇寺の六道参りの草市では、高野槙《こうやまき》や蓮の花などを売る。

まづ匂ふ真菰《まこも》むしろや艸の市　白雄
艸市と申せば風の吹きにけり　一茶
草市のあとかたもなき月夜かな　渡辺水巴
草市や雨こぼれては更けまさり　石田波郷
草市の荷を解けばすぐ蝶きたる　皆川盤水
草市へおろして軽き桐の下駄　中山純子
草市のひとつ売れては整へて　きちせあや
草市の風に呼び止められしかな　三森鉄治
草市の手にして軽きものばかり　岩岡中正
草市や束ねて淡きものばかり　櫂未知子
身を濡らすほどには降らず草の市　牧辰夫

【盆用意《ぼんようい》】　盆支度　盆道

盂蘭盆《うらぼん》が近づいてくると、墓や仏壇を掃除したり、仏具を清めたり、膳や盆提灯《ぼんぢょうちん》を取り出したりして盂蘭盆会の準備をする。墓参のために道の草を刈って盆道を整えることも盆用意の一つである。

畦《あぜ》草を刈ってありしも盆用意　清崎敏郎
山住みの風入れてゐる盆用意　廣瀬町子
鉈鞘の転がつてゐる盆用意　井上弘美
いづくにもとゞろく濤や盆支度　石田波郷
盆路のはじめは橋を渡りけり　櫨木優子
遠くより子に呼ばれけり盆の道　田中裕明

【苧殻《をがら》】
皮を剥《は》ぎ取ったあとの麻の茎を干したもの。盆の供物の箸《はし》、門火の燃料として草市で売られる。

悲しさやをがらの箸も大人なみ　惟　然
子をつれて夜風のさやぐをがら買ふ　大野林火
苧殻より軽き仏のもののなし　粟津松彩子
ひとたばの苧殻のかろさ焚きにけり　轡田　進
苧殻買ふ象牙の色の五六本　木田千女
苧殻折る力を母が出しにけり　山尾玉藻

【阿波踊《あはをどり》】
徳島で行われる盆踊で、全国的に知られている。かつては旧盆に行われていたが、現在では八月十二〜十五日に行われる。蜂須《はちす》賀《か》家政が徳島城の落成を祝って許した無礼講を阿波踊の起源とする俗説が広く信じられている。三味線・笛・太鼓の鳴り物にあわせての「ぞめき踊」で町中が大いに賑《にぎわ》う。

手をあげて足をはこべば阿波踊　岸　風三樓
夕立の上るを待たず阿波踊　上崎暮潮
緋の蹴出し流れるやうに阿波踊　鈴木石夫
黒塗りの下駄爪立てて阿波をどり　見浦町子

【風の盆《かぜのぼん》】
越中八尾《えっちゅうやつお》（現富山県富山市）で九月一〜三日に行われる盆の行事。二百十日の風よけの風祭と盂蘭盆の納めの行事とが習合したもので、「おわら節」を歌い、踊り明かす。❖三味線、胡弓《こきゅう》、笛太鼓の哀愁を帯びた囃《はや》子《し》に乗って、菅笠を被って辻々《つじつじ》を流す踊は、しみじみとした情緒がある。

日ぐれ待つ青き山河よ風の盆　大野林火
踊の手ひらひら進み風の盆　福田蓼汀
風の盆八尾は水の奔《はし》る町　沢木欣一
町裏の灯なき吊橋風の盆　野澤節子
胡弓ひく手首の太き風の盆　舘岡沙緻
風の盆風のかたちに指反らせ　伊藤敬子

足音の静かに混むは風の盆　落合水尾
風の盆鼻緒の芯に昨夜の雨　藤田直子
格子戸を風の盆唄流しゆく　三村純也
胡弓の音風に揺るがず風の盆　和田華凜

【中元《ちゅうげん》】　お中元　盆礼　盆見舞

中国では正月十五日を上元、七月十五日を中元、十月十五日を下元と称していろいろな行事を行っていたが、日本では中元に際しての贈り物をいうようになった。「盆供《ぼんく》」「盆歳暮」という土地もある。近親のものが祖先の霊に捧《ささ》げ物をし、あわせて人にも分かちあうという思想の表れであったが、しだいに範囲が広げられ贈答習俗として広まった。

中元のきまり扇や左阿弥より　山口誓子
中元やからびて白き村の道　太田寛郎
中元や萩の寺より萩の筆　井上洛山人
中元の礼状書きもして家居　稲畑廣太郎

【鹿の角伐《しかのつのきり》】　角切　春日《かすが》の角伐　鹿《しか》寄《よ》せ

奈良の春日《かすが》大社では、十月の毎日曜日と祭日に神鹿《しんろく》の角を切り落とすことになっている。周りを囲った鹿苑に集められた鹿を、勢子《せこ》が追い回して捕らえ、鋸《のこぎり》で角を切る。これは交尾期を前に気の立っている雄鹿同士が傷つけあったり、観光客に害を加えたりするのを防ぐためである。切り落とした角は春日大社の神前に供えられる。❖奈良公園にいる約一二〇〇頭の鹿は春日大社の神鹿として尊ばれ、国の天然記念物に指定されている。

恋すてふ角切られけり奈良の鹿　一茶
起きあがる牡鹿もう角伐られゐて　右城暮石
老鹿の痩せたる角も伐られけり　名和紅弓
老鹿の闘はぬ角伐られけり　小川軽舟
角切の波打つ腹を仰向かす　広渡敬雄

鹿寄せの喇叭夕べは長く吹く　後藤比奈夫

【べつたら市《べつたらいち》】　べつたら漬

旧暦十月十九日、江戸の大伝馬町《おおでんま》から小伝《こでん》馬《ま》町までの通りに立った浅漬け大根の市。浅漬けはこの日から売り出されるものとされ、麹《こうじ》がべったりついている大根を売ることからこの名がある。もとは日本橋の宝田《たからだ》恵比寿《えびす》神社の宵宮で恵比寿講用の恵比寿・大黒の神像や器物などを売る市であった。現在も近辺に新暦十月十九・二十日に市が立つ。

雨のこるべつたら市の薄れ月　水原秋櫻子
べつたら市秤《はかり》も糀《かうぢ》まみれなる　谷口忠男
べつたら市甘き香りの中をゆく　鈴木榮子
はからずもべつたら市の夕嵐　岸本尚毅
人の出やべつたら漬のほか提げず　山崎ひさを

【秋祭《あきまつり》】　里祭　村祭　浦祭　在祭

秋季に行われる祭の総称。❖春祭は豊作祈願の祭であるのに対して、秋祭は収穫を感謝し、守護してくれた神が田から山に帰るのを送る。↓春祭（春）・祭（夏）

浦浪に土蔵かゞやく秋まつり　佐野まもる
石段のはじめは地べた秋祭　三橋敏雄
ばらばらに賑つてをり秋祭　深見けん二
秋祭道ひとところ潮を浴び　友岡子郷
夜の雲は海に集まる秋祭　対馬康子
箒目に白き羽根浮く秋祭　山口昭男
何やかや潮に清むる秋祭　岩田由美
いろいろの帯が行くなり里祭　須原和男
鉄道は永久《とは》に通らず在祭　櫂　未知子

【吉田火祭《よしだひまつり》】　火祭　火伏祭

山梨県富士吉田市の浅間《せんげん》神社と境内社の諏《す》訪《わ》神社両社の秋祭で、八月二十六・二十七日に行われる。火防・安産・盛業を願うものとされる。見ものは神輿が御旅所《おたびしょ》に到着したのを合図に一斉に点火される松明《たいまつ》で、約二キロにわたって町筋は火に包まれる。またこの祭は富士山の山じまいの祭とも考えられ、山小屋でも篝火《かがりび》を焚いて、山に感謝する。富士山の怒りを鎮める祈願の祭であることから火伏祭ともいう。

火祭や山水闇にほとばしり　富安風生
火祭の戸毎ぞ荒らぶ火に仕ふ　橋本多佳子
火祭の夜空に富士の大いさよ　伊藤柏翠
火祭の闇にひそみて火伏せ役　井沢正江
火祭に立ちはだかりて太郎杉　堀口星眠
山仕舞ふ火祭の火をうちかぶり　福田甲子雄
火祭にはぐれて前もうしろも火　須賀一惠
火祭の火を熾したる山の音　渡辺和弘
火伏祭の一の火つきし鳥居前　肥田埜勝美

【松上げ《まつあげ》】
京都から丹後、若狭にかけて概ね八月二十四日に行われる火祭。愛宕信仰に基づく火伏行事の流れを汲むもので、地域によって違いはあるが、中央に約二十メートルの高さの檜の柱（灯籠木《とろぎ》）を立て、柱の先端に取り付けた籠に、手松明を投げ入れて点火する。❖京都市北部の花背《はなせ》では八月十五日に、広河原《ひろがわら》では八月二十四日に行われ、地松（高さ約一メートルくらいの松明）約千本が灯籠木を囲み、山間部の深い闇の中に炎が浮かび上がる。勇壮にして幻想的な火祭である。

松上げの千の火揃ふ暗さかな　前田攝子
松上げや松明砕く山の闇　宇野恭子

【芝神明祭《しばしんめいまつり》】　だらだら祭　生姜市《しやうがいち》
東京都芝大門《しばだいもん》の芝大神宮の祭礼。九月十一日から二十一日まで続くことから俗に「だらだら祭」ともいわれる。十六日が大祭で神輿渡御が行われる。江戸時代には境内に生姜市が立つことでも知られるようになり、生姜や千木筥《ちぎばこ》が売られる。

だら〱とだら〱まつり秋淋し　久保田万太郎
朝夕が冷えてだらだらまつりかな　細川加賀
芝浦の浦より昏るる生姜市　鈴木真砂女
花街の昼湯が開いて生姜市　菖蒲あや

【八幡放生会《やはたはうじやうゑ》】　放生会　石清水祭《いはしみづまつり》
男山祭《をとこやままつり》　南祭《みなみまつり》

各地の八幡宮で魚や鳥を放って供養する行事。京都府の石清水八幡宮で九月十五日に行われる「石清水祭」が有名。石清水八幡宮のある男山の麓《ふもと》の放生池に魚を放つ。宇佐八幡宮（大分県）にならって始めたもので、古来葵祭《あおいまつり》、春日祭《かすがまつり》とともに三大勅祭《ちよくさい》として知られる。❖葵祭を北祭というのに対し南祭と呼ばれる。

重さうに運ぶ水桶放生会　山崎ひさを
放生会待てる静かな水面かな　山田弘子
放生の泥鰌《どぢやう》こぼるる草の上　廣瀬ひろし

【時代祭《じだいまつり》】

十月二十二日、京都の平安神宮の祭典。平安神宮は京都に遷都した桓武《かんむ》天皇を祭神とする神社で、明治二十八年に創建された。祭礼も祭神にふさわしく、明治から逆時代順に延暦《えんりやく》までの歴史風俗を再現し、各時代の著名な文武官、女性に扮した市民の行列が約二キロにわたって市中を練り歩く。❖時代考証に基づいた装束は壮麗である。

時代祭華か毛槍投ぐるとき　高浜年尾
茶道具の一荷も時代祭かな　岸　風三樓
替への牛牽かる丶時代祭かな　森田　峠
時代祭雨を懼れず和宮　森宮保子

【鞍馬の火祭《くらまのひまつり》】　火祭　鞍馬祭

十月二十二日の夜に行われる京都市鞍馬本町の由岐《ゆき》神社の祭礼。山門に至る街道に篝火を連ね、午後六時半ごろより松明を担いだ行列が「サイレヤ、サイリョウ」と掛け声をかけて練り歩き、山門の広場に集結する。一面火の海のようになる。九時ごろ、山門の石段に張られた注連《しめ》を切り落とす注連切りの儀のあと、同社および八所《はっしょ》明神の神輿が山を下り、御旅所《おたびしょ》へ渡御する。御旅所で神楽《かぐら》松明の賑いがあり、深夜十二時ごろに神事が終了する。❖牛祭、安良居《やすらい》祭と並ぶ京都三大奇祭の一つ。

火祭や焔の中に鉾進む　高浜虚子
火まつりの果て鞍馬川音もどす　能村登四郎
男衆の肌火祭の色となる　後藤立夫
火祭の火屑を川に掃き落とす　太田穂酔
火祭の終の火屑の夥し　中岡毅雄

【秋遍路《あきへんろ》】

秋に四国の札所巡りをする遍路。秋の晴天が続くころに遍路に出る人も多い。❖単に遍路というと春の季語。↓遍路（春）

ついと出づうしろすがたの秋遍路　阿波野青畝
身の丈の杖は漕ぐさま秋遍路　井沢正江
補陀落の海きらきらと秋遍路　古賀まり子
逆光の水辺ばかりを秋遍路　野中亮介

【盂蘭盆会《うらぼんゑ》】盂蘭盆　盆　新盆《にひぼん》　魂《たま》祭《まつり》　精霊祭《しやうりやうまつり》　魂棚《たまだな》　霊棚《たまだな》　棚経　盆僧　盆供《ぼんく》　瓜の牛　瓜の馬　茄子の牛　茄子の馬　旧盆

七月十三～十六日に行われる先祖の魂祭。灯籠を吊り、精霊棚をしつらえ真菰《まこも》を敷き、野菜などを供え、祖先の霊を弔う。僧侶が盆棚に経をあげることを棚経という。東京など都市部では主として新暦で行うが、地域によっては旧暦、月遅れの新暦八月十三日から行うなど一定していない。❖瓜や茄子で作った馬、牛は精霊の乗りもの。迎えは馬で早く、帰りは牛でゆっくりとの意味をもつ。

数ならぬ身となおもひそ玉祭り　芭蕉
御仏はさびしき盆とおぼすらん　一茶

はらからの順には逝かず盂蘭盆会　佐藤喜仙
盆の客みんな帰つてしまひけり　藤本安騎生
日が暮れて草のにほひの盆の寺　今井杏太郎
木には木の草には草の盆の風　青柳志解樹
盆のもの河原に燃ゆること速し　有馬朗人
独り出て道眺めゐる盆の父　伊藤通明
盆果ての独りにうるむ星の数　藤木倶子
新盆や旅のごとくに日を重ね　朝妻　力
魂祭生者は熱きもの食べて　宮田正和
ひるがへる葉裏の白し魂祭　大石香代子
棚経の僧にくらしのこと聞かれ　関戸靖子
山川に流れてはやき盆供かな　飯田蛇笏
運河くろし投げては盆供漂はせ　石田波郷
根の国にたてがみあづけ茄子の馬　鈴木蚊都夫
瀬しぶきに洗ひて盆の瓜なすび　鷲谷七菜子
旧盆のはたと淋しき一と間あり　綾部仁喜

【生身魂《いきみたま》】　生御魂《いきみたま》　生盆《いきぼん》　蓮《はす》の飯《めし》

盂蘭盆会には故人の霊を供養するばかりでなく、生きている目上の人に対しても礼を尽くす。敬うべき年長者のことを生身魂と呼び、食物を贈るなどしてもてなすことも生身魂という。新たに迎える新精霊もなく、一族が健康であることを祝う気持ちから出たものと思われる。蓮の飯は蓮の葉にもち米を包んで蒸したもの。

古里にふたりそろひて生身魂　阿波野青畝
奥の間に声おとろへず生身魂　鷲谷七菜子
生身魂ひよこひよこ歩み給ひけり　細川加賀
生身魂生くる大儀を洩らさるる　大橋敦子
生身魂海より鯛のとどきけり　松本ヤチヨ
対の箸まあたらしくて生身魂　若井新一
姿見の奥に映れる蓮の飯　松本澄江

【六道参《ろくだうまゐり》】　精霊迎《しやうりやうむかへ》　迎鐘《むかへがね》

八月七日から十日までの間に、京都の珍皇寺に詣でる盆の精霊迎の行事。本堂の前には多数の石地蔵があり、ここから冥土《めいど》へと道が通うというので、俗に「六道の辻《つじ》」と呼ばれる。参道で売られている高野槙《こうやまき》などの盆花を求め、迎鐘を撞《つ》く。この鐘は堂内に納められているため見えず、小さな穴から垂れている綱を曳いて鳴らすと音が地面に響き、冥界まで届くとされている。❖精霊は槙の葉の滴に宿って戻るといわれる。

迎鐘ならぬ前から露のちる　一茶
建仁寺抜けて六道詣りかな　高浜年尾
金輪際わりこむ婆や迎鐘　川端茅舎
曳けとこそ綱一本の迎鐘　井上弘美

【門火《かどび》】　門火焚く　迎火　送火　魂迎《たまむかへ》　魂送《たまおくり》　苧殻《をがら》焚く　苧殻火

盂蘭盆会の最初の日の夕方、祖先の霊を迎えるために苧殻などを焚くのが迎火、盂蘭盆会の最後の日の夜に精霊を送るために焚くのが送火。両者を総称して門火という。家の門口ばかりでなく、墓・川岸・浜辺などで焚く地域、また提灯を捧げて墓場まで迎えに行く地域もある。

迎火や風に折戸のひとり明く　蓼太
信濃路は白樺焚いて門火かな　大橋越央子
あひふれし子の手とりたる門火かな　中村汀女
橋過ぎてよその門火に照らさるゝ　黒田杏子
炎の中に青さの見ゆる門火かな　佐藤博美
門火焚き終へたる闇にまだ立てる　星野立子
門川にうつる門火を焚きにけり　安住敦
富士にまだ明るさ残る門火焚く　加倉井秋を
波音の常とかはらぬ門火焚く　原雅子
長生きの父と門火を焚きにけり　髙田正子
迎火の苧殻をほきと折りにけり　大石悦子
送り火の跡ある門を閉ざしけり　上野章子
送り火の途中風向き変はりけり　宮谷昌代
父に似る伯父を上座に魂迎　福永耕二

【墓参《はかまゐり》】　墓詣《はかまうで》　墓参《ぼさん》　展墓《てんぼ》　掃苔《さうたい》　墓洗ふ

盂蘭盆に祖先の墓に参って、香花をたむけること。❖墓参は季節を問わないものだが、盆の行事であることから、秋の季語となっている。

墓詣り済ませし人とすれ違ふ　星野　椿
わが影に母入れてゆく墓参り　遠藤若狭男
長子我長子ともなひ墓詣　福田蓼汀
きやうだいの縁うすかりし墓参かな　久保田万太郎
野の風にながく憩ひて展墓かな　橋本鶏二
掃苔やありし日のごとかしづける　阿部みどり女
掃苔や母の話を聞くばかり　今井千鶴子
持てるもの皆地におきて墓拝む　山口波津女
墓洗ふ空あをあをと信濃口　井上康明

【施餓鬼《せがき》】　施餓鬼会　施餓鬼寺　施餓《せが》鬼幡《きばた》　川施餓鬼　船施餓鬼《ふなせがき》

　盂蘭盆、またはその前後の日に寺で無縁仏の霊を弔うこと。その供養のため檀家《だんか》を呼んで精進料理を饗応《きようおう》することもある。水死者を弔うのを川施餓鬼・船施餓鬼という。各宗それぞれ異なった様式の儀式を行うが、浄土真宗では行わない。

竹林の深きところに施餓鬼かな　松瀬青々
雛僧の下駄並べゐる施餓鬼かな　星野立子
施餓鬼の灯一つ消ゆれば一つ点《つ》く　野澤節子
おんおんと山つづきけり施餓鬼寺　兒玉南草
島人のまばらに坐り施餓鬼堂　清崎敏郎
施餓鬼棚組む島人の高梯子　渡辺幸恵
施餓鬼棚打ちそこねたる釘見えて　岩城久治
川へ火の出たがる施餓鬼太鼓かな　関戸靖子
川施餓鬼提灯水に落ちて燃ゆ　宮下翠舟
線香の石に焼け付く川施餓鬼　亀井雉子男
施餓鬼舟浅瀬は闇の淡くして　馬場移公子

【灯籠流し《たうろうながし》】　流灯《りうとう》　流灯会《りうとうゑ》　精霊流《しやうりやうなが》し　精霊舟

　盂蘭盆会の最後の日の夕方、大きな精霊舟や、多数の灯籠を作って川や海に流し、精霊を送る行事。❖精霊に心を寄せる行事であり、無数の送火が海や川を流れてゆく美しい光景は寂寥感がある。

流燈や一つにはかにさかのぼる　飯田蛇笏
流灯のまばらになりてより急ぐ　阿部みどり女
流燈を燈して抱くかりそめに　橋本多佳子
荒き瀬の流燈並ぶこともなし　馬場移公子
沖に出てよべの流燈漂へる　清崎敏郎
流すべき流灯われの胸照らす　寺山修司
流灯におのづと道の生れけり　鈴木貞雄
夕焼は一瞬にさめ流灯会　山口青邨
流燈会高野の燭を賜はりて　民井とほる
暮るるまで雨を怺へて流燈会　倉橋羊村
燈籠のわかれては寄る消えつつも　臼田亜浪
燈籠の消ぬべきいのち流しけり　久保田万太郎
ひたすらに精霊舟のすゝみけり　吉岡禅寺洞
なほ揺れて精霊舟の燃え尽きず　奥村和廣

【大文字《だいもんじ》】　妙法の火　船形の火　左大文字　鳥居の火　五山送り火　施火《せび》

京都市で行われる盆行事の一つ。八月十六日の夜、京都市東方の如意ヶ岳の山腹に焚かれる盆の送火で、松の割木を井桁《いげた》に組んで大の字を作り、夜八時に一斉に点火する。忽然《こつぜん》として大の字が空中に浮かび出て壮観。起源は諸説あるが、大文字の字形になったのは寛永年間と思われる。如意ヶ岳の「大文字」に続き、松ヶ崎の「妙法」、西賀茂の「船形」、衣笠《きぬがさ》大北山の「左大文字」、奥《おく》嵯峨《さが》の「鳥居形」が次々とともされる。これらをあわせて「五山の送り火」という。❖送火が消えて五山に闇が戻ると、今年の盆も終わったというしみじみとした感慨がもたらされる。

大文字やあふみの空もただならね　蕪村
大文字の火のかゞよふや雲赤し　青木月斗
大文字第一画の衰へそむ　山口誓子

大文字の火勢の大の真中より　野澤節子
木屋町に馴染みの宿や大文字　長谷川浪々子
はじめなかをはり一切大文字　岩城久治
その一角が大文字消えし闇　田中裕明
送り火の法も消えたり妙も消ゆ　森　澄雄
帆からともなく船形の火となりぬ　粟津松彩子
施火果てて更なる闇の深さかな　真隅素子

【解夏《げげ》】　夏《げ》明《あき》　夏《げ》の果《はて》　夏書納《げがきをさめ》　送行《そうあん》

安居《あんご》を解くこと。旧暦七月十五日。安居中の夏書の経を寺の堂塔に納めることを「夏書納」といい、翌十六日に安居が終わった僧たちが各地に別れ去るのを「送行」という。→安居（夏）

雲疾し月山下る解夏の僧　後藤虹児
送行の風吹きかはる草の丈　ながさく清江

【地蔵盆《ぢざうぼん》】　地蔵会《ぢざうゑ》　地蔵詣　地蔵幡《ぢざうばた》

八月二十四日は地蔵菩薩《ぼさつ》の縁日で、この日を中心にした祭を地蔵盆という。特に盛んなのは京都をはじめとした近畿地方で、地蔵は子供を守るということから子供中心に行われる。町辻に寂しく立っている地蔵に新しい衣装を着せたり、土地によっては白《おし》粉《ろい》をつけたりする。地蔵を前に子供たちは福引きをしたり菓子を貰《もら》ったりして一日を過ごす。

柳川は水辺水辺の地蔵盆　江口竹亭
子らが囃す夜空のまろさ地蔵盆　山田みづえ
蕗の葉に蠟燭ともす地蔵盆　宮岡計次
湯上がりの項匂ふよ地蔵盆　三村純也
眠る子の足裏見えて地蔵盆　井上弘美
下京や下駄突つかけて地蔵盆　福永法弘
茄子南瓜煮えてとろとろ地蔵盆　岸本尚毅
行き過ぎて胸の地蔵会明りかな　鷲谷七菜子

【虫送《むしをくり》】　虫流し　実盛送り　田虫送り
稲虫送り　虫追い　虫供養　実盛祭

晩夏から初秋に、農作物、特に稲の害虫を

追いやる行事。イナゴ、ウンカ、ズイムシなどの稲の害虫を駆除する願いを込めて、害虫の悪霊を追い払うために行う。村人や子どもたちが集まり、松明をともし人形を押し立てて鳴り物を鳴らし「稲虫、送らんか」などと囃して村境へと虫を追い立てる。❖『平家物語』に、斎藤別当実盛が稲株に足をとられて首をかかれた話があることから、その怨霊が稲の害虫を発生させるという伝承がある。実盛祭は怨霊を鎮めるためのもの。

生きるもの闇に影なす虫送り　鍵和田秞子
虫送りうしろ歩きに鉦打つて　小笠原和男
虫追ひの大きな闇にまぎれけり　田口紅子
虫送すみたる稲のそよぎかな　三村純也

【太秦の牛祭《うづまさのうしまつり》】　牛祭

十月十日の夜、京都太秦の広隆寺《こうりゅうじ》で行われてきた奇祭。摩吒羅神《まだらじん》に扮した男が赤鬼青鬼の四天王を従え、牛に乗って境内に入り、祭壇に上り、奇妙な口調で、中世風の変わった祭文《さいもん》を読み、四天王が唱和する。約一時間もかけて朗読を終えた途端、摩吒羅神と四天王は薬師堂に逃げ込む。神々を捕らえるとその年の厄を逃れるというので、かつては参詣者が殺到したからである。稚拙な面や長々しい祭文など滑稽味《こっけいみ》があり、奇祭と呼ぶにふさわしい。❖近年は中断されている。

消し廻る灯に果て行くや牛祭　大谷句仏
月のなき夜道となりぬ牛祭　名和三幹竹
大牛を恐るゝ児あり牛祭　五十嵐播水
子供らにねむき呪文や牛祭　岸風三楼
寺を出て寺に戻れり牛祭　三島晩蟬
高張に祭文長し牛祭　石地まゆみ

【菊供養《きくくやう》】

十月十八日に東京の浅草寺で行う菊花の供

養。かつては旧暦九月九日の重陽《ちょうよう》の日に行われていた。参詣する人は菊の枝を携えて仏前に供え、すでに供養された菊を頂いて帰ってくる。それを家の中に供えると災難よけになり延命長寿がかなうといわれる。
この日、境内では金竜の舞が奉納される。

知らで寄ることのゆかしき菊供養　永井龍男
菊供養進む金竜鳩翔たせ　福田蓼汀
落日の中に灯ともる菊供養　能村登四郎
賜りて蕾ばかりや菊供養　草間時彦
くらがりに供養の菊を売りにけり　高野素十
こぼれ葉を僧が掃き寄せ菊供養　片山由美子

【宗祇忌《そうぎき》】

旧暦七月三十日。連歌師宗祇（一四二一～一五〇二）の忌日。姓は飯尾氏、自然斎《じねんさい》などと号した。幼時から和歌を学び、連歌に長じ、半生を旅に暮らした。室町時代の連歌全盛期に第一人者となり、『新撰菟玖波集《しんせんつくばしゅう》』などを編んだ。文亀二年、箱根湯本で没した。

宗祇忌や旅の残花の白木槿　森澄雄
宗祇忌の筆ざんばらに筆立てに　上野さち子

【鬼貫忌《おにつらき》】　槿花翁忌《きんくわをうき》

旧暦八月二日。上島鬼貫（一六六一～一七三八）の忌日。本名宗邇《むねちか》。伊丹《いたみ》の酒造家の出身。早くから松江重頼の門に入り、のちに西山宗因に師事し、自由闊達な伊丹風俳諧の指導者として活躍した。編著は『大悟《だいご》物狂《ものぐるい》』など多数。元文三年、大坂で没した。

摂津より奥の栗酒鬼貫忌　森澄雄
鬼貫忌風がくすぐる耳の裏　伊藤白潮
蕎麦打ってひとをもてなす鬼貫忌　片山由美子
酒倉の黴に明けゆく鬼貫忌　奥田節子

【守武忌《もりたけき》】

旧暦八月八日。伊勢神宮禰宜《ねぎ》の荒木田守武（一四七三～一五四九）の忌日。「守武千

句」によって俳諧を文芸にまで高めるのに貢献。山崎宗鑑とともに俳諧の祖として並び立つ。

祖を守り俳諧を守り守武忌　高浜虚子
守武忌浄めの雨のすぎにけり　松崎鉄之介
五十鈴川もとより澄みて守武忌　鷹羽狩行
神杉《かんすぎ》は上枝《ほつえ》を見せず守武忌　櫂未知子

【西鶴忌《さいかくき》】

旧暦八月十日。井原西鶴（一六四二〜九三）の忌日。大坂の町人で、平山藤五と称した。西山宗因に俳諧を学んだ。住吉《すみよし》社の社前で、矢数俳諧に挑戦し、一昼夜二万三千五百句を独吟して世を驚かせた。のち浮世草子作者に転じ『好色一代男』『世間胸算用』などを版行、近松門左衛門・松尾芭蕉と並んで元禄期の文学者の最高峰をなした。

西鶴忌うき世の月のひかりかな　久保田万太郎
新宿に会ふは別るる西鶴忌　石川桂郎
灯のなかに夕映落ちる西鶴忌　岡井省二
止り木のどれも艶出て西鶴忌　緒方敬
西鶴忌きつねうどんに揚げ一まい　土生重次

【去来忌《きょらいき》】

旧暦九月十日。俳人向井去来（一六五一〜一七〇四）の忌日。長崎の人。京都洛西嵯峨《らくせいさが》に住み、庵を落柿舎《らくししゃ》と称した。蕉門《しょうもん》十哲の一人で、凡兆と『猿蓑《さるみの》』を共選。また『去来抄』などの俳論集を著した。宝永元年没。❖篤実な人柄で、蕉門の「西の俳諧奉行」といわれた。高浜虚子が〈凡そ天下に去来ほどの小さき墓に参りけり〉と詠んだように、落柿舎にある小さな墓が知られている。

去来忌や菊の白きを夜のもの　野村喜舟
猿蓑の後刷りもよし去来の忌　池上浩山人
去来忌や月の出に雨すこし降り　藤田湘子

鞍馬より嵯峨野の冷ゆる去来の忌　黒田杏子
去来忌の篁を風離れざる　宇野恭子

【白雄忌《しらおき》】
旧暦九月十三日。天明中興期に活躍した加《か》舎《や》白雄（一七三八〜九一）の忌日。信州上田の人。江戸に春秋庵をひらいた。技巧を排した繊細で飾りけのない句風で、蕉風への復古を唱えた。著書に『俳諧寂栞』、句集に『白雄句集』などがある。
磨る墨に酒の一滴白雄の忌　竹中龍青
火の欲しき膝のあたりや白雄の忌　渡辺古鏡

【普羅忌《ふらき》】　立秋忌《りつしうき》
八月八日。俳人前田普羅（一八八四〜一九五四）の忌日。本名忠吉。立秋の日に没したので立秋忌ともいう。報知新聞富山支局長として赴任以来、生涯の大半を富山で過ごし、俳句に打ち込んだ。俳誌「辛夷《こぶし》」を主宰。句集に『定本普羅句集』など。
走り咲く萩に普羅忌の来りけり　飯原雲海
鯉こくの食ひたき日なり普羅忌なり　石田波郷
野を行けば風に声あり立秋忌　中坪達哉
ひと雨のまた笹に鳴る立秋忌　井上雪

【水巴忌《すいはき》】　白日忌《はくじつき》
八月十三日。俳人渡辺水巴（一八八二〜一九四六）の忌日。本名義《よし》。東京浅草生まれ。内藤鳴雪に俳句を学び、大正五年、「曲水」を創刊主宰。また高浜虚子選『ホトトギス』雑詠の代選などを行った。句集に『水巴句集』など。
水巴忌の一日浴衣着て仕ふ　渡辺桂子
水巴忌やかなかなを待つ今戸橋　渡辺恭子

【林火忌《りんかき》】

八月二十一日。俳人大野林火（一九〇四〜八二）の忌日。本名正《まさし》。横浜生まれ。抒情性あふれる俳句を作る一方、現代俳句の紹介・啓蒙《けいもう》に尽力した。戦後、「濱《はま》」を創刊主宰。句集に『冬雁』『潺潺集《せんせんしゅう》』など。

林火忌の湖北に萩と吹かれけり　松崎鉄之介

林火忌やニスの匂ひの模型船　鷹羽狩行

林火忌の烈しき雨に打たれをり　大串　章

【夜半忌《やはんき》】　底紅忌《そこべにき》

八月二十九日。俳人後藤夜半（一八九五〜一九七六）の忌日。本名潤。大阪生まれ。幼時から俳句に親しみ、高浜虚子に師事。客観写生を得意とし、戦後は「花鳥集」（のちに「諷詠《ふうえい》」と改題）を創刊主宰した。句集に『翠黛《すいたい》』『底紅』など。

底紅忌うすむらさきに昏れにけり　肥塚艶子

底紅の花に傅《かしづ》く忌日かな　後藤比奈夫

【夢二忌《ゆめじき》】

九月一日。画家・詩人の竹久夢二（一八八四〜一九三四）の忌日。岡山県生まれ。哀愁漂う甘美でモダンな作風で若い人々を魅了した。代表作に日本画「黒船屋」「竜田姫」、詩に「宵待草」などがある。

夢二忌を偲ぶよすがの湖畔宿　内田恵梨

菓子つつむ伊勢千代紙や夢二の忌　稲垣冨子

括られて露まとふもの夢二の忌　長嶺千晶

【迢空忌《ちょうくうき》】

九月三日。民俗学者・国文学者・歌人・詩人であった折口信夫《おりくちしのぶ》（釈迢空《しゃく》）（一八八七〜一九五三）の忌日。大阪生まれ。民俗学の方法論を国文学にとり入れ、新境地を開き、歌人としては釈迢空の名で独自の歌風をなした。歌集『海やまのあひだ』、著作に『古代研究』『死者の書』など。

サルビヤのさかる療舎や迢空忌　角川源義

迢空の忌やくらがりに山と河　篠崎圭介

森番のごと祠あり迢空忌　宮田逸夫

迢空忌杵の空を仰ぎけり　藤本美和子

【鏡花忌《きょうかき》】

九月七日。小説家泉鏡花（一八七三〜一九

三九）の忌日。本名鏡太郎。石川県生まれ。尾崎紅葉に師事し、明治・大正・昭和を通じて独自の幻想文学を構築した。代表作に『高野聖』『婦系図』『歌行燈』などがある。

鏡花忌の水にいろさす加賀錦　井上弘美
真夜に覚め夢に色ある鏡花の忌　長嶺千晶

【鬼城忌《きじやうき》】

九月十七日。俳人村上鬼城（一八六五～一九三八）の忌日。本名荘太郎。初期ホトトギスを代表する作家の一人。青年期に聴力をほとんど失ってしまった失意から本格的に俳句に打ち込み、境涯を詠み続けた。句集に『定本鬼城句集』など。

鬼城忌や芳墨惜しみなくおろす　上村占魚
鬼城忌の耳に入りくる音あまた　鈴木節子
熊蜂の羽音鬼城の忌なりけり　加古宗也

【牧水忌《ぼくすいき》】

九月十七日。歌人若山牧水（一八八五～一九二八）の忌日。本名繁《しげる》。宮崎県生まれ。旅と酒を愛する歌人として知られ、平明で浪漫的な作品は広く愛唱されている。歌誌「創作」を主宰。歌集に『海の声』『別離』『路上』がある。

砂浜へひびく足音牧水忌　鈴木良戈
海も山も雲を育てて牧水忌　戸恒東人
傘へこむばかりに山雨牧水忌　青野敦子

【子規忌《しきき》】　糸瓜忌《へちまき》　獺祭忌《だつさいき》

九月十九日。正岡子規（一八六七～一九〇二）の忌日。本名常規《つねのり》、幼名升《のぼる》。伊予松山生まれ。新聞記者・俳人・歌人・随筆評論家として活躍した。愛媛県の松山中学で学んだ後、上京。『獺祭書屋俳話』で俳句の独立を説き、俳句革新に着手、長い病床生活から「墨汁一滴」「病牀《びようしよう》六尺《ろくしやく》」などの主要な作品が生まれた。明治三十五年、東京根岸で没。墓は東京田端《たばた》の大竜寺にある。

俳句はもとより短歌に関しても革新的偉業を残した。

叱られし思ひ出もある子規忌かな　高浜虚子
子規の忌と思ふ畳を拭きをりて　佐藤博美
伏して見る子規忌の草の高さかな　南うみを
健啖のせつなき子規の忌なりけり　岸本尚毅
糸瓜忌や俳諧帰するところあり　村上鬼城
糸瓜忌の紅茶に消ゆる角砂糖　秋元不死男
糸瓜忌や虚子に聞きたる子規のこと　深見けん二
糸瓜忌の朝のきれいな目玉焼　森田智子
枝豆がしんから青い獺祭忌　阿部みどり女
月並の句をな恐れそ獺祭忌　茨木和生
昼食を少し奢りぬ獺祭忌　岩田由美

【汀女忌《ていぢよき》】

九月二十日。俳人中村汀女（一九〇〇〜八八）の忌日。本名破魔子。熊本県生まれ。高浜虚子に師事し、みずみずしい感性で家庭生活を詠み「ホトトギス」で頭角を現した。昭和を代表する女性俳人の一人。「風花」を創刊主宰。句集に『汀女句集』『紅白梅』など。

汀女忌のせめて机上の書を正す　村田脩
一壺《いっこ》には野の花挿して汀女の忌　大津信子
明日たのむ思ひあらたや汀女の忌　小川濤美子
祖母と来し湯宿なつかし汀女の忌　小川晴子

【賢治忌《けんじき》】

九月二十一日。詩人・児童文学者宮沢賢治（一八九六〜一九三三）の忌日。岩手県生まれ。盛岡高等農林学校を卒業。農業研究者として農村指導に献身。風土に根ざした独特の宇宙観、宗教観をもつ幻想的な作品を書いた。詩に「春と修羅」「雨ニモマケズ」、童話に『銀河鉄道の夜』『風の又三郎』などがある。

賢治忌の柱時計の振子かな　永島靖子
賢治忌の草鉄砲を鳴らしけり　大西朋

【秀野忌《ひでのき》】
九月二十六日。俳人石橋秀野（一九〇九〜四七）の忌日。旧姓藪《やぶ》。奈良県生まれ。山本健吉と結婚。横光利一の十日会、石田波郷の「鶴」に加わって作句。格調の高い抒情的な作品で注目された。句文集に『桜濃く』がある。

秀野忌のいとども影をひきにけり　石田波郷
秀野忌のやがて刈り込む白芙蓉　和田佳子

【蛇笏忌《だこつき》】山廬忌《さんろき》
十月三日。俳人飯田蛇笏（一八八五〜一九六二）の忌日。本名武治。山梨県境川村生まれ。小説家を目指し上京。早稲田大学に学び、初期ホトトギスの代表的作家の一人となり、主情的作風によって知られた。その後生まれ故郷に帰り、「雲母」を主宰。風土に根ざした重厚な作風を確立した。句集に『山廬《さんろ》集』『霊芝《れいし》』など、その他随筆・評論など多数。❖句集名になった山廬は別号。庵名でもあり現在も引き継がれている。

蛇笏忌や振って小菊のしづく切り　飯田龍太
蛇笏忌の田に出て月のしづくあび　福田甲子雄
裏山にひかる雲積み蛇笏の忌　廣瀬直人
蛇笏忌と思へり粗朶を束ねをり　廣瀬町子
山廬忌の秋は竹伐るこだまより　西島麦南
蛇笏忌の露凝る石のしるべ石　井上康明

【素十忌《すじふき》】金風忌《きんぷうき》
十月四日。俳人高野素十（一八九三〜一九七六）の忌日。本名与巳《よしみ》。茨城県生まれ。高浜虚子に師事し、「ホトトギス」四Sの一人に数えられる。新潟大学医学部などで教鞭《きょうべん》を執る傍ら、虚子の客観写生を忠実に実践。俳誌「芹」を創刊主宰。句集に『初鴉』『野花集』など。

廻し酌む形見の酒杯素十の忌　小路紫峡

両膝に両手を正し素十の忌　倉田紘文
素十より継ぎし選して素十の忌　鷹羽狩行

【源義忌《げんよしき》】　秋燕忌《しうえんき》

十月二十七日。俳人角川源義（一九一七〜七五）の忌日。富山県生まれ。大学時代、折口信夫《おりくちしのぶ》に教えを受け、民俗学・国文学を学んだ。角川書店を創立し、短歌・俳句の発展に寄与、俳誌「河」を創刊主宰した。句集に『西行の日』『ロダンの首』など。

朝夕のめつきり冷えて源義忌　草間時彦
東京の一日静か源義忌　片山由美子
松ぼくりかぞへて歩く秋燕忌　吉田鴻司
秋燕忌近し蕪を甘く煮て　角川照子
てのひらのえごの実鳴れり秋燕忌　本宮哲郎
篁に日のさらさらと秋燕忌　小島健

動物

【鹿《かし》】　牡鹿《をじか》　牝鹿《めじか》　小牡鹿《さをしか》　鹿の声

晩秋、鹿は交尾期を迎えると、雄同士激しく争う。雌の気を引こうとして盛んに鳴く声は、聞くと哀れをもよおす。その声の寂しさに情趣を覚え、古来、和歌に詠まれてきた。小牡鹿は雄鹿のこと。❖『百人一首』に〈奥山に紅葉踏み分け鳴く鹿の声聞くときぞ秋はかなしき　猿丸太夫〉とあるように、鹿といえば声であった。また古来、紅葉との組み合わせでよく詠まれた。

びいと啼く尻声悲し夜の鹿　芭蕉
鹿の眼のわれより遠きものを見る　高木石子
おばしまは汐満ち鹿も眠るらし　清水基吉
若き鹿跳ねとぶ足へ潮さし来　新田祐久
貫禄のかくも汚れて鹿の秋　八染藍子
一枚の絹の彼方の雨の鹿　永島靖子
濃き影を幹に寄せ合ふ夜の鹿　柘植史子
奥宮の鹿里宮にきて鳴けり　谷口智行
鹿の目にまつすぐ上る煙かな　森賀まり
ゆふぐれの顔は鹿にもありにけり　山根真矢
雄鹿の前吾もあらあらしき息す　橋本多佳子
小牡鹿の斑を引き緊めて海に立つ　鷹羽狩行
鹿の声ほつれてやまぬ能衣装　野澤節子
鹿鳴くと言ふ風の音ばかりかな　千代田葛彦
飛火野の没日の鹿のかうと啼く　岡井省二

【猪《ゐのしし》】　猪《しし》　瓜坊《うりばう》

猪は晩秋になると、夜、山から里へ下りてきて、田や畑を荒す。稲穂や芋・豆などを食い荒したり、土を掘り返して野鼠や蚯蚓《みみず》などをも食う。そこで山近い田畑には猪垣《ししがき》を作り猪の入るのを防ぐ。❖肉は脂肪が豊富で美味。獣肉を食べることを忌んだ江戸時代には山鯨と称して冬に賞味した。

夜の瀬音猪の声もあるかな　金子兜太
内臓《わた》ぬかれたる猪のなほ重し　津田清子
猪の荒肝を抜く風の音　宇多喜代子
どろんこの猪逃げてゆきにけり　茨木和生
猪檻の猪に臥処のなかりけり　谷口智行

【馬肥ゆ《うまこゆ》】　秋の馬　秋の駒

寒帯や温帯に棲息する鳥獣は、秋になると皮下脂肪が増えて太るのが一般で、馬も清明な秋空の下で豊かに肥える。

馬肥えてかがやき流る最上川　村山古郷
丘の上に雲と遊びて馬肥ゆる　森田峠
陽関や天馬《てんば》たらむと馬肥ゆる　有馬朗人
藁しべの括り髪なる秋の駒　中村苑子

【蛇穴に入る《へびあなにいる》】　秋の蛇　穴惑《あなまどひ》

夏の間活動していた蛇は、晩秋になると穴に入って冬眠する。穴に入るのは秋の彼岸ごろだといわれるが、実際にはもっと遅い。数匹から数十匹がどこからともなく集まって一つ穴に入り、からみ合って冬を過ごす。彼岸を過ぎてもまだ穴に入らず、徘徊《はいかい》している蛇を穴惑という。↓蛇穴を出づ（春）

穴に入る蛇あかあかとかがやけり　沢木欣一
蛇穴に入りたるあとの湿りかな　瀬戸美代子
秋の蛇美しければしばし蹤く　井沢正江
金色の尾を見られつつ穴惑　竹下しづの女
山畑の草動きゆく穴まどひ　滝沢伊代次
穴まどひ丹波は低き山ばかり　日美清史
穴まどひ大仏裏に道のあり　酒井和子
側溝の水の濁りや穴まどひ　大木あまり

【鷹渡る《たかわたる》】　鷹の渡り　鷹柱《たかばしら》

鷹が越冬のために南方へ渡ること、または冬鳥の鷹が北方から日本に渡ってくること。日本に棲息するワシタカ目のほとんどは冬鳥で、秋に中国大陸その他から渡ってくる。一般に「鷹の渡り」とは、刺羽《さしば》という種類が群れをなして南方に帰ってゆくことである。❖鷹柱は鷹、特に刺羽の群が南方に渡るのに先だって、上昇気流をとらえて上昇する様子をいう。→鷹（冬）

鷹渡る真珠筏は揺れもせず　伊達甲女
金印の島の真上を鷹渡る　栗田やすし
鷹渡る砕けては濤にごりつつ　長嶺千晶
海へやや曲りて聳え鷹柱　鷹羽狩行

【色鳥《いろどり》】
秋、渡ってくる小鳥類のうち、花鶏《あとり》・真鶸《まひわ》・尉鶲《じようびたき》など色とりどりの美しい鳥を総称して色鳥という。❖春に渡ってくる鳥は囀りが美しいが、秋に渡ってくる鳥は姿の美しさが詠まれてきた。

色鳥の残してゆきし羽根一つ　今井つる女
色鳥や潮を入れたる浜離宮　宇田零雨
色鳥や森は神話の泉抱く　宮下翠舟
色鳥やきらきらと降る山の雨　草間時彦
水際にきて色鳥の色こぼす　津根元潮
色鳥や朝の祈りを食卓に　山田弘子
色鳥の入りこぼれつぐ一樹かな　朝妻力

【渡り鳥《わたりどり》】　鳥渡る
秋になって北方から渡ってくる鳥。白鳥・鶴・雁・鴨など、群れをなして渡ってくる鳥のこと。→鳥帰る（春）

木曾川の今こそ光れ渡り鳥　高浜虚子
わたつみのなみのつかれよ渡り鳥　三橋敏雄
葬列や数人あふぐ渡り鳥　高柳重信
渡り鳥みるみるわれの小さくなり　上田五千石
鳥わたるこきこきこきと罐切れば　秋元不死男
人はみな旅せむ心鳥渡る　石田波郷
鳥渡る山々影を重ねあひ　桂信子
鳥渡る空の広さとなりにけり　石塚友二
新宿ははるかなる墓碑鳥渡る　福永耕二

鳥渡る海のひかりを曳きながら　奥名春江
遠ざかるものは影濃く鳥渡る　宮田正和
はらわたの熱きを恃み鳥渡る　宮坂静生
今生の別れは一度鳥渡る　橋本榮治
箒の柄艶増すころを鳥渡る　野中亮介
雁塔に一夜明かせし坂鳥か　安住敦

【小鳥《ことり》】　小鳥渡る　小鳥来る

俳句で小鳥といえば、秋、日本に飛来する小鳥、また留鳥のカラ類など山地から平地に下りてくる小鳥のことをいう。尉鶲《じょうびたき》や連《れん》雀《じゃく》、花鶏《あとり》、鶸、鶫などの小鳥は十月上旬から下旬にかけて、日本に渡ってくる。これらの鳥が飛び交う光景はいかにも秋らしい。❖古典では「小鳥渡る」として使われていた。「小鳥来る」は口語表現として広まった。

小鳥来る音うれしさよ板びさし　蕪村
小鳥来て午後の紅茶のほしきころ　富安風生
小鳥早や来てをり朝が始りぬ　高木晴子
白髪の乾く早さよ小鳥来る　飯島晴子
追憶はおとなの遊び小鳥来る　仁平勝
いい手紙ふつうの手紙小鳥来る　加藤かな文

【燕帰る《つばめかへる》】　帰燕《きえん》　秋燕《あきつばめ》　秋燕《しうえん》

春に南方から渡ってきた燕が子育てを終え、九月ごろに南方へ帰っていくこと。山里や町空を飛び交っていた燕もいつのまにか見なくなる。❖帰る燕を見送る寂しさを感じさせる季語である。↓燕（春）

燕はやかへりて山河音もなし　加藤楸邨
雨過ぎて帰燕の空の濡れにけり　波多野爽波
破船より翔ちて帰燕に加はれり　鷹羽狩行
燈台の高さを飛んで秋燕　細見綾子
篁《たかむら》に一水まぎる秋燕　角川源義
草に音立てて雨来る秋燕　深見けん二
大陸の日にくろがねの秋燕　蓁目良雨
おのおのに空をつかひて秋燕　前田攝子

高浪にかくるる秋のつばめかな　飯田蛇笏
中空に秋の燕となりにけり　相馬遷子
峡《かひ》の空秋燕高くひるがへる　岡本松濱
秋燕や河口は広き空を抱き　三原白鴉

【海猫帰る《うみねこかへる》】　海猫《ごめ》帰る　海猫残る

繁殖期の二月初旬に渡ってきた海猫は、八月中旬から南方へ帰ってゆく。弱ったり傷ついたりした海猫が残っていることがあり、哀れである。

あら草の雨はひかりに海猫帰る　坂本昭子
海猫残る軒端不漁のにごり空　村上しゆら

【稲雀《いなすずめ》】

稲が実ると、田圃《たんぼ》や掛稲に雀が群れをなしてやってくる。鳥威しなどで脅すと一斉に逃げるが、すぐまた戻ってくる。↓鳥威し

稲雀ぐわらん〳〵と銅羅が鳴る　村上鬼城
稲雀散ってかたまる海の上　森　澄雄
松島や海へ吹かるる稲雀　角川照子
稲雀飛鳥の風にひろがれり　中　拓夫
日本に稲ある限り稲雀　今瀬剛一
稲雀散りて羽音の散らばれり　石井いさお
玄海の端にこぼれて稲雀　柴田佐知子
稲雀空にぶつかっては沈む　月野ぽぽな

【鵙《もず》】　百舌鳥《もず》　鵙の声　鵙《もず》の贄《にへ》　鵙の速《はや》贄《にへ》　鵙日和《もずびより》

山野・平野、都会付近にも繁殖し、秋、高い木の頂や電柱に止まって、尾を上下に振りながらキーッ、キーッと鋭い声で鳴く。これは縄張りの確保のためといわれる。大きさは雀の二倍ぐらい。猛禽類で、昆虫や蛙、蛇や鼠なども捕らえる。獲物をとがった木の枝や有刺鉄線などに刺して蓄えたものを「鵙の贄」「鵙の速贄《はやにえ》」という。❖鋭い声は澄んだ大気によく響き、秋らしさを実感させる。↓冬の鵙（冬）

百舌鳥なくや入日さし込む女松原　凡　兆

われありと思ふ鵙啼き過ぐるたび　山口誓子
かなしめば鵙金色の日を負ひ来　加藤楸邨
ある朝の鵙きゝしより日々の鵙　安住　敦
たばしるや鵙叫喚す胸形変　石田波郷
鵙啼くや倉の紋章あきらかに　星野恒彦
百舌に顔切られて今日が始まるか　西東三鬼
鵙の贄かくも光りて忘らるる　熊谷静石
驚きのまなこそのまま鵙の贄　角谷昌子
越中の田が焦げくさし鵙日和　本宮哲郎
パレットに乾く絵具も鵙日和　大石香代子

【鶫《つぐみ》】

鵙より少し大きい鳥で、十月の終わりごろ、大挙して大陸から渡ってきて、主に山地の森林に棲息。冬は田園に現れる。キイキィー、クイックイッと鳴く。❖肉が美味なため、古来捕食されたが、現在は捕獲が禁じられている。

人の顔俄にさむし鶫とぶ　右城暮石
鶫死して翅拡ぐるに任せたり　山口誓子
鶫来るふもとの村の赤子かな　大峯あきら

【鵯《ひよどり》】　鵯《ひよ》

鶫よりやや大きく尾が長い鳥。全体に灰色で、ピーヨ、ピーヨ、ピルルと甲高い声で鳴く。留鳥であるが、本州中部以北に棲息するものは、秋になると温暖な地方に移り、山に棲息するものは人里近くへ下りてくる。雑木林で群れをなし、庭などへもやって来て、南天・八手《やつで》・青木など色のついた実を好んでついばみ、山茶花《さざんか》・椿の花蜜を吸う。

鵯のこぼし去りぬる実のあかき　蕪　村
鵯の花吸ひに来る夜明かな　抱　一
鵯の声松籟松を離れ澄む　川端茅舎
鵯の大きな口に鳴きにけり　星野立子
鵯や墓ありて行く深大寺　藤田湘子
飛び鳴きの鵯や山川晴るゝ空　松根東洋城
しんがりの鵯の速さを見失ふ　古舘曹人

【懸巣《かけす》】　樫鳥《かしどり》　橿鳥《かしどり》

鳩より少し小型の鳥で、全体に葡萄色、翼が黒・白・藍色の三段模様で美しい。人を恐れず、秋の山麓や平野の樫の林などでジャー、ジャーとやかましく鳴きながら枝移りして飛ぶ。他の鳥の鳴き声をまねることでも知られる。枯枝などで作った巣を樹木にかけることから懸巣の名がある。樫鳥の名は樫の実を好むことから。

木を倒す音しづまれば懸巣啼く　五十嵐播水
夕暮の莨はあましかけす鳴く　横山白虹
降り通す雨やかけすの啼き通し　村山古郷
かけす鳴きひかりしたしき楢林　杉山岳陽
懸巣鳴く天の岩戸を霧ごめに　木村風師

【鶸《ひは》】　真鶸《まひは》　河原鶸　紅鶸

雀と同じくらいの大きさの鳥で、色は緑がかった褐色に、黄色い羽毛が鮮やか。河原《かわら》鶸《ひわ》、それよりもやや小さい真鶸《まひわ》がいる。真鶸は秋に大陸から日本全国に渡ってくる。河原鶸はツィー、ツィーと鳴き、真鶸はチュイン、チュインと鳴く。❖鶸色は鎌倉時代のころに現れた色名で、この鳥の色からつけられたといわれている。

砂丘よりかぶさつて来ぬ鶸のむれ　鈴木花蓑
人来ねば鶸の来てゐる石舞台　松崎鉄之介
大たわみ大たわみして鶸渡る　上村占魚
北の空暗し暗しと鶸が鳴く　飯田龍太
鶸渡る雨の峠の草伝ひ　堀口星眠
さざめきのありて真鶸の枝うつり　斎藤夏風
河原鶸点となるまで啼いてをり　久保千恵子

【鶲《ひたき》】　尉鶲《じょうびたき》　瑠璃鶲　火焚鳥《ひたきどり》

広義にはヒタキ科の鳥の総称だが、元来は尉鶲をさした。尉鶲は雀ぐらいの大きさで、腰と尾が錆赤色で美しく、黒い翼には大きな白い斑があるので紋付鳥《もんつきどり》ともいう。人を恐れず、森・畑地・庭園などにも多く現れ、尾を上下に振ってヒッヒッヒッ、カタカタと鳴く。その鳴き声が火打ち石を打つ音に似ていることから火焚鳥ともいう。

幾朝の声の鶲ぞ垣に来る　阿部ひろし
ひるがへり去りし鶲の紋の白　坊城としあつ
山の学校鶲の好きな木がありぬ　中澤康人
今年また紋見せに来し鶲かな　鷹羽狩行
いしぶみの色より翔《た》ちて鶲かな　榎本好宏
風と来て風が連れ去る夕鶲　加藤燕雨
一羽来てすぐ一羽来て尉鶲　坂本宮尾
美はしき山を零れて尉鶲　井口さだお
吹き来たる風に遅れて尉鶲　岩田由美

【鶺鴒《せきれい》】　石叩き　庭叩き　背黒鶺鴒《せぐろせきれい》　白鶺鴒《はくせきれい》

セキレイ科の鳥の総称。長い尾を持ち、尾を上下に振って石や地面を叩くように見えるところから石叩きや庭叩きの別名がある。都会の近郊にもよく現れる。❖チチン、チチンと高く通る声で鳴きながら地すれすれのところを波状飛行するのが特徴。

鶺鴒のとゞまり難く走りけり　高浜虚子
鶺鴒のひるがへり入る松青し　水原秋櫻子
石叩き激流ここに折れ曲り　大峯あきら
すべすべの石をよろこび石叩　大石悦子
羽たたみいま空にあり石たたき　金原知典

【椋鳥《むくどり》】　椋鳥《むく》

体が黒っぽいので、黄色い嘴《くちばし》と脚が鮮やかな印象を与える鳥。秋から冬にかけて椋の実やその他の木の実を食べるが、稲田の害虫もよく食べる益鳥である。❖都会でも夕暮れになると駅前などの木にたくさん群れてやかましく鳴き合う。

遁《のが》れとぶ鶁《むく》一群や森の月　召波
旅たのし椋鳥あまたわれとゐて　五所平之助
椋鳥の黄色の足が芝歩く　坊城としあつ
椋鳥に膨らむ夜の大欅　西村渾

椋鳥わたる羽音額にふるるほど　皆吉爽雨
双塔の暮れゆく椋鳥を浴びにけり　加藤楸邨

【鶉《うずら》】　鶉籠

体長約二十センチとキジ科の鳥の中では最も小さく、丸みを帯びた形で羽色は枯草色。グワッ、クルルルと高く響く声で鳴き、声が美しいので籠に飼われる。肉も卵も美味。草むらに隠れていてなかなか姿を見せない。
❖草深い野に棲むので「古《ふ》り」の枕詞「鶉鳴く」として古歌に詠まれてきた。

鶉鳴くばかり淋しき山の畑　佐藤紅緑
川底の日のうらゝかに鶉なく　金尾梅の門
鶉食って月の出遅き丸子宿　斎藤夏風
茶畑の畝に潜りし鶉かな　三森鉄治
野鶉の籠に飼はれて鳴きにけり　日野草城
ずんずんと瀬の昏れてゆく鶉籠　中岡毅雄

【啄木鳥《きつつき》】　けら　けらつつき　赤げら　青げら　小げら　山げら　熊げら

キツツキ科の鳥の総称で、小啄木鳥《こげら》・赤《あか》啄木鳥《げら》・青啄木鳥《あおげら》などがいる。羽はそれぞれ美しく、雀から鳩の大きさである。秋、山林を歩いていると、タラララ、タラララという音が聞こえてくることがある。これはドラミングといって、啄木鳥が嘴《くちばし》で素早く樹木を叩き、虫を捕食したり巣穴を作ったりする音である。

啄木鳥の月に驚く木の間かな　樗堂
啄木鳥の腹をこぼるゝ木屑かな　池内たけし
啄木鳥や落葉をいそぐ牧の木々　水原秋櫻子
啄木鳥や日の円光の梢より　川端茅舎
啄木鳥に俤も世もとどまらず　加藤楸邨
啄木鳥よ汝も垂直登攀者　福田蓼汀
啄木鳥や落葉の上の日のしづか　伊藤柏翠
啄木鳥の影ながらすぐ声となる　堀口星眠
はるかなる谺の芯のけらつつき　鳥居おさむ

【鴫《しぎ》】　田鴫　磯鴫

シギ科の鳥の総称だが、普通、鴫といえば田鴫のことをさす。稲の実るころから渡ってきて田地・沼地の泥湿地に多く棲息し、泥中の小虫を捕食する。人が近づくとジャーッと鳴きながら飛び立ち、非常な速さで直線状に飛び去る。鴫がじっと立っている様子を経を読んでいるさまに見立てて鴫の看経《かんきん》という。❖『新古今集』の西行の和歌〈心なき身にもあはれはしられけり鴫立つ沢の秋のゆふぐれ〉がよく知られている。

鴫立ちてゆふ風わたる古江かな　闌更
歩き出す鴫に大きな伊勢の海　古舘曹人
磯鴫や砂丘静かに崩れゆく　有馬朗人
磯鴫の脚跡にとりかこまるる　千葉皓史
歩くたび背高鴫の足が邪魔　片山由美子

【雁《かり》】　雁《がん》　かりがね　真雁《まがん》　初雁　雁渡る　雁来《く》る　雁《かり》の列《つら》　雁《かり》の棹《さを》　雁行《がんかう》　雁の声　落雁《らくがん》

一般には真雁のことをいう。北方で繁殖した雁は十月初めごろに飛来、翌春三月ごろ北へ帰る。越冬中は主として湖沼に群生する。飛び方が特殊で、十羽ぐらいずつ鉤《かぎ》状になったり竿状になったりして飛ぶ。その姿に、古来秋の深まりとともに天地の寂寥を感じてきた。夜間は多く水上に下りて眠る。その下りてくるさまを落雁という。現在では数が減り、太平洋側では宮城県伊豆沼、日本海側では新潟県北部が南限といわれている。❖鳴き声は遠くまでよく響き、ことに夜空に響く声は哀れが深い。↓帰る雁（春）

病雁の夜寒に落ちて旅寝かな　芭蕉
初鴈の砂に落ち込むつばさかな　闌更
羽音さへ聞えて寒し月の雁　青蘿
小波の如くに雁の遠くなる　阿部みどり女
古九谷の深むらさきも雁の頃　細見綾子

雁の数渡りて空に水尾もなし　森　澄雄
雁ゆきてまた夕空をしたたらす　藤田湘子
雁やのこるものみな美しき　石田波郷
雁や売るべく本をふところに　小宅容義
かりがねの棹片雲に紛れざる　茂　惠一郎
かりがねのこゑと思へばはるかなる　山上樹実雄
かりがねやそよろと立ちて近江富士　大石悦子
かりがねや水底見せて水急ぎ　片山由美子
さびしさを日々のいのちぞ雁わたる　橋本多佳子
みな大き袋を負へり雁渡る　西東三鬼
旅に買ふ切手一枚雁渡る　八染藍子
一列は一途のかたち雁渡る　西嶋あさ子
水分《みくまり》の峯にかかりて雁の棹　木内彰志
雁のこゑすべて月下を過ぎ終る　山口誓子
天に満ちやがて地に満ち雁の声　鷹羽狩行
雁鳴くやひとつ机に兄いもと　安住　敦

【初鴨《はつがも》】　**鴨渡る**　**鴨来《きた》る**

鴨は冬の季語であるが、鴨の渡りは八、九月に始まるので、その年一番に飛来したものを初鴨と呼ぶ。→引鴨（春）・鴨（冬）

遥けさの初鴨の声聞きとむる　皆川盤水
初鴨といふべき数が水の上　冨田正吉
鴨渡る明らかにまた明らかに　高野素十
鴨渡る鍵も小さき旅カバン　中村草田男

【鶴来る《つるきたる》】　**鶴渡る**　**田鶴《たづ》渡《わた》る**

鶴が渡ってくるのは十月中旬ごろで、快晴の日、北方から飛んでくる。代表的なものは鍋鶴や真鶴《まなづる》で、鹿児島県出水《いずみ》市には世界の鍋鶴の九割、真鶴の四割が飛来するといわれる。北海道の釧路湿原にも丹頂《たんちょう》が棲息するが、これは留鳥である。田鶴は歌語で鶴のこと。→鶴（冬）

鶴の来るために大空あけて待つ　後藤比奈夫
鶴守のはがき一片鶴来ると　林　十九楼
鶴来るや干拓海へすすみつつ　神尾季羊
青々と鶴来る空のかかりけり　落合水尾

曳く脚のさやかにぞ田鶴わたるなり　大橋櫻坡子

【落鮎《おちあゆ》】　鮎落つ　錆鮎《さびあゆ》　渋鮎《しぶあゆ》　下《くだ》り鮎《あゆ》
子持鮎　秋の鮎

夏の間清冽な川の上流にいた鮎は、秋も半ばを過ぎると産卵のために川を下る。これを落鮎という。鮎は産卵期になると刃物の錆びたような斑点が体に現れる。その状態の鮎を錆鮎・渋鮎という。→若鮎（春）・鮎（夏）

一とせの鰷《あゆ》もさびけり鈴鹿川　鬼　貫
落ち鮎や日に日に水のおそろしき　千　代
落鮎や山容かくす雨となり　三谷いちろ
落鮎や定かならざる日の在り処　片山由美子
落鮎のたどり着きたる月の海　福田甲子雄
落鮎の落ちゆく先に都あり　鈴木鷹夫
落鮎や流るる雲に堰はなく　鷹羽狩行
落鮎の鰭美しく焼かれけり　桜木俊晃
岸よりに落ちゆく鮎のあはれかな　三好達治
鮎落ちて美しき世は終りけり　殿村菟絲子
山々は鮎を落して色づきぬ　森　澄雄
鮎落ちて山家は薪を積みはじむ　西山　睦
錆鮎の焼くる間に山晴れにけり　山田春生
轟音を落しゆく貨車下り鮎　奈良文夫
灯点せば山の遠のく子持鮎　野中亮介

【紅葉鮒《もみぢぶな》】

秋、紅葉のころになると、琵琶湖に棲息する源五郎鮒は鰭《ひれ》が赤く変色するといわれてきた。それを紅葉鮒と呼んだ。❖季節にちなんだ文学的な表現であり、実際に色づくわけではない。

目に見えて鮴ゆるびそむ紅葉鮒　能村登四郎
紅葉鮒草に跳ねゐて傷つかず　皆川盤水
かたまつて日の斑つつけり紅葉鮒　関戸靖子

【鰍《かじか》】

鯊《はぜ》に似た一五センチ余の淡水魚。水の澄んだ川に棲息し、浅瀬の石などの間にひそんでいて、なかなか姿を見せないので石伏《いしぶし》ともいう。❖東京では鰍と呼ぶが、北陸では鮴《ごり》と呼ぶ。

山高く鰍突く魚扠《やす》かざしけり　吉田冬葉
青笹に頰刺し鰍提げ来る　宮岡計次
晴れてゐて見えざる山や鰍突き　長崎玲子

【鯔《ぼら》】　鯔《ぼら》飛ぶ

近海に棲息するボラ科の硬骨魚。幼魚は夏の間汽水域から淡水域で過ごし、水温の低下とともに海に戻る。成長にしたがってハク（約三センチ）、オボコ・スバシリ（三～一八センチ）、イナ（一八～三〇センチ）、ボラ（三〇センチ以上）と名が変わる出世魚で、特に大型のものをトドという。秋になると泥臭さが抜け、脂ものってきて美味。水面を飛び跳ねる姿をしばしば見ることができる。❖「とどのつまり」という慣用表現はボラが最終的にトドになることに由来するといわれている。

鯔さげて篠つく雨の野を帰る　飯田龍太
鯔釣に波の曙うまれけり　水原秋櫻子
鯔跳んで西空の雲早きかな　右城暮石
鯔の飛ぶ夕潮の真ッ平かな　河東碧梧桐
河口まで満ち来る潮に鯔はねて　山内繭彦
すばしりと呼ぶ鯔ならん飛べるなり　矢野景一

【鱸《すずき》】

北海道から九州に至る沿岸ないし近海に棲息する魚。出世魚の一種で、秋に産卵し、東京付近では最小の稚魚をコッパ（約一〇センチ）、次いでセイゴ（約二五センチ）、フッコ（約三五センチ）、スズキ（約六〇センチ）と呼ぶ。鯛に劣らず賞味される魚で、刺身・膾・洗い・塩焼きなどにされる。

鱸得て月宮に入るおもひかな　蕪村
網打のしぼりよせたる鱸かな　村上鬼城
まつすぐに鱸の硬き顔が来ぬ　岡井省二

ふなばたの尚月明り鱸釣　今井つる女
鱸舟出てゐて金華山遥か　岡安迷子
鎌倉を後ろへ回し鱸舟　長谷川　櫂

【鯊《はぜ》】 沙魚《はぜ》　鯊の秋　鯊の潮　鯊日和《はぜびより》

ハゼ科の魚の総称。内湾や川の河口の汽水域などに棲息する真鯊は二〇センチ前後で、体は上下にやや扁平、頭と口が大きく、目が頭の背面に寄っている。日本全国に分布し、秋から冬にかけてよく太る。天麩羅や甘露煮などにする。→鯊釣

松島の鯊の貌見て旅了る　山口青邨
うち晴れて鯊の八郎潟となる　上村占魚
空缶にきよとんと鯊の眼がありぬ　下田　稔
水中に石段ひたり鯊の潮　桂　信子
潮のいろ重なる沖や鯊日和　小島千架子
船端に両足垂らす沙魚日和　西山　睦
ひらひらと釣られて淋し今年鯊　高浜虚子
今年鯊はねて快晴浜離宮　鈴木鷹夫

【秋鯖《あきさば》】

鯖は夏の魚だが、秋の産卵後、ふたたび脂がのり味がよくなる。→鯖（夏）

秋鯖を心祝ひのありて買ふ　宮下翠舟
秋鯖や上司罵るために酔ふ　草間時彦
船団に秋鯖の沖まだ明けず　寺島ただし
近江へと秋鯖運ぶ峠道　能村研三

【秋鰹《あきがつを》】 戻り鰹

鰹は二月下旬に九州南方海域に現れ、黒潮にのって日本の太平洋岸を北上、三月下旬に四国へ、五～六月には伊豆、房総沖に到達する。その後、十月ごろに三陸沖に姿を現すが、これが秋鰹である。脂がのっていて美味。鰹漁はこのころが終期にあたる。

藁灰のほのぼの白し秋鰹　藤本美和子
みちのくの地酒に戻り鰹かな　尾池和夫

【鰯《いわし》】 鰮《いわし》　真鰯《まいわし》

真鰯・片口鰯などの総称。地方によって呼

び名が違う。東京でシコと呼ぶのは片口鰯のこと。多くは日本沿岸に棲息し、回遊している。季節に応じて北上したり南下したりするが、特に秋は味も良く大漁となる。❖かつては漁場や浜辺は「鰯引」で賑った。
→鰯引く・潤目鰯（冬）

うつくしや鰯の肌の濃さ淡さ　小島政二郎
暮色濃く鰯焼く香の豊かなる　山口誓子
鰯食ふ大いに皿をよごしては　八木林之助
大漁旗鰯の山のてつぺんに　森田　峠
小鰯をうり歩きけり須磨の里　松瀬青々

【太刀魚《たちうを》】　たちの魚

体が平たく細長く、体長が約一・五メートルに達する魚。銀灰色で、太刀のような形をしているのでこの名が付いたといわれる。本州沿岸の各地で獲れるが、関西でとくに珍重する。塩焼きや照焼きにして美味。

たち魚の影やひらりと磯の波　無　諍
太刀魚を抜身のごとく提げて来る　石塚友二
トロ箱に太刀魚の立ち曲げにけり　清水諄子
太刀魚をくるりと巻いて持つて来る　原　雅子

【秋刀魚《さんま》】　さいら　初さんま

刀に似て細長く、背は蒼黒色、腹は銀白色の海産魚。九月ごろ北方から南下する群れは、十月ごろには九十九里沖まで来る。❖脂ののった秋刀魚は大衆的な魚として家々の食膳を賑す。

荒海の秋刀魚を焼けば火も荒ぶ　相生垣瓜人
黒潮のうねりて秋刀魚競《せ》る町に　阿波野青畝
火だるまの秋刀魚を妻が食はせけり　秋元不死男
火より火を奪ひ烈しく秋刀魚もゆ　天野莫秋子
妻のごとし夕べ秋刀魚を買ひ戻り　樋笠　文
全長に回りたる火の秋刀魚かな　鷹羽狩行
氷塊の中から秋刀魚抜きにけり　広渡敬雄

【鮭《さけ》】　初鮭　秋味《あきあじ》　はららご　鮭漁　鮭打ち　鮭小屋

鮭は九月ごろから卵を産むため、群れをなして故郷の川を遡ってくる。この時、体に赤色または暗色の雲の影のような斑紋が現れる。上流で産卵し、孵化《ふか》した稚魚は海に下って成長する。北日本、特に北海道西海岸に多い。秋味はアイヌ語に由来する語。❖肉は淡紅色で、塩引《しおびき》・燻製・缶詰にする。卵の「はらら ご」も美味。↓乾鮭（冬）

鮭のぼる川しろじろと明けにけり　皆川盤水
鮭のぼり来る撲《う》たれても撲たれても　道山昭爾
月明の水盛りあげて鮭のぼる　渡部柳春
よく晴れて川も海いろ鮭のぼる　成田千空
さざなみの光りは空へ鮭のぼる　花谷和子
水裂いて今生の鮭のぼりけり　大串　章
一塊のくろがねとなり鮭のぼる　菅原鬨也
ビル街を貫き鮭ののぼる川　白濱一羊
鮭打棒濡れたるままに焚かれけり　小原啄葉
鮞《はららご》をぬかれし鮭が口を開け　清崎敏郎
鉄橋を夜汽車が通り鮭の番　草間時彦
鮭番屋柱時計の鳴ってゐる　加倉井秋を

【秋の蛍《あきのほたる》】　秋蛍　残る蛍

立秋を過ぎても残っている蛍のこと。季節外れの憐れさが漂う。↓蛍（夏）

ゆら〳〵と秋の蛍の水に落つ　寺田寅彦
たましひのたとへば秋の蛍かな　飯田蛇笏
瀬をのぼるうすきひかりの秋蛍　石原八束
掌を妃とおもふ秋蛍　清水径子
世に疎きたつき愉しむ秋蛍　根岸善雄

【秋の蠅《あきのはへ》】　残る蠅

蠅は一年に何回も発生するが、さすがに秋冷が加わるにつれ元気を失い、勢いなく日向などを飛んでいる。↓蠅（夏）

秋の蠅一つ真水の上に死す　中村草田男
照らされて一粒の金秋の蠅　早野和子
秋の蠅顔をよぎりてあたたかく　石田郷子

【秋の蚊《あきのか》】　残る蚊　別れ蚊《が》　後れ蚊《が》

蚊《か》の名残《なごり》　**溢蚊《あぶれか》**

まだ暑さが残っているころには、夕方などに蚊が飛んできて刺すことも多いが、秋が深まるにつれて数も減り弱々しくなる。↓蚊（夏）

秋の蚊のよろ〳〵と来て人を刺す　正岡子規
くはれもす八雲旧居の秋の蚊に　高浜虚子
秋の蚊を払ふかすかに指に触れ　山口誓子
秋の蚊の写経の筆を掠めけり　石鍋みさ代
音もなく来て残り蚊の強く刺す　沢木欣一
あぶれ蚊や去り難くゐて翁塚　見市六冬

【秋の蜂《あきのはち》】　**残る蜂**

秋が深まっても生き残っている蜂。一般には晩秋に大方は死んでしまうが、雌の中には生き残って冬を越すものもある。蜜蜂のように成虫のまま越冬する蜂もいる。

年輪の渦にさまよふ秋の蜂　秋元不死男
喪ごころや花粉まみれの秋の蜂　林　徹
蛸壺の吸つて吐き出す秋の蜂　野中亮介
棘強きものを離れず秋の蜂　前田攝子

【秋の蝶《あきのてふ》】　**秋蝶**

八・九月のころは盛んに飛び回っていた蝶も、晩秋になるとめっきり数が減り、飛び方にも力がなくなる。↓蝶（春）・夏の蝶（夏）・冬の蝶（冬）

しらじらと羽《は》に日のさすや秋の蝶　青蘿
高浪をくゞりて秋の蝶黄なり　村上鬼城
金堂の柱はなるゝ秋の蝶　前田普羅
山麓や黄ばかり多き秋の蝶　有馬籌子
草にある午前のしめり秋の蝶　鷲谷七菜子
火口湖のさざなみ固し秋の蝶　岡田貞峰
大宰府や人に親しき秋の蝶　大峯あきら
我が影の伸びゆく先の秋の蝶　星野　椿
逢はざればこころ離れて秋の蝶　三森鉄治
秋蝶にすぐ風荒ぶ信濃かな　藤田湘子

【秋の蟬《あきのせみ》】　**秋蟬《しうせん》**　**残る蟬**

蜩や法師蟬のように秋になって鳴き始める蟬もいるが、夏から引き続き鳴く蟬もまだ多い。↓蟬（夏）

秋の蟬たかきに鳴きて愁ひあり　柴田白葉女

川越えてしまへば別れ秋の蟬　五所平之助

遠き樹に眩しさ残る秋の蟬　林　翔

師を恋へば城山に湧く秋の蟬　山田みづえ

喪の幕の端に風ある秋の蟬　岡本　眸

鉛筆の書込み淡し秋の蟬　森賀まり

秋蟬や島に古りたる神楽面　荒川優子

秋蟬をふたたび啼かす水あかり　原　和子

【蜩《ひぐらし》】　日暮《ひぐらし》　茅蜩《ひぐらし》　かなかな　寒蟬

緑と黒の斑点がある黒褐色の体に、透明な翅《はね》をもつ中型の蟬。晩夏から鳴き出し、明け方や夕刻にカナカナと哀調のある美しい声が遠くまで響く。❖森や林から聞こえてくる声には、はかなさとともに透明感があり、秋にふさわしい。↓蟬（夏）

日ぐらしや急に明るき湖の方《かた》　一　茶

蜩や浪もきこゆる一の谷　高田蝶衣

たちまちに蜩の声揃ふなり　中村汀女

蜩の揃へば月も上りけり　星野　椿

ひぐらしに肩のあたりのさみしき日　草間時彦

八方のひぐらし四方の鞍馬杉　神尾久美子

ひぐらしの幹の一本づつ奥へ　鷹羽狩行

ひぐらしをきく水底にゐるごとく　木内怜子

蜩のこゑが空ゆく淡海かな　田島和生

蜩の敷居に坐る子供かな　山西雅子

蜩や刃を研ぐ水の二三滴　石嶌　岳

暁蜩みとりに果てのありしなり　宮津昭彦

かな〳〵と鳴きまた人を悲します　倉田紘文

かなかなや掬えば消える海の青　対馬康子

旧館は夕かなかなの中にあり　佐藤郁良

【法師蟬《ほふしぜみ》】　つくつく法師　つくつくし

立秋のころになると鳴き始める比較的小型の蟬。緑がかった黒い体をしており、透き通った美しい翅《はね》を持つ。鳴き声はツクツクホウシ、オーシックツクなどと聞こえる。❖古くは「筑紫《つくし》恋《こい》し」と聞きなした。↓蟬（夏）

鳴き移り次第に遠し法師蟬　寒川鼠骨
死出の足袋足にあまるや法師蟬　角川源義
この夕べ力つくせり法師蟬　森　澄雄
法師蟬捨身の声といふべしや　小倉英男
鳴き終るときの確かに法師蟬　稲畑汀子
滝までを水すべりゆく法師蟬　下山芳子
ツク〳〵ボーシ〳〵ボーシバカリナリ　正岡子規
また微熱つくつく法師もう黙れ　川端茅舎
下野の奥のつくつく法師かな　前澤宏光
どの木よりつくつくぼうし始まるか　杉浦圭祐
泥眼の金泥を溶くつくつくし　山口都茂女

【蜻蛉《とんぼ》】　とんばう　あきつ　やんま
赤蜻蛉　秋茜《あきあかね》　麦藁《むぎわら》とんぼ　塩辛《しほから》とんぼ
精霊蜻蛉《しやうりやうとんぼ》

トンボ目に属する昆虫の総称で、夏から秋遅くまでいろいろな種類が見られる。成虫・幼虫ともに肉食で他の昆虫を捕食する。大きな複眼が特徴。❖都市部では数が減り、蜻蛉釣りをする子どもの姿も見られなくなった。↓蜻蛉生る（夏）・糸蜻蛉（夏）・川蜻蛉（夏）

蜻蛉やとりつきかねし草の上　芭　蕉
白壁に蜻蛉過《よぎ》る日影かな　召　波
引潮にいよ〳〵高き蜻蛉かな　原　石鼎
とどまればあたりにふゆる蜻蛉かな　中村汀女
蜻蛉の力をぬいて葉先かな　粟津松彩子
蜻蛉のあとさらさらと草の音　古舘曹人
翅となり目玉となりて蜻蛉とぶ　林　徹
水に来て蜻蛉が翳となる日暮れ　山上樹実雄
夕月も蜻蛉も天にとどまれり　岡田日郎
水を釣るさみしきことを夕とんぼ　手塚美佐
空遠しとんぼが水輪つくるころ　高畑浩平

蜻蛉がくる蜻蛉の影がくる　藤本美和子
大利根の水を見にゆく銀やんま　火村卓造
銀やんまジュラ紀の空の青さかな　有馬朗人
赤蜻蛉筑波に雲もなかりけり　正岡子規
赤とんぼ夕暮はまだ先のこと　星野高士
薬師寺の長き和釘や赤蜻蛉　石嶌岳
九頭竜は逆潮どきの秋あかね　石田勝彦
みづうみの風の精霊蜻蛉かな　友岡子郷

【蜉蝣《かげろふ》】

カゲロウ目の昆虫の総称で、蜻蛉より細く、長い尾を持ち、美しい透明な翅《はね》を背中に立てている。つまむとつぶれそうな弱々しい虫で、羽化して卵を産むと数時間で死ぬものが多い。しかし幼虫時代は長く、二〜三年も水中で過ごす。蜉蝣の群れが水面を乱舞しているのは生殖の営みである。上下に飛ぶさまが陽炎《かげろう》がゆらめくように見えるので、この名がついたといわれる。❖古来、散文や歌に、はかないもののたとえとして用いられてきた。

一すぢに飛ぶ蜉蝣や雨の中　増田手古奈
かげろふの歩けば見ゆる細き髭　星野立子
命短かき蜉蝣の翅脈透く　津田清子
蜉蝣やわが身辺に来て死せり　和田悟朗
鏡の面蜉蝣の居て落着かず　岡本眸

【虫《むし》】　虫の声　虫の音　虫集《すだ》く　虫時雨《むししぐれ》
虫の秋　虫の闇　昼の虫　残る虫　すがれ
虫

秋に鳴く虫の総称。鳴くのは雄で、音色にはそれぞれ風情があり、鳴いている場所や時間、数によって趣も違う。虫の声を聞くと秋の寂しさが身に迫って感じられる。虫時雨は虫の鳴き競う声を時雨にたとえた語。残る虫は「すがれ虫」ともいい、盛りの時期を過ぎて衰えた声で鳴いている虫のこと。

行水のすて所なき虫の声　鬼貫

ゆふ風や草の根になくむしの声　野　梅
其中に金鈴をふる虫一つ　高浜虚子
鳴く虫のたゞしく置ける間なりけり　久保田万太郎
雨音のかむさりにけり虫の宿　松本たかし
自転車の灯のはづみくる虫の原　波多野爽波
月光を溯りゆく虫のこゑ　鈴木貞雄
書込みのわが文字若し虫すだく　坂本宮尾
父通り過ぎたるこの世虫時雨　小檜山繁子
闇深きところは湖ぞ虫時雨　片山由美子
閂をかけて見返る虫の闇　桂　信子
虫の闇紙を燃せば紙の音　秋篠光広
万の翅見えて来るなり虫の闇　高野ムツオ
隣り家も灯を消すころやすがれ虫　村山古郷

【竈馬《いとど》】　竈馬《かまどうま》

カマドウマ科の昆虫の総称で、昔は蟋蟀《こおろぎ》と混同されていたが、竈馬は翅《はね》がないので鳴かない。海老のように体が曲がり、長い触角と大きな後肢を持ち、跳ねるのが得意である。「かまどうま」の名は、竈付近に棲みつくからで、おかま蟋蟀の名もある。❖「いとど」は古称。古歌などで「いとど鳴く」と詠まれたのは蟋蟀と混同されたため。

海士の屋は小海老にまじるいとどかな　芭　蕉
藁焚けば灰によごるる竈馬かな　丈　草
壁のくづれ竈馬が髭を振つてをり　臼田亜浪
一ト跳びにいとどは闇へ皈《かへ》りけり　中村草田男
酢の甕のうち並びたりいとど跳び　清崎敏郎
大山《だいせん》に脚をかけたる竈馬かな　大屋達治
かまどうま午前零時は真の闇　片山由美子

【蟋蟀《こほろぎ》】　ちちろ　ちちろ虫　つづれさせ　えんま蟋蟀

コオロギ科の昆虫の総称で、種類が多い。日本で一番大きい閻魔《えんま》蟋蟀は寂しい声でコロコロと鳴き、三角《みつかど》蟋蟀はキチキチキチ、綴刺《つづれさせ》蟋蟀はリリリリと美しく鳴く。好んで暗い所に棲み、よく鳴くので親しみ深い。

❖かつては、秋に鳴く虫を総称して蟋蟀と呼んだので注意が必要。

こほろぎのこの一徹の貌《かほ》を見よ　山口青邨
こほろぎに拭きに拭込む板間かな　川端茅舎
蟋蟀が深き地中を覗き込む　山口誓子
こほろぎや厨に老いてゆくばかり　有馬籌子
こほろぎやいつもの午後のいつもの椅子　木下夕爾
こほろぎの一夜滅びのこゑ激し　馬場移公子
こほろぎの暗がりに置く火消壺　関　成美
こほろぎや農事暦に火山灰埃《よなぼこり》　福永耕二
音がして蟋蟀のゐる畳かな　岩田由美
ひとり臥てちちろと闇をおなじうす　桂　信子
灯を消せば二階が重しちちろ鳴く　小川軽舟
髪を梳きうつむくときのちゝろ虫　橋本多佳子
音立てて燈芯尽きぬちちろ虫　皆川白陀
酒蔵の酒のうしろのちゝろ虫　飴山　實

【鈴虫《すずむし》】　月鈴子《げつれいし》

スズムシ科の昆虫。体は長卵形で暗褐色または黒褐色。触角と脚が長く発達している。リーンリーンと鈴を振るように澄んだ美しい声で鳴くので、よく飼育される。かつては松虫のことを鈴虫と呼んだ。❖江戸時代に飼育が盛んになり、虫売りが売り歩いた。

鈴虫のからりと死にし小籠かな　原田浜人
鈴虫のいつか遠のく眠りかな　阿部みどり女
鈴虫のひげをふりつつ買はれける　日野草城
鈴虫にいくらも降らず暮色なる　目迫秩父
鈴虫とひとりの闇を頒ち合ふ　野見山ひふみ
鈴虫の声の全き朝餉かな　原　裕
一病のあとや鈴虫野へ返す　井上　雪
鈴虫や手熨斗にたたむややの物　朝妻　力

【松虫《まつむし》】　ちんちろ　ちんちろりん

コオロギ科の昆虫で昔は鈴虫といっていたが、鈴虫とは鳴き声が異なり、体がやや大きく舟形をしている。普通、赤褐色で腹は黄色い。松林や川原に多く、八月ごろチンチロリン、チンチロリンと澄んだ声で鳴く。

松虫や夜風のすさぶ山の樹々　高橋淡路女
松虫といふ美しき虫飼はれ　後藤夜半
松虫や暮るる波濤に空つづく　千代田葛彦
比叡より下りくる闇やちんちろりん　前田攝子
ちんちろりん鳴けば波音遠ざかる　長山あや

【青松虫《あをまつむし》】

鮮やかな草緑色をしていて、体長約二・五センチ。外来種で、一九七〇年代から増え始めた。街路樹や庭木などの樹上に棲み、リーリーと途切れることなく甲高く鳴く。❖在来種の松虫とは姿も鳴き声も異なる。

青松虫時雨新宿三丁目　片山由美子
ふりかぶる青松虫の闇の色　坂本昭子

【邯鄲《かんたん》】

コオロギ科の昆虫で体が細長く、淡い黄緑色をしている。体長は一・五センチ前後だが、その三倍に達する線状の触角を持っている。八月ごろから草むらで鳴く。ルルルという鳴き声は美しく情緒的である。多くは寒地に棲み、関東以北では平地でもよく見かけられるが、西日本では高地のみ。❖昔、中国の邯鄲《かんたん》の町で、盧生《ろせい》という青年が一眠りの間に一生の栄枯盛衰を経験し、人生のはかなさを痛感したという「邯鄲の夢」の故事からこの名が付けられた。

玲瓏として邯鄲のむくろかな　富安風生
邯鄲や翳さしやすき草の山　鷲谷七菜子
袖囲ひして邯鄲を聴きゐたり　山田みづえ
邯鄲のこゑ月光をのぼるらし　三嶋隆英
邯鄲の鳴き細りつつすきとほり　西村和子
邯鄲や飯はしづかに炊き上がり　櫂未知子
邯鄲や夜風に羽織る絹のもの　脇本千鶴子

【草雲雀《くさひばり》】 朝鈴《あさすず》　金雲雀《きんひばり》

淡い灰褐色の昆虫で、体長約一センチと小さいが、体長の四倍近い触角がある。フィリリリリと、小さな鈴を細かく震わしたような澄んだ声で、草むらで鳴き続ける。関西では朝鈴と呼ぶ。朝方に、はかないほどの美しい声で鳴く。

大いなる月こそ落つれ草ひばり　竹下しづの女
声の糸繰り出し流す草雲雀　右城暮石
草ひばりまだもののせぬ朝の皿　きくちつねこ
灯台の一途に白し草雲雀　奥坂まや
朝鈴や母屋へ赤子抱きゆく　井上弘美

【鉦叩《かねたたき》】

長楕円形の黒褐色の昆虫。体長一センチぐらいで、雄は長い触角を持つ。雌は雄より大きく、触角が短く翅《はね》がない。灌木や垣根、植え込みなどに棲む。秋にチンチンと鉦を叩くようにかすかな美しい澄んだ声で鳴くが、姿はめったに見られない。

ふるさとの土の底から鉦たたき　種田山頭火
鉦叩風に消されてあと打たず　阿部みどり女
十ばかり叩きてやめぬ鉦叩　三好達治
暁は宵より淋し鉦叩　星野立子
野の闇を人ゆく早さ鉦叩　藤田湘子
まつくらな那須野ヶ原の鉦叩　黒田杏子
黒塗りの昭和史があり鉦叩　矢島渚男
鉦叩一打も弛みなかりけり　倉田紘文

【螽蟖《きりぎりす》】　ぎす　機織《はたおり》

体長四～五センチの昆虫で、チョンギースと鳴く。雄の左翅には微細な鋸《のこぎり》の歯のような突起が並んでいて、もう一枚の右翅と擦りあわせて音を出す。主に昼間鳴く。❖古くは、現在の蟋蟀《こおろぎ》のことを螽蟖と呼んだので注意が必要。

むざんやな甲《かぶと》の下のきり〴〵す　芭蕉
わが影の壁にしむ夜やきりぎりす　蓼太
きりぎりす腸の底より真青なる　高橋淡路女
火薬箱匂いもたてずきりぎりす　加藤かけい
しばらくは風を疑ふきりぎりす　橋閒石

纜《ともづな》のうづたかく朽ちきりぎりす　能村登四郎
わが胸の骨息づくやきり〳〵す　石田波郷
大木の肌も真昼やきりぎりす　飯田龍太
能登見える風の中よりきりぎりす　齊藤美規
きりぎりす夕日は金の輪を累ね　友岡子郷
きりぎりす海くろがねの真昼かな　永方裕子
白濤に乗る何もなしきりぎりす　千葉皓史
津軽まで海平らなりきりぎりす　中岡毅雄
風が草分けて通りぬきりぎりす　瀬谷博子
ぎすの声たかぶることもなくつづく　右城暮石

【馬追《うまおひ》】　すいっちょ　すいと　馬追虫

全体に緑色の昆虫で、体の二倍近い触角を持っている。灯火を慕って家の中に入ってきて鳴いていたりする。❖スイッチョという鳴き声が、馬子が馬を追うときの舌打ちに似ているので馬追の名があるといわれる。

馬追や海より来たる夜の雨　内藤吐天
馬追の髭ひえびえとしたがへり　木下夕爾
馬追のうしろ馬追来てゐたり　波多野爽波
馬追の部屋の火影に鳴きはじむ　岡安仁義
馬追ひが闇抜けて来し羽たたむ　廣瀬直人
馬追がきてゐる風呂のぬるさかな　尾形不二子
放ちたるすいとが庭で鳴きにけり　邊見京子

【轡虫《くつわむし》】　がちゃがちゃ

黄褐色または緑色の大きな昆虫。体より長い糸状の触角を持ち、脚が長いので跳躍に適している。ガチャガチャと騒がしく鳴く音が、馬の轡が鳴る音に似ているのでこの名がある。

城内に踏まぬ庭あり轡虫　太祇
森を出て会ふ灯はまぶしくつわ虫　石田波郷
この葎ことに暗しや轡虫　上崎暮潮
がちゃ〳〵や瀬音も聞え真暗闇　鈴木花蓑
一匹の居てがちゃがちゃの闇となり　物種鴻兩

【螇蚸《ばった》】　飛蝗《ばった》　蟿螽《はたはた》　きちきち　きち　きちばつた　殿様ばつた

バッタ科に属する昆虫の総称。細長い体で淡緑色。「はたはた」という異名もある。俗にキチキチ蝗虫と呼ばれる精霊《しょうりょう》蝗虫は、跳びながらキチキチと翅《はね》を鳴らす。細長い繊細な体で、淡緑色。殿様蝗虫は翅が緑色と褐色の種があり、黒い斑点がある。イネ科の植物を食し、農作物に被害を与えることもある。

暗幕にぶら下りゐるばつたかな　波多野爽波
しづかなる力満ちゆき蝗虫とぶ　加藤楸邨
はたはたのをりをり飛べる野のひかり　篠田悌二郎
はたはたはわぎもが肩を越えゆけり　山口誓子
はたはたの脚美しく止りたり　後藤比奈夫
はたはたのとべるや渚までとほし　岡田貞峰
聖書置く棚にはたはたとびきたり　友岡子郷
きちきちといはねばとべぬあはれなり　富安風生
きちきちと鳴いて心に入りくる　大木あまり
明け方や濡れて精霊ばつたゐる　児玉輝代

【蝗《いなご》】　螽《いなご》　稲子《いなご》　蝗採《いなごとり》

バッタ科イナゴ属の昆虫の総称。蝗虫よりもやや小さく、約三センチ。田圃《たんぼ》や草原などで多く発生し、稲を食べてしまう害虫。後肢が発達していてよく飛び、鳴かない。❖炒《い》ったり、佃煮にしたりして食べられるので、かつては秋になるとこぞって蝗取りに出かけたものだが、近年は農薬の影響で激減した。

ふみ外づす蝗の顔の見ゆるかな　高浜虚子
蝗また流れて伊賀の月あかり　宇佐美魚目
ざわざわと蝗の袋盛上がる　矢島渚男
輝いて水の張りゐる蝗かな　千葉皓史
筑波嶺を蹴つて逃げたる蝗かな　長浜徳三
秬《きび》焚くや青き螽を火に見たり　石田波郷
電柱に手を触れてゆくいなご捕り　桂　信子
手拭で縫ひたる袋蝗捕り　滝沢伊代次

【浮塵子《うんか》】　糠蝿《ぬかばへ》

ウンカ科やヨコバイ科の昆虫の総称。体長三ミリぐらいで、蟬のような形をしている。口吻《こうふん》がとがっているので植物の汁を吸うのに適している。大群をなして飛んできて、稲の柔らかい葉や花の汁を吸って被害を与える。雲霞《うんか》のごとく群がり来ることからこの名がついたといわれる。

浮塵子とぶ楽器をみがく青年に　皆川盤水
浮塵子来て鼓打つなり夜の障子　石塚友二

【蟷螂《かまきり》】 蟷螂《たうらう》　鎌切　斧虫《をのむし》　いぼむしり

カマキリ科の昆虫の総称。頭は三角形で小さいが、前胸が長く肥大している。鎌のように鋭い前肢で獲物を捕らえ、長い後肢は跳躍に適している。怒らせると前肢をかざして向かってくる。害虫を食べる益虫である。❖雌は目の前のものを食べてしまう習性があり、交尾の時に雄を食べることはよく知られているが、昆虫では珍しいことではない。→蟷螂生る（夏）

蟷螂の真青に垣の雨晴るゝ　内藤鳴雪
かまきりの畳みきれざる翅吹かる　加藤楸邨
かりかりと蟷螂蜂の皃《かほ》を食《は》む　山口誓子
蟷螂のをりをり人に似たりけり　相生垣瓜人
蟷螂の翔びて怒りをさめけり　加藤かけい
逆光に透く蟷螂がこちら向く　川崎展宏
蟷螂に怒号のなきを惜しむなり　中原道夫
すがりたる草に沈みていぼむしり　稲畑汀子
山風に顔の削がるるいぼむしり　若井新一

【螻蛄鳴く《けらなく》】 おけら鳴く

ケラはコオロギに似た体長三センチぐらいの土中に棲む昆虫。夜になると、ジーと沈んだ重い声で鳴く。❖ケラは雌もかすかな声を出す。→螻蛄（夏）

螻蛄鳴いてをるや静に力無く　京極杞陽
螻蛄鳴くや薬が誘ふわが眠り　楠本憲吉

螻蛄鳴くや潮被りし田畑に　岸原清行
ふりむけば虚空がありておけら鳴く　田沼文雄

【蚯蚓鳴く《みみずなく》】　地虫鳴く

秋の夜、何の虫ともわからず、道ばたなどの土中からジーと鳴く声が聞こえてくることがある。じつは螻蛄の鳴く声であるが、蚯蚓が鳴いているものと取り違えたのである。❖蚯蚓には発音器がないので鳴かないが、蚯蚓が鳴くと感じることには、秋らしいしみじみとした趣がある。↓蚯蚓（夏）

蚯蚓鳴く六波羅蜜寺しんのやみ　川端茅舎
みみず鳴く引きこむやうな地の暗さ　井本農一
みみず鳴く夜は暁へすこしづつ　坊城俊樹
地虫鳴くつくべき声をたしかめつ　中村汀女

【蓑虫《みのむし》】　鬼の子　蓑虫鳴く

ミノガ科の蛾の幼虫。木の葉や小枝を糸で綴《つづ》って巣を作り、その中にひそみ、あたかも蓑を纏《まと》っているかのような姿をしている。雄は成虫になると巣を離れるが、雌は成虫も無翅で、一生巣から離れない。木の枝にぶら下がって風に揺れているさまは寂しい。❖蓑虫は鳴かないが、『枕草子』に鬼の捨て子である蓑虫が「ちちよ、ちちよ」とはかなげに鳴く、と書かれている。

蓑虫の音を聞きに来よ草の庵　芭蕉
蓑虫のあやつる糸のまづ暮れぬ　木津柳芽
蓑虫や滅びのひかり草に木に　西島麦南
蓑虫にうすうす目鼻ありにけり　波多野爽波
蓑虫の留守かと見れば動きけり　星野立子
蓑虫や思へば無駄なことばかり　斎藤空華
蓑虫の蓑あまりにもありあはせ　飯島晴子
蓑虫の光の中に糸伸ばし　星野椿
芭蕉以後みのむしの聲は誰も聞かず　島谷征良
鬼門とも知らぬ鬼の子下りけり　三田きえ子
鬼の子の宙ぶらりんに暮るるなり　大竹多可志
蓑虫の父よと鳴きて母もなし　高浜虚子

【茶立虫《ちやたてむし》】 あづきあらひ

チャタテムシ科の昆虫の総称で、体長二〜三ミリで種類が多い。最もよく見られるのは粉茶立虫。夜、障子などに止まり、大顎《おおあご》で紙を掻いてサッサッサッという茶を立てるような音を立てる。これが小豆を洗う音にも似ていることから、小豆洗《あずきあらい》という名もある。

茶立虫茶をたてゝゐる葎かな　吉岡禅寺洞

茶たて虫俤はやや遠くなる　加藤楸邨

安心のいちにちあらぬ茶立虫　上田五千石

手枕や小豆洗ひを聞きとめて　阿波野青畝

【放屁虫《へひりむし》】 へつぴりむし　へこきむし　亀虫

歩行虫《ごみむし》や亀虫などの総称だが、特にホソクビゴミムシ科の三井寺歩行虫《みいでらごみむし》をさすことが多い。黄色の斑点のある約二センチの扁平な甲虫。危機にあうと悪臭のあるガスを放つ。このガスが肌につくと染みとなってなかなか落ちない。

放屁虫青々と濡れゐたりける　山口青邨

放屁虫あとしざりにも歩むかな　高野素十

亀虫のはりついてゐる山水図　藺草慶子

【芋虫《いもむし》】 柚子坊

毛のない蝶蛾の幼虫の総称。緑色が多いが褐色や黒色のものもいる。植物の葉を食べる害虫で、時として農作物に大きな被害を与える。揚羽蝶の幼虫は、柑橘類の葉に産みつけられた卵が孵ったもので、柚子坊ともいう。

芋虫の一夜の育ち恐ろしき　高野素十

芋虫の何憚らず太りたる　右城暮石

芋虫のまはり明るく進みをり　小澤　實

芋虫にして乳房めく足も見す　山西雅子

【秋蚕《あきご》】

秋に掃き立てる蚕のこと。新芽が再び伸び

てきて葉をつけた桑を利用して、初秋蚕《しょしゅうさん》・晩秋蚕《ばんしゅうさん》を飼う。秋蚕は上蔟《じょうぞく》までの日数が短く、手数もかからないが、品質は春蚕《はるご》や夏《なつ》蚕《ご》に比べると劣る。→蚕（春）・夏蚕（夏）

月さして秋蚕すみたる飼屋かな　村上鬼城
年々に飼ひへらしつゝ秋蚕飼ふ　大橋櫻坡子
屋根石に雨さだめなし秋蚕飼ふ　皆吉爽雨
裏山に日が赤々と秋蚕かな　小笠原和男
風来れば風を見上ぐる秋蚕かな　小林千史
蒼きまで月に透きゐる秋蚕かな　梶本佳世子

【木犀《もくせい》】　金木犀《きんもくせい》　銀木犀《ぎんもくせい》

中国原産の常緑小高木で、仲秋のころ葉腋《ようえき》に香りの強い小花を多数つける。橙色の花を開くのが金木犀、白いものは銀木犀という。高さ三〜六メートル、時には一〇メートルに達する。枝が多く、葉が密に茂る。❖春の沈丁花とともに香りのよい花の代表。その香りを模した芳香剤が作られている。

木犀をみごもるまでに深く吸ふ　文挾夫佐恵
木犀の匂の中ですれ違ふ　後藤比奈夫
木犀やしづかに昼夜入れかはる　岡井省二
木犀の香や外燈の圏外に　鈴木蚊都夫
おのが香にむせび木犀花こぼす　髙崎武義
匂はねばもう木犀を忘れたる　金田咲子
木犀や同棲二年目の畳　髙柳克弘
金木犀風の行手に石の塀　沢木欣一
この路地の金木犀も了りけり　中岡毅雄
見えさうな金木犀の香なりけり　津川絵理子
銀木犀文士貧しく坂に栖み　水沼三郎
山麓の百年の家銀木犀　坪内稔典

【木槿《むくげ》】　花木槿　白木槿　底紅《そこべに》

アオイ科の落葉低木で、初秋に五弁の花を開く。普通は赤紫色だが、園芸品種では白・絞りなどもある。「槿花《きんか》一日の栄」と、栄華のはかなさにたとえられる一日花。茶花《ちゃばな》によく用いられる。白の一重で中心が赤いものを底紅という。❖底紅は茶人の千宗旦が好んだことから「宗旦木槿」とも呼ばれる。

道のべの木槿は馬にくはれけり　芭蕉

掃きながら木槿に人のかくれけり　波多野爽波
木槿垣とぼしき花となりゆくも　島谷征良
墓地越しに街裏見ゆる花木槿　富田木歩
老後とは死ぬまでの日々花木槿　草間時彦
一日のまた夕暮や花木槿　山西雅子
町中や雨やんでゐる白木槿　松村蒼石
逢へぬ日は逢ふ日を思ひ白木槿　木村敏男
母の間に風すこし入れ白木槿　日下部宵三
白木槿夕日に触れて落ちにけり　浅井民子
底紅の咲く隣にもまなむすめ　後藤夜半
底紅や黙つてあがる母の家　千葉皓史

【芙蓉《ふよう》】　花芙蓉　白芙蓉　紅芙蓉　酔《すい》芙蓉《ふよう》

アオイ科の落葉低木で、初秋の朝、淡紅色の五弁花を開き夕方にはしぼむ。暖地では自生することもあるが、主として庭園などに植えられる。酔芙蓉は園芸品種で、朝は白いが、午後になると紅を帯び、次第に色が深まる。

芙蓉さく今朝一天に雲もなし　紫暁
反橋の小さく見ゆる芙蓉かな　夏目漱石
物かげに芙蓉は花をしまひたる　高浜虚子
美しき芙蓉の虫を爪はじき　後藤夜半
おもかげのうするゝ芙蓉ひらきけり　安住敦
芙蓉咲く風の行方の観世音　桂樟蹊子
箸つかふやすらぎ雨の芙蓉かな　大木あまり
朝な梳く母の切髪花芙蓉　杉田久女
やや水のやさしさもどる花芙蓉　能村登四郎
白芙蓉朝も夕も同じ空　阿部みどり女
白芙蓉暁けの明星らん〳〵と　川端茅舎
白芙蓉誰か立ち去る気配あり　六本和子
呪ふ人は好きな人なり紅芙蓉　長谷川かな女
花びらを風にたゝまれ酔芙蓉　川崎展宏
白といふはじめの色や酔芙蓉　鷹羽狩行
暮れてなほ空のみづいろ酔芙蓉　徳田千鶴子

【椿の実《つばきのみ》】

椿はツバキ科の藪椿や雪椿、またはそれらを改良した園芸品種の総称で、いずれも実は果皮が厚く艶があり、熟すと開いて暗褐色の種子が二〜三個出る。種子を搾ると椿油が採れる。↓椿（春）

午《ひる》の雨椿の実などぬれにけり　松瀬青々
椿は実に黒潮は土佐離れたり　米澤吾亦紅
椿の実滝しろがねに鳴るなべに　橋　閒石
椿の実拾ひためたる石の上　勝又一透
医王寺や乙女椿に実のたわわ　磯野充伯
椿の実割れてこの世に何の用　市堀玉宗

【南天の実《なんてんのみ》】　実南天《みなんてん》　白南天《しろなんてん》

南天はメギ科の常緑低木で、晩秋から冬にかけて茎の先に直径六〜七ミリの球形の赤い実が熟す。白い実のものもある。❖雪が降るころになっても実ったままのため、雪兎の目玉にして遊んだりする。

南天の実に惨たりし日を憶ふ　沢木欣一
鷗外の生家北向き実南天　松崎鉄之介
億年のなかの今生実南天　森　澄雄
実南天十二神将眉あげて　野澤節子
不退寺の実南天また実南天　石田勝彦
涸れしらぬ井戸水ぬくし実南天　平井和楸
たましひの抜けしにあらず白南天　片山由美子

【梔子の実《くちなしのみ》】　山梔子《くちなし》の実

梔子はアカネ科の常緑低木で、実は長さ約二センチの楕円形をなし、縦に五〜七筋の稜《りょう》が走る。オレンジ色に熟し、染料・生薬用・食品着色料となる。熟しても口を開けないためこの名がある。❖クチナシの漢字表記には梔子のほか山梔子、巵子などがあるが、中国での最も古い記述では梔子あるいは梔。「山梔子」の日本での初出は十五世紀と思われる。染料や薬として用いられていたことから、いずれも実を意味する文字であり、梔子、山梔子だけで実のことに

なる。↓梔子の花（夏）

山梔子の実のみ華やぐ坊の垣　貞弘　衛

山梔子の実のつややかに妻の空　庄司圭吾

【藤の実《ふぢのみ》】

藤はマメ科の蔓性植物で、実は長さ一二～一九センチの莢状をなす。硬い果皮は細毛に覆われる。↓藤（春）

藤の実に小寒き雨を見る日かな　暁　台

藤の実やたそがれさそふ薄みどり　富田木歩

藤の実や鹿を彫りたる春日墨　大島民郎

藤の実の下は白波竹生島　須原和男

藤の実の垂るる昏さのありにけり　鈴木貞雄

【秋果《しうくわ》】

秋に熟す果実を総称して呼ぶ。桃、梨、葡萄、柿、林檎など、彩りが豊かである。❖木に生るものの多くが実りの季節を迎えることを象徴する季語。

秋果盛る灯にさだまりて遺影はや　飯田龍太

秋果盛り合はす花より華やかに　原田紫野

終電まで灯して秋果商へり　藤田まさ子

【桃《もも》】　桃の実　白桃《はくたう》　水蜜桃《すいみつたう》

単に桃といえば花ではなく実のこと。大型の球形で、香り高く、果汁が多くて甘い。夏から秋にかけて出回る。表皮にビロード状の細毛が密生。水蜜桃から多くの改良種が生まれた。↓桃の花（春）

中年や遠くみのれる夜の桃　西東三鬼

桃冷す水しろがねにうごきけり　百合山羽公

指ふれしところ見えねど桃腐る　津田清子

桃食べて眠りの奥はしんのやみ　友岡子郷

まだ誰のものでもあらぬ箱の桃　大木あまり

白桃をよよとすゝれば山青き　富安風生

白桃に入れし刃先の種を割る　橋本多佳子

白桃を剝くねむごろに今日終る　角川源義

磧《かはら》にて白桃むけば水過ぎゆく　森　澄雄

白桃の荷を解くまでもなく匂ふ　福永鳴風

白桃の皮引く指にや丶ちから　川崎展宏
白桃をもいで葉叢《はむら》の下に置く　廣瀬直人
相触れぬやう白桃を二つ置く　牧　辰夫
白桃の思ひの色となりにけり　伊藤通明
白桃を吸い山国の空濡らす　酒井弘司

【梨《なし》】有《あり》の実《み》　長十郎　二十世紀　新水　幸水　豊水　洋梨　ラ・フランス　梨園　梨狩《なしがり》　梨売《なしうり》

バラ科の落葉高木の果実で、果汁に富む。明治中期以降、赤梨の長十郎、青梨の二十世紀が主な品種であったが、昭和三十年代以降、甘味の強い新水・幸水・豊水が栽培の主流になった。最近では洋梨も消費が伸びている。❖有の実はナシが「無し」に通じることを嫌った忌み言葉。

梨むくや甘き雫の刃を垂る丶　正岡子規
勉強部屋覗くつもりの梨を剝く　山田弘子
梨を剝く家族に昔ありにけり　出口善子
梨食うてすつぱき芯にいたりけり　辻　桃子
洋梨が版画のやうに置いてある　長谷川櫂
古くさき二十世紀の多汁なり　加藤かな文
洋梨とタイプライター日が昇る　髙柳克弘
横顔は子規に如くなしラ・フランス　広渡敬雄
梨狩や遠くに坐りゐるが母　細川加賀
梨売りの頰照らし過ぐ市電の灯　沢木欣一

【柿《かき》】甘柿　渋柿　富有柿《ふゆうがき》　次郎柿《じろうがき》　熟《じゅく》柿《し》　木《き》守柿《もりがき》　柿日和《かきびより》

秋を代表する果物。東北地方以南で古くから栽培されてきた。甘柿と渋柿があり、甘柿では富有・次郎がよく知られる。渋柿は焼酎《しょうちゅう》などで渋を抜くほか、干柿に加工して食す。木になったまま完全に熟したものが熟柿。木守柿は梢に一、二個捥《も》がずに残しておくもので、翌年もよく実るようにというまじない。木守柿《こもりがき》とも。

里古りて柿の木持たぬ家もなし　芭　蕉

別るるや柿喰ひながら坂の上　惟　然
寂しさの嵯峨より出たる熟柿かな　支　考
柿くへば鐘が鳴るなり法隆寺　正岡子規
よろ〳〵と棹がのぼりて柿挟む　高浜虚子
柿食ひぬ少年の日もかく食ひし　木下子龍
柿赤し美濃も奥なる仏たち　畠山譲二
柿うましそれぞれが良き名を持ちて　細谷喨々
写真機をごつごつ構へ柿の秋　奥坂まや
渋柿の如きものにては候へど　松根東洋城
かじりたる渋柿舌を棒にせり　小川軽舟
切株において全き熟柿かな　飯田蛇笏
いちまいの皮の包める熟柿かな　野見山朱鳥
くちばしの一撃ふかき熟柿かな　津川絵理子
山柿や五六顆おもき枝の先　飯田蛇笏
村見尽して夕晴れの木守柿　廣瀬直人
旅人に奈良茶粥あり柿日和　清水杏芽

【林檎《りんご》】　林檎園　林檎狩

バラ科の落葉高木の実で、柿とともに日本の秋を代表する果実。紅玉、ふじ、王林、津軽、ジョナゴールドなど種類が多いが、さらに新種も次々に生み出されている。❖栽培用は作業に合わせて低めに仕立てられているので、収穫もしやすい。

星空へ店より林檎あふれをり　橋本多佳子
空は太初の青さ妻より林檎うく　中村草田男
刃を入るる隙なく林檎紅潮す　野澤節子
母が割るかすかながらも林檎の音　飯田龍太
岩木嶺やどこに立ちても林檎の香　加藤憲曠
もぐときの林檎の重さ指先に　稲畑汀子
林檎もぎ空にさざなみ立たせけり　村上喜代子
林檎一つ投げ合ひ明日別るるか　能村研三
制服に林檎を磨き飽かぬかな　林　桂
父と呼びたき番人が棲む林檎園　寺山修司

【葡萄《ぶだう》】　デラウェア　マスカット　巨峰　ピオーネ　葡萄園　葡萄棚　葡萄狩

ブドウ科の蔓性落葉低木の実で古くから食

用にされてきた。多くは棚を作り、房が垂れ下がるように作る。種類は多く、紫・緑・黒など、粒の色や大きさも様々である。❖葡萄酒用の栽培は棚を作らないことが多い。

枯れなんとせしをぶだうの盛りかな　蕪　村
黒葡萄天の甘露をうらやまず　一　茶
黒きまで紫深き葡萄かな　正岡子規
葡萄うるはしまだ一粒も損はず　高浜虚子
葡萄食ふ一語一語の如くにて　中村草田男
夜の雨葡萄太らせゐる斜面　見學　玄
葡萄洗ふ粒ぎつしりと水はじき　星野恒彦
国境の丘また丘や葡萄熟れ　小路智壽子
一粒をはづし葡萄の房ゆるぶ　中根美保
マスカット剪るや光りの房減らし　大野林火
亀甲の粒ぎつしりと黒葡萄　川端茅舎
黒葡萄鋏を入るる隙のなし　嶋田麻紀
葡萄狩山々移るごとくなり　中島月笠

【栗《りく》】

山栗　柴栗　丹波栗　毬栗《いがぐり》　笑栗《ゑみぐり》　落栗　虚栗《みなしぐり》　焼栗　ゆで栗　栗山　栗林　栗拾

ほぼ全国の山地に自生するブナ科の落葉高木の実。外側に刺《とげ》が密生する毬《いが》の中で育ち、成熟すると毬の裂け目からこぼれる。栽培もされ、焼いたり茹でたりして中の胚乳を食べる。硬く光沢のある皮や渋皮を剥《む》き、栗飯などの料理に使うほか、菓子の原料にもする。丹波栗など大粒種もある。❖笑栗は毬が開いた状態を微笑みになぞらえた言い方。虚栗は皮ばかりで中に実のない栗。

行く秋や手をひろげたる栗のいが　芭　蕉
栗備ふ恵心の作の弥陀仏　蕪　村
三つほどの栗の重さを袂にす　篠田悌二郎
死の見ゆる日や山中に栗おとす　秋元不死男
栗焼く香ただよへば船灯し合ふ　友岡子郷
栗食むや背山にこもる風の音　老川敏彦

家よりも古き栗の木栗実る　岩田由美
間道はいづれも京へ丹波栗　渕上千津
一粒の大粒の艶丹波栗　中山純子
栗の毬割れて青空定まれり　福田甲子雄
落栗の座を定めるや窪溜り　井上井月
灯の暗き丹波の郷や虚栗　赤尾恵以
抛《はふ》られて音もたてずに虚栗　松田美子
栗山に在れば落日慌し　高浜虚子
栗山の空谷ふかきところかな　芝不器男
栗売の声が夜となる飛騨盆地　成瀬櫻桃子

【石榴《ざくろ》】　柘榴《ざくろ》　石榴の実　実石榴

ザクロ科の落葉小高木の実で、拳大の球形をしている。熟すと厚く硬い果皮が裂け、鮮紅色の多数の種子が現れる。食用にされる透明な外種皮は甘酸っぱい。❖無数の粒が実ることからヨーロッパでは繁栄と豊穣（多産）の象徴とされ、絵画によく描かれてきた。

恍惚たりざくろが割れて鬼無里《きなさ》なり　岡井省二
露人ワシコフ叫びて石榴打ち落す　西東三鬼
ひやびやと日のさしてゐる石榴かな　安住敦
大津絵の鬼出て喰ふ柘榴かな　黒田桜の園
柘榴紅し都へつづく空を見て　柿本多映
実ざくろや妻とは別の昔あり　池内友次郎
くれなゐの泪ぎつしりざくろの実　和田知子
実ざくろや古地図に水の冥き途　花谷清

【棗《なつめ》】　棗の実　青棗

クロウメモドキ科の落葉小高木で、実は二〜三センチの楕円形。紅熟したものを砂糖漬けや生で食べたり、乾かして薬用にする。熟す前の青棗も食べることができ、青林檎に似た味と香りがする。中国北部原産。❖茶道具の棗はこの実の形からついた名。

よもすがら鼠のかつぐ棗かな　暁台
棗盛る古き藍絵のよき小鉢　杉田久女
ふるさとや昨日は棗ふところに　長谷川双魚

朝風の棗はひかるばかりなり　川島彷徨子
なつめの実青空のまま忘れらる　友岡子郷

【無花果《いちじく》】
西南アジア原産のクワ科の落葉小高木の果実。日本には江戸時代初期に渡来した。食用になるのは花嚢《かのう》といわれる部分で、小さな花が集まったもの。生食のほか、煮たりジャムにしたりする。乾燥させたものは保存食にもなる。

無花果のゆたかに実る水の上　山口誓子
少年が跳ねては減らす無花果よ　高柳重信
無花果の皮あやふやに剝きをはる　大串章
無花果をなまあたたかく食べにけり　津川絵理子

【オリーブの実《オリーブのみ》】
モクセイ科の常緑高木であるオリーブは、十月ごろ青い実が大きくなる。これを採取し、塩漬けにしたあとピクルスにしたり、オリーブオイルを搾《しぼ》ったりする。そのまま木に残しておくと赤紫に色づく。

神宿るてふオリーブの実の苦かりき　赤尾兜子
オリーブの実のひまひまに瀬戸の海　河野美奇

【胡桃《くるみ》】　胡桃の実　姫胡桃　鬼胡桃　沢胡桃　胡桃割る　胡桃割
クルミ科の落葉高木の実。日本に自生するのは鬼胡桃で、山野の川沿いに生える。秋に熟すと青い果皮が裂けて核果が顔を出す。その硬い殻には深い皺《しわ》があり、中の子葉の部分は栄養価が高く美味である。姫胡桃は変種で、殻の表面に皺がほとんどない。菓子など、さまざまに加工される。近年は特に健康食品として注目度が高まっている。

温もらぬ胡桃よ旅の掌中に　鷲谷七菜子
胡桃二つころがりふたつ音違ふ　藤田湘子
夜の卓智慧のごとくに胡桃の実　津田清子
胡桃割る聖書の万の字をとざし　平畑静塔
胡桃割る胡桃の中に使はぬ部屋　鷹羽狩行

胡桃割る崑崙山脈はるかなり　片山由美子

【青蜜柑《あをみかん》】

まだ熟していない蜜柑で皮は濃い緑色。十月になると、わずかに色づいた露地栽培早生種が出回る。❖蜜柑本来の甘さは乏しいが、味よりも季節の先取りを楽しむ。↓蜜柑の花（夏）・蜜柑（冬）

行く秋のなほ頼もしや青蜜柑　芭蕉
子の声の風にまじりて青みかん　服部嵐翠
朝市の朝の香りの青蜜柑　中村和子
伊吹より風吹いてくる青蜜柑　飯田龍太
船はまだ木組みのままや青蜜柑　友岡子郷

【酸橘《すだち》】　かぼす

ミカン科の常緑低木の実。柚子の近縁種で果実は小さい。八～十月ごろまだ緑色のうちに収穫し、汁を搾《しぼ》って料理に味と香りを添える。別種にやや大形のかぼすがあり、やはり料理に添える。❖焼き秋刀魚や土瓶蒸しの味を引き立てるのに欠かせない。

夕風や箸のはじめの酢橘の香　服部嵐翠
すだちてふ小つぶのものの身を絞る　辻田克巳
年上の妻のごとくにかぼすかな　鷹羽狩行
眉寄せてかぼす絞るもうつくしく　三島広志

【柚子《ゆず》】　柚子の実　木《き》守柚子《もりゆず》

ミカン科の常緑小高木の実で、外皮に凹凸がある。黄熟した実の独特の芳香と酸味が好まれる。果皮は吸い物に浮かせたりして香りを楽しみ、果肉は搾《しぼ》って酸味料とする。

柚子摘むと山気に鋏入るるかな　大橋敦子
ことごとく暮れたる柚子をもぎくれぬ　市村究一郎
柚子を摘む人の数だけ梯子立つ　里川水章
鈴のごと星鳴る買物籠に柚子　岡本眸
柚子すべてとりたるあとの月夜かな　大井雅人
柚子酸橘かぼすを使ひ分けて母　名村早智子
柚子の香のはつと驚くごと匂ふ　後藤立夫
柚子の香の動いてきたる出荷かな　西山睦

柚子の実に飛行機雲のあたらしき　石田郷子
木守柚子一つ灯りて賢治の居　松本澄江

【橙《だいだい》】

中国から渡来したミカン科の常緑高木の実。晩秋に橙々色に熟したものを冬になってから捥《も》ぐ。正月飾りに欠かせず、果汁は酸味料にする。❖取らずにおくと、次の夏に再び緑色になるので回青橙《だいだい》という。↓橙飾る（新年）

葉籠りに橙垂れて夥し　篠原温亭
橙や火入れを待てる窯の前　水原秋櫻子
橙のころがるを待つ青畳　桂　信子
橙に黄が走る日の寺詣　曾根けい二
橙をうけとめてをる虚空かな　上野　泰

【九年母《くねんぼ》】

ミカン科の常緑低木の実。六センチほどの球形で、香りが強く、外皮が厚い。甘くて生食できる。❖九年母の語源は諸説があるが、柑橘類をいう古いインドの言葉の音に漢字をあてたものと思われる。

雨はじく九年母捥《も》ぎてきたりけり　八木林之助
九年母や死者は訪はるるばかりにて　石田勝彦

【金柑《きんかん》】

ミカン科の常緑低木の実。小型の球形または長球形。果肉は酸味が強いが果皮に甘味と香りがある。砂糖漬けや砂糖煮にしたものは咳止めになる。近年、糖度の高い生食用を栽培している地域もある。

金柑の実のほとりまで暮れてきぬ　加藤楸邨
宝石のごと金柑を掌の上に　宇田零雨
どの枝の先にもきんかんなつてゐる　高木晴子
金柑を煮含めまこと金の艶　岩本あき子

【檸檬《れもん》】　レモン
ミカン科の常緑低木の実で、秋に黄熟する。果汁が多く、香りと酸味が強いだけでなく、ビタミンCが豊富。❖料理に用いるほか、レモンスカッシュなどにして飲むが、四季を通じて出回っているので季節感が希薄になりがちである。俳句に詠む場合は注意が必要。

暗がりに檸檬浮かぶは死後の景　三谷　昭
嵐めく夜なり檸檬の黄が累々　楠本憲吉
檸檬ぬくし癒えゆく胸にあそばせて　鷲谷七菜子
絵葉書の巴里の青空レモン切る　下山芳子

【榠樝の実《くわりんのみ》】　花梨《くわりん》の実《み》

榠樝は中国原産のバラ科の落葉高木で、長さ一〇～一五センチの楕円形の実が秋に黄熟する。肉は硬く、酸味と渋味があって生食には適さないが、かりん酒のほか、砂糖や蜂蜜漬けにしたりする。咳止めにもなる。

くらがりに傷つき匂ふくわりんの実　橋本多佳子
くわりんの実傷ある方を貰ひたり　細見綾子
ふるさとは板戸の昏《くら》さ榠樝の実　中尾寿美子
花梨の実高きにあれば高き風　池上樵人
己が木の下に捨てらる榠樝の実　福田甲子雄
榠樝の実いづれ遜色なくいびつ　黒崎かずこ
何となき歪みが親し榠樝の実　渡辺恭子
おのが香を庭に放ちて榠樝熟れ　金子伊昔紅

【紅葉《もみぢ》】　紅葉《こうえふ》　もみづ　夕紅葉　谷紅葉　紅葉山　紅葉川

秋の半ばより木の葉が赤く色づくこと。「もみじ」の名は、赤く染めた絹地を意味する紅絹《もみ》に由来する。楓《かえで》が代表的である。

❖動詞の「もみづ」は紅葉するの意。「もみづれり」「もみづれる」などの誤用が多いので注意したい。已然形は「もみづれ」だが、上二段活用の動詞なので助動詞「り」（連体形は「る」）は接続しない。「もみづる」は連体形であり終止形ではない。

静かなり紅葉の中の松の色　越　人
山くれて紅葉の朱をうばひけり　蕪　村
かざす手のうら透き通るもみぢかな　大江丸

青空の押し移りゐる紅葉かな　松藤夏山
障子しめて四方の紅葉を感じをり　星野立子
恋ともちがふ紅葉の岸をともにして　飯島晴子
全山のもみぢ促す滝の音　山内遊糸
手に拾ふまでの紅葉の美しき　和田順子
紅葉《こうえふ》にあたらしき紺空にあり　伊藤敬子
御仏をふかく蔵して紅葉晴　今瀬剛一
この樹登らば鬼女となるべし夕紅葉　三橋鷹女
大津絵の鬼が手を拍つ紅葉山　桂　信子
すさまじき真闇となりぬ紅葉山　鷲谷七菜子
乱調の鼓鳴り来よ紅葉山　木内怜子
伊予晴れて海の匂ひの紅葉寺　井本農一

【初紅葉《はつもみぢ》】

楓をはじめとして、色づきはじめたばかりの紅葉をいう。

どぶろくといふ名の神社はつもみぢ　渋沢渋亭
初紅葉はだへきよらに人病めり　日野草城
初紅葉一羽の鳥の踏みわたり　水田清子
振り返るこの世短し初紅葉　水原春郎
海光の山門を入り初紅葉　梶山千鶴子
ひとごゑのかへる深山の初紅葉　菊地一雄
谷越えて雨が近づく初紅葉　井上康明

【薄紅葉《うすもみぢ》】

紅葉する木々が、十分に色づいていない状態をいう。淡い色にもまた味わいがある。

山里や烟り斜めにうすもみぢ　闌　更
宇治川に映れる山の薄紅葉　池内たけし
谷下りて水に手ひたすうすもみぢ　細見綾子
薄紅葉マリアの像を島うらに　飯塚樹美子
薄紅葉いま安達太良の山気かな　雨宮きぬよ
釣り橋のふんはり揺れて薄紅葉　望月　稔

【黄葉《くわうえふ》】　黄葉《もみぢ》

種類によっては、晩秋に木の葉が黄色くなり、紅葉とはまた違う趣がある。黄葉が美しいのは銀杏《いちょう》・欅《けやき》・櫟《くぬぎ》・プラタナス・ポプラなど。

黄葉の一樹に山の影及ぶ　嶋田麻紀
病室の中まで黄葉してくるや　石田波郷
黄葉してポプラはやはり愉しき木　辻田克巳
黄葉より谷川岳の始まりぬ　稲畑廣太郎

【照葉《てりは》】　照紅葉《てりもみぢ》

日差しに照り映える紅葉をいい、ことのほか美しい。❖晴天ならではの輝きである。

から堀の中に道ある照葉かな　蕪村
ひもすがら外に作務ある照葉かな　飴山實
祝ひ餅湖《うみ》にも投げて照葉かな　小原樗才

【紅葉且つ散る《もみぢかつちる》】

木々の紅葉には遅速があり、絶頂を迎えているものがある中で早くも散りだすものも見られる。その同時進行の状態を楽しむ。表現じたいに妙味がある。

紅葉かつ散りて神さびたまひけり　清原枴童
紅葉かつ散りぬ自在に水走り　菖蒲あや
たまきわる紅葉かつ散るがらんどう　五島高資

【黄落《くわうらく》】　黄落期

黄葉した銀杏《いちょう》・櫟《くぬぎ》などの葉がとめどなく落ちること。❖眼前で散っていることが前提だが、地面に散り敷いた葉の美しさも視界にある。

黄落や或る悲しみの受話器置く　平畑静塔
黄落や風の行手に地獄門　宮下翠舟
黄落に立ち光背をわれも負ふ　井沢正江
黄落のはじまる城の高さより　野見山ひふみ
黄落や人形は瞳を開けて寝る　堀井春一郎
黄落といふこと水の中にまで　鷹羽狩行
病室の窓黄落の百号よ　辻田克巳
黄落の中のわが家に灯をともす　高橋睦郎
黄落や庭の木椅子の背の温み　西嶋あさ子
黄落のそこより祈り湧くごとし　嶋田麻紀
唐寺の鐘よくひびく黄落期　植村通草
翼欲しい少年街は黄落期　高野ムツオ

【柿紅葉《かきもみぢ》】

晩秋の柿の葉は朱・紅・黄の入り交じった美しい色の紅葉となる。

あと先に人声遠し柿紅葉　暁台

鍬を取る人の薄著や柿紅葉　井上井月

柿紅葉正倉院の鴟尾《しび》遥か　野村喜舟

柿紅葉貼りつく天の瑠璃深し　瀧春一

【雑木紅葉《ざふきもみぢ》】

楢《なら》・櫟《くぬぎ》・欅《けやき》などさまざまな木が色づくこと。楓《かえで》類の紅葉ほど鮮やかではないが、素朴な美しさがある。

暫くは雑木紅葉の中を行く　高浜虚子

甘橿の丘の雑木のもみぢかな　山口青邨

すゝきより低き雑木の紅葉あり　高木晴子

【漆紅葉《うるしもみぢ》】

中国原産の落葉高木である漆は晩秋、燃えるように紅葉する。葉の表面は真紅で裏面は黄色い。

滝の前漆紅葉のひるがへり　中谷朔風

藪の中殊に漆の紅葉せり　榎本冬一郎

【櫨紅葉《はぜもみぢ》】

関東以西の低山に自生する櫨の木は秋に激しく色づく。古くは実から蠟を採るために栽培されていた。暖地で庭木や街路樹として栽植される南京黄櫨の紅葉は一段と鮮やかである。

遠くより見て近づきぬ櫨紅葉　山口青邨

櫨紅葉見てゐるうちに紅を増す　山口誓子

枝で受ける鳥の重みや櫨紅葉　高橋沐石

櫨紅葉牛は墓標につながれて　石原八束

櫨紅葉酒呑童子を祭りけり　土田祈久男

櫨紅葉屋号残せる蠟の蔵　上原白水

【銀杏黄葉《いちやうもみぢ》】

銀杏は中国原産のイチョウ科の落葉高木で晩秋鮮やかに黄葉する。高いものは三〇メートルに及び、巨木となることもまれではなく、黄金色に黄葉したさまは荘厳でさえある。❖「銀杏」には慣用的に「いてふ」の仮名が使われてきた。

いてふ葉や止まる水も黄に照す　嘯山
とある日の銀杏もみぢの遠眺め　久保田万太郎
黄葉して思慮ふかぶかと銀杏の木　鷹羽狩行

【桜紅葉《さくらもみぢ》】

桜の紅葉は他の木に比べて早く、九月の末にはすでに赤みがさし、秋のうちに落ちてしまうものもある。

早咲の得手を桜の紅葉かな　丈草
桜紅葉しばらく照りて海暮れぬ　角川源義
桜紅葉まぬがれ難き寺の荒れ　村田脩
城史読む桜紅葉を栞とし　大屋達治
掃寄せてすくなき桜紅葉かな　田中裕明

【色変へぬ松《いろかへぬまつ》】

晩秋に落葉樹が紅葉するのに対し、松が変らず緑のままでいることを賞する。❖神の依代《よりしろ》となっている松ならではの表現。

色かへぬ松や主は知らぬ人　正岡子規
色変へぬ松したがへて天守閣　鷹羽狩行
色変へぬ松の支ふる大手門　廣瀬倭子
太幹をくねらせて色変へぬ松　片山由美子

【新松子《しんちぢり》】　青松毬《あをまつかさ》

その年新しくできた松毬。受粉後一年以上かけて成熟する。初めは鱗片を固く閉ざしているが、開いた鱗片から種をこぼし、やがて木質化する。まだ青くて固いものを新松子という。→松の花（春）

古道は濤音ごもり新松子　六本和子
山水の一気に暮るる新松子　大澤ひろし
竹生島つねに正面新松子　井沢正江
霧いつか雨音となる新松子　古賀まり子
夜は夜の波のとよもす新松子　三田きえ子
新松子この単線を小諸まで　大井雅人
商家みな清らに住みき新松子　友岡子郷
さざなみは暮れて光りぬ新松子　落合水尾

【桐一葉《きりひとは》】 一葉　一葉落つ

秋の初め、桐の葉がふわりと落ちて、秋の到来を告げる。中国前漢の『淮南子』説山訓に「一葉の落つるを見て、歳のまさに暮れなんとするを知り、瓶中の冰《こおり》を睹て、天下の寒きを知る。近きを以て遠きを論ずるなり」とある。これを基に唐代にいくつかの詩賦が見られ、「一葉落ちて天下の秋を知る」という詩句が生まれた。これらの「一葉」はいずれも梧桐のことであった。

❖梧桐が日本ではなぜ桐になったかについては、大坂城落城を扱った坪内逍遥の『桐一葉』が関わっていると思われる。豊臣家の家紋と、忠臣片桐且元の名から、桐が重要だったのである。

在りし世のままや机にちる一葉　蝶夢
夕暮れやひざをいだけば又一葉　一茶
大空をあふちて桐の一葉かな　村上鬼城
桐一葉日当りながら落ちにけり　高浜虚子
静かなる午前を了へぬ桐一葉　加藤楸邨
夜の湖の暗きを流れ桐一葉　波多野爽波
桐一葉下総に水ゆきわたり　黛執
桐一葉水中の日のゆらめきぬ　豊長みのる

【柳散る《やなぎちる》】

柳は、秋に黄色く色づき、やがて静かに葉を落とす。細い葉が音もなくはらはら散るさまは侘しさが漂う。↓柳（春）

船よせて見れば柳の散る日かな　太祇
柳散り清水涸れ石処々　蕪村
立ち並ぶ柳どれかは散りいそぐ　阿波野青畝
あげてくる汐の静けさ柳散る　三宅応人
柳ちる辻占ひの小机に　河原地英武

【銀杏散る《いちやうちる》】

銀杏は晩秋、一斉に黄金色の葉を落とす。青空を背景に輝きながら散る光景は、秋の終わりを象徴する美しさである。

銀杏散るまつたゞ中に法科あり　山口青邨
銀杏ちる兄が駈ければ妹も　安住　敦
銀杏散る一切放下とはこれか　村松紅花
いてふ散るすでに高きは散りつくし　岸　風三楼

【木の実《このみ》】　木の実落つ　木の実降る
木の実雨　木の実時雨　木《こ》の実《み》独楽《ごま》

樫・椎・椋《むく》・榧《かや》・橡《とち》などの団栗《どんぐり》の総称。秋に熟して自然に地上に落ちる。❖木の実がさかんに落ちる様子を雨になぞらえて木の実雨・木の実時雨という。

妻の手に木の実のいのちあたたまる　秋元不死男
風の日のよく弾みたる木の実かな　北村　保
香取より鹿島はさびし木の実落つ　山口青邨
よろこべばしきりに落つる木の実かな　富安風生
水中をさらに落ちゆく木の実かな　鈴木鷹夫
森に降る木の実を森の聞きゐたり　村越化石
棒で線引けば陣地や木の実降る　山西雅子
木の実独楽影を正して回りけり　安住　敦
夜は音のはげしき川や木の実独楽　桂　信子

【七竈《ななかまど》】

バラ科の落葉高木で山地に自生し、庭木や街路樹としても植えられる。秋に鮮やかに紅葉する。実も真っ赤に色づく。

噴煙の空迫り来つなゝかまど　水原秋櫻子
枝の芯までくれなゐのなゝかまど　大坪景章
七竈散るをこらへて真つ赤なり　林　徹
淋代やいろのはじめのななかまど　鷹羽狩行
ななかまど岩から岩へ水折れて　櫻井博道
雲にまで色を移せりななかまど　木内彰志

【櫨の実《はぜのみ》】

櫨の実は大豆ほどの大きさで秋に色づく。山黄櫨《やまはぜ》の実は黄色く、黄櫨の実は乳白色となる。❖実から蠟を採取するのは黄櫨、別名琉球櫨と南京黄櫨である。

櫨は実に女の守る能舞台　小島千架子
櫨の実の乾ぶ筑前国分寺　松本　学

【橡の実《とちのみ》】　栃《とち》の実《み》

橡はトチノキ科の落葉高木で、果実はほぼ球形。熟すと三裂し、光沢のある黒褐色の大きな種子が出る。❖種子の澱粉は灰汁《あく》が強いが、何度も晒《さら》して、餅や団子を作る。

橡の実やいく日ころげて麓まで　一　茶
禰宜《ねぎ》の沓《くつ》とどまり橡の実をひろふ　大橋櫻坡子
橡の実の熊好む色してゐたり　右城暮石
橡の実に屈めば妻も来てかがむ　栗田やすし
栃の実がふたつそれぞれ賢く見ゆ　宮津昭彦

【樫の実《かしのみ》】

ブナ科の常緑高木の樫の実。椀型のはかまのついた大型の団栗《どんぐり》で、熟すと茶色になる。

樫の実や猿石風を聴きすます　須賀一惠
樫の実の落つる羅漢のみぎひだり　秋篠光広
樫の実の水に落つるにいきいきす　新谷ひろし

【椎の実《しひのみ》】　落椎　椎拾ふ

ブナ科の常緑高木スダジイ・ツブラジイの実。細い団栗のような硬い実がつき、翌年の秋に熟すると、殻が裂けて堅果が露出する。内部の白く肥厚した子葉を食べる。

椎の実の落ちて音せよ檜笠　几　董
椎の実の落ちて音なし苔の上　福田蓼汀
椎の実の沈める川に嗽《くちすす》ぐ　勝又一透
一粒ずつ拾う椎の実の無数　花谷和子
椎の実を噛みたる記憶はるかなり　大竹多可志
わけ入りて孤りがたのし椎拾ふ　杉田久女

【団栗《どんぐり》】　櫟《くぬぎ》の実《み》

樫・楢・椚などの実を一般には団栗と呼んでいるが、狭義には櫟の実のことをいう。椀型のはかまをもつ球形の実で固い。成熟すると茶色くなる。

団栗や倶利迦羅《くりから》峠ころげつゝ　松根東洋城
どんぐりのところ得るまでころがれり　成瀬櫻桃子
山を出るときどんぐりは皆捨てる　北　登猛
どんぐりの落ちかねてゐる水の照り　中嶋秀子

【一位の実《いちゐのみ》】 あららぎの実　おんこの実

イチイ科の常緑高木である一位の実。種子を覆う肉質の部分は甘いので食べられるが、中の緑色の種子には毒がある。「あららぎ」は一位の古名、「おんこ」は主に北海道・東北地方での呼称。

老懶《らうらん》の胸を飾れり一位の実　飯島晴子
手にのせて火だねのごとし一位の実　飴山實
幾つ食べれば山姥となる一位の実　山田みづえ
一位の実赤は日に透け雨に透け　後藤立夫
おんこの実口に遊ばせユカラ聞く　有馬朗人

【檀の実《まゆみのみ》】 真弓の実

檀はニシキギ科の落葉低木で秋に実がなる。蒴果《さくか》は一センチ弱の四角形で、淡紅色に熟すると四裂して中から赤い種子が現れる。落葉後も長く枝上にあって美しい。

まなかひに高千穂立てる檀の実　米谷静二
山の音聴き尽したる檀の実　渡邊千枝子
檀の実割れて山脈ひかり出す　福田甲子雄
真弓の実昔の赤はこんな赤　後藤立夫

【楝の実《あふちのみ》】 樗の実《あふちのみ》　梅檀の実《せんだんのみ》

楝はセンダン科の落葉高木で、固い殻に包まれた小さな実が十月ごろ黄熟する。核は数珠に用い、中の実は薬になる。↓楝の花（夏）

手が見えてやがて窓閉づ楝の実　柴田白葉女
梅檀の実に風聞くや石だたみ　芥川龍之介
城址去る梅檀の実の坂下りて　星野立子
海荒れに梅檀の実の落ちやまず　山口誓子
梅檀は実ばかりとなり凪の音　坂本宮尾

【榧の実《かやのみ》】

榧はイチイ科の常緑高木で、長さ二〜四センチの楕円形の実がなり、一年後の秋に紫褐色に熟して裂ける。種子は油分が多く、食用にしたり油を採ったりする。

榧の木に榧の実のつくさびしさよ　北原白秋
榧の実は人なつかしく径《みち》に降る　長谷川素逝
榧の木は榧の実降らす雨降らす　中村明子

【紫式部《むらさきしきぶ》】　実紫　紫式部の実　式部の実　小式部　白式部

紫式部は山野に自生するクマツヅラ科の落葉低木で、晩秋、紫色の美しい腋果《えきか》を結ぶ。❖小粒の小式部、白い実の白式部は別種。

うち綴り紫式部こぼれける　後藤夜半
実むらさき老いて見えくるものあまた　吉野義子
三人の手を渡り来て実紫　須原和男
色を得し雫紫式部の実　日原傳
降りつづく雨のつめたさ式部の実　髙田正子

【橘《たちばな》】

ミカン科の常緑小高木である橘の実で、日本特産種。果実は扁球形で直径二～三センチ。果皮は黄色く熟す。酸味が強く生食には適さない。→花橘（夏）

青き葉の添ふ橘の実の割かれ　日野草城
一院の月引離す橘より　古舘曹人
橘は黄を深めつつ天の鈴　長谷川秋子

【銀杏《いちよう》《ぎんなん》】　銀杏《いちやう》の実《み》

銀杏は中国原産の雌雄異株の木で、九月ごろ球形の種子が熟し、その後落下する。実を包む種皮は黄色く悪臭があり、中の白くて硬い部分がいわゆる銀杏《ぎんなん》である。

銀杏を焼きてもてなすまだぬくし　星野立子
銀杏の苦みの数を食みにけり　岡井省二
鬼ごつこ銀杏を踏みつかまりぬ　加藤瑠璃子
茶碗蒸しより銀杏の一粒目　宮田　勝

【菩提子《ぼだいし》】　菩提樹の実

中国原産のシナノキ科の落葉高木である菩提樹の実。直径七～八ミリの球形で細毛が密生する。釈迦がこの木の下で生まれ、成道し、没したことからこの名がある。実から数珠を作る。❖実と葉のついた小枝が風に乗ってプロペラのように回転しながら落下する。

菩提子や人なき所よく落つる　井　眉
菩提子を玉と拾ひぬ峰の寺　神戸茂堂
菩提子のそよぐ宮居や婚の列　徳重知恵子
菩提子を拾ひ仏心には遠し　後藤比奈夫
菩提樹の実のからからと売られけり　小坂順子

【無患子《むくろじ》】　無患子の実

ムクロジ科の落葉高木の実。直径約二センチの球形で、熟すると黄褐色となる。中に黒くて硬い種子があり、羽子つきの羽子の玉や数珠にする。かつては果皮を煎じて石鹸の代用にした。

無患子降る寺を高所に明日香村　松崎鉄之介
無患子の降る伊賀の空晴れがたき　飴山　實
悼むとは無患子の実を拾ふこと　山本洋子

【臭木の花《くさぎのはな》】　常山木《くさぎ》の花《はな》

クマツヅラ科の落葉低木の花。山野に自生するほか庭木としても植えられる。枝や葉に悪臭があるためこの名があるが、花はよい匂いがする。長さ二センチあまりの筒状で、先が五裂し白い花弁と赤い萼《がく》が独特の美しさをなす。

逃ぐる子を臭木の花に挟みうち　波多野爽波
水懈《たゆ》く臭木の花を浮べをり　轡田　進
行き過ぎて常山木の花の匂ひけり　富安風生
ぺかぺかと午後の日輪常山木咲く　飯田蛇笏

【臭木の実《くさぎのみ》】　常山木《くさぎ》の実

紅色に変わって平たく開いた五枚の萼片の真ん中に、晩秋、直径六～七ミリの藍色のつぶらな実が熟する。❖光沢があり、見た目に美しく、小鳥が好んで食べに来る。

常山《くさぎ》の実こぼれ初めけり夜の雨　魯　竹
臭木の実山も掃かれてありにけり　八木林之助
林中の木椅子の湿り臭木の実　高橋さえ子
美女谷や髪に飾りて常山木の実　嶋田麻紀

【枸杞の実《くこのみ》】

ナス科の落葉低木の実。秋になると葉腋《ようえき》に真っ赤な実が熟し、それで枸杞酒を作ったりする。↓枸杞（春）

枸杞の実を容れて緩やかなる拳　丹間美智子
紅涙をこぼさむばかり枸杞熟るる　青柳志解樹

【樝子の実《しどみのみ》】　草木瓜《くさぼけ》の実《み》
樝子はバラ科の落葉小低木で、夏に実を結んだ果実が秋になると黄熟するが、硬く酸味が強くて生食には適さないため果実酒などにする。↓樝子の花（春）

しどみの実無念の相にころげをり　高瀬亨子
草木瓜の実に風雲の深空あり　飯田龍太

【瓢の実《ひょんのみ》】　ひょんの笛
マンサク科の常緑高木蚊母樹《いすのき》、別名ひょんの木の葉に生じるアブラムシの一種の虫癭《ちゅうえい》（虫こぶ）。大きいものは鶉《うずら》の卵大にもなる。中に産みつけられた卵が孵って生長すると、穴をあけて出てくる。中は空洞となり、その穴に口を当てて吹き鳴らすと、ひょうひょうと音が出ることから「ひょんの笛」という。

瓢の実といふ訝しきものに逢ふ　後藤夜半
瓢の実を上手に吹けば笑はるる　上野章子
ひょんの笛さびしくなれば吹きにけり　安住敦
ひょんの実が机にひとつ夫病めり　邊見京子
ひょんの実のどれも届かず落ちてこず　和田順子
ひょんの実を掌にころがしてまだ吹かず　金久美智子
ひょんの笛力まかせに吹かずとも　茨木和生

【桐の実《きりのみ》】

桐はゴマノハグサ科の唯一の落葉高木で、秋になると固い果実が鈴生りになる。熟すと固くなって二つに裂け、翼《よく》のある多数の種子を飛ばす。↓桐の花（夏）

桐の実のおのれ淋しく鳴る音かな　富安風生
桐の実や金色堂へきつね雨　小林康治

桐の実の落ちてきさうな山の径　星野麦丘人
桐の実は空の青さにもう紛れず　栗原米作
黄昏れてゆく桐の実の鳴りやまず　三村純也
鳴らざれば気づかざりしに桐は実に　加倉井秋を
桐は実に巫女の舞ひ振る鈴のごと　河野頼人

【海桐の実《とべらのみ》】

夏、たくさんの白い花をつけた海桐は、十月ごろ熟した実が裂開。中から粘液質のものでつながった赤い種子があらわれる。これが遠くからでもよく見えるので、鳥などを引き寄せる。

海桐の実ニライカナイの海荒れて　邊見京子
北限の島に赤しや海桐の実　谷口和子

【飯桐の実《いひぎりのみ》】　南天桐

飯桐は北海道を除く地域の山野に自生する落葉高木で、十月ごろ南天に似た真っ赤な実が房状に垂れる。一五メートルにも達する木で、葉が落ちても実が残っているため遠くからでも目に付く。❖飯桐の名は、実の中の種子が米粒に似ているからとも、二〇センチにもおよぶ心臓型の葉で飯を包んだからともいう。

日が遠しいゝぎりの実を仰ぎては　岸田稚魚
深空より飯桐の実のかぶさり来　長嶺千晶

【山椒の実《さんせうのみ》】　実山椒《みざんせう》

山椒は山地に自生するミカン科の落葉低木で、雌雄異株。実は直径五ミリほどの球形をなし、秋に紅熟すると割れて種子が顔を出す。種子は光沢のある黒色で辛く、香辛料となる。↓山椒の芽（春）

山椒の実昼を人居ぬ家ばかり　望月たかし
裏畑に朱を打つて熟れ実山椒　飴山實
実山椒木のかげ雲のかげに冷ゆ　河野友人
実山椒雨音によく睡りたる　渡辺純枝

【錦木《にしきぎ》】　錦木紅葉《にしきぎもみぢ》

ニシキギ科の落葉低木で、紅葉が際立って

美しいので秋の季語となっている。枝にコルク質の翼《よく》が発達するのが特徴。

錦木のもの古びたる紅葉かな　後藤夜半
錦木に田上げの鯉の水しぶき　飯田龍太
錦木や鳥語いよいよ滑らかに　福永耕二
錦木の闇にまぎれて了ひたる　倉田紘文
袖ふれて錦木紅葉こぼれけり　富安風生
池の辺のことに錦木紅葉かな　山崎ひさを

【梅擬《うめもどき》】　落霜紅《うめもどき》

山中や湿地に生えるモチノキ科の落葉低木で、秋になると赤や朱色の実が色づく。❖葉が落ちた後も実が長く枝に残り美しい。

残る葉も残らず散れや梅もどき　凡　兆
鎌倉のいたるところに梅もどき　中川宋淵
澄むものは空のみならず梅擬　森　澄雄
大空に風すこしあるうめもどき　飯田龍太
まなじりに雨の一粒うめもどき　小島千架子
無頼派の誰彼逝きて落霜紅　七田谷まりうす

【蔓梅擬《つるうめもどき》】　つるもどき

ニシキギ科の蔓性落葉低木で、秋に雌花にできる豌豆《えんどう》ほどの球形の果実は熟すると三つに裂け、黄赤色の種が顔を出す。生け花の花材によく用いられる。

蔓として生れたるつるうめもどき　後藤夜半
風が来て蔓梅擬の朱をこぼす　頼田幸子
墓原のつるもどきとて折りて来ぬ　山口青邨
寺町にけふの足る日の蔓もどき　藤村克明

【ピラカンサ】　ピラカンサス

バラ科の常緑低木で、晩秋、南天のような実をびっしりつける。色は鮮紅色が多いが、黄色味を帯びたものもある。実を楽しむために庭によく植えられ、冬に入っても赤い実が盛り上がるように生っているのが目につく。鳥は、ほかの木の実を食べ尽くすとピラカンサの実をついばみにくる。❖漢名は火棘。日本にはトキワサンザシ、ヒマラヤトキワサンザシ、タチバナモドキの三種と、それらの交配種がある。

明け方に引けし子の熱ピラカンサ　上野一孝
ピラカンサ祈ることばのひとつづつ　小山遥

【皀角子《さいかち》】　さいかちの実　皀莢《さいかち》

皀角子は山野や川原に生えるマメ科の落葉高木で、花の後、三〇センチもある細長い扁平な豆莢が垂れ下がる。秋になると種子が熟れ、豆莢が褐色になってくる。種は薬用になる。古くは「さいかし」といった。

さいかしや吹きからびたる風の音　呉江
皀角子のあまたの莢の梵字めく　太田嗟
つつがなし皀角子の莢日に捩れ　毛利令
皀角子や鞍馬に星の湧き出づる　鎌田俊

【玫瑰の実《はまなすのみ》】　実玫瑰　浜茄子の実　はまなしの実

玫瑰はバラ科の落葉低木で秋に実がなる。直径約二センチで、トマトに似ているが、先端に萼片を残す。熟れたものはそのまま食べることができ、ジャムにしたりもする。↓玫瑰（夏）

玫瑰の実やさびさびと津軽線　井上弘美
はまなすの実へ惜しみなく日の差しぬ　櫂未知子

【茱萸《ぐみ》】　秋茱萸

茱萸は日当たりの良い川原や原野に群生するグミ科の落葉低木で、夏に実が生るものと秋に生るものがある。秋茱萸は初夏に花が咲き、直径六～八ミリの球形の果実が十月ごろ紅熟する。実に白い斑点がたくさんあり、少し渋みを感じるが、甘酸っぱい。

いそ山や茱萸ひろふ子の袖袂　白雄
人棲みし名残りの茱萸の島に熟れ　上村占魚
いくたびも風がとほりて茱萸のいろ　細川加賀
秋茱萸も掌もふつくらと差し出しぬ　森賀まり

【茨の実《いばらのみ》】　野茨の実　野ばらの実

バラ科の落葉低木である野茨は夏のころ、

匂いの良い白花を開き、実は直径六～九ミリの球形。秋になると真っ赤に熟し光沢があって美しい。薬用になる。↓茨の花（夏）

茨の実うましといふにあらねども　宮部寸七翁
懸命に赤くならむと茨の実　右城暮石
叩き割るように雨来る茨の実　河合凱夫
野茨の実のくれなゐに月日去る　飯田龍太

【蝦蔓《えびづる》】　蘡薁《えびづる》　えびかづら

山野に生えるブドウ科の落葉蔓性木本で、葉も果実も葡萄に似る。雌雄異株。七月ごろ淡緑色五弁の小花が密集して咲き、実を結んだものが房をなす。秋に黒く熟すと食べられる。葉は紅葉して美しい。

蘡薁のここだく踏まれ荼毘の径　飯田蛇笏
蘡薁にはじめをはりのなき如く　後藤立夫
足音をたのしむ橋やえびかづら　山田みづえ

【山葡萄《やまぶだう》】　野葡萄

山地に生えるブドウ科の落葉蔓性木本の実で、直径約八ミリの球形液果が房状に垂れる。十月ごろ黒く熟し食べられるが、酸味が強いので果実酒やジュースに加工される。野葡萄は紫、碧、白色など美しく熟すが食べられない。↓葡萄

山葡萄からめる木々も見慣れつゝ　星野立子
山葡萄故山の雲のかぎりなし　木下夕爾
あをぞらをのせて雲ゆく山葡萄　清水衣子
家遠き思ひ野葡萄手に摘むは　有働亨
野葡萄のむらさきあはき思ひかな　島谷征良

【通草《あけび》】　木通《あけび》　通草の実

山野に生えるアケビ科の蔓性落葉木本の実。約六センチの楕円形で、熟すると果皮が裂けて、黒い種子を多く含んだ白い果肉が見える。果肉は甘い。❖よく似たものに郁子《むべ》があるが、実が裂けない。↓通草の花（春）

一夜さに棚で口あく木通《あけび》かな　一茶
通草熟れ消えんばかりに蔓細し　橋本鶏二
通草蔓ひっぱってみて仰ぎけり　深見けん二
あけび垂れ風の自在を楽しめり　藤木倶子
八方に水の落ちゆく通草かな　大嶽青児
山国の空引き寄せて通草捥ぐ　三森鉄治
割るる線うすうす見ゆる通草かな　照井翠
あけびの実軽しつぶてとして重し　金子兜太

【蔦《つた》】　蔦かづら　蔦紅葉

ブドウ科の落葉蔓性木本で、秋の紅葉が美しい。葉に対生してできる巻きひげの先端に吸盤があり、木や壁面に張りつく。葉は中ほどから三つに分かれているものが多い。

↓蔦の芽（春）、青蔦（夏）

蔦の葉は昔めきたる紅葉かな　芭蕉
落葉松を駈けのぼる火の蔦一縷　福永耕二
蔦すがる古城の石の野面積み　千田一路
教会や蔦紅葉して日曜日　五十嵐播水
トルソーの冷え身に移る蔦紅葉　横山房子
馬車道に瓦斯燈ともる蔦紅葉　古賀まり子

【竹の春《たけのはる》】　竹春《ちくしゅん》

竹は夏の間著しく生長し、秋には親竹とも枝葉が繁茂する。他の植物が色づく時期に青々と茂ることから竹の春という。↓竹の秋（春）

一むらの竹の春ある山家かな　高浜虚子
坂かけて夕日美し竹の春　中村汀女
天上に風あるごとし竹の春　佐藤和夫
雨の日も日暮のありて竹の春　佐藤博美
竹春の日につつまれてゐたりけり　岡井省二

【芭蕉《ばせう》】　芭蕉葉《ばしようば》　芭蕉林《ばしようりん》

バショウ科の大型多年草。葉は長さ二メートルもあり、それが風に吹かれるさまを松尾芭蕉は愛した。庭に植えて葉を観賞する。

❖中国南部原産で、日本に渡来したのは古く『古今集』の歌にも見られ、鎌倉後期の

『夫木和歌抄』の〈秋風にあふ芭蕉葉のくだけつつあるにもあらぬ世とは知らずや〉が知られる。室町時代の連歌では秋の景物とされている。↓玉巻く芭蕉（夏）

此の寺は庭一盃の芭蕉かな　芭　蕉
曙や芭蕉をはしる露の音　蝶　夢
うちつけに芭蕉の雨の聞えけり　日野草城
芭蕉葉の雨音の又かはりけり　松本たかし
火の国の水は美し芭蕉林　大久保橙青

【破芭蕉《やればせう》】

夏の間青々としていた芭蕉は、秋になると風に吹かれて葉脈に沿って裂け始める。大きな葉であるだけに傷ましい。↓枯芭蕉（冬）

破れ芭蕉月にはためきをりにけり　下村梅子
起き出でてすぐのたそがれ破芭蕉　角川源義
小気味よきまでに破れたる芭蕉かな　八染藍子
破芭蕉一気に亡びたきものを　西村和子
破れたる芭蕉を更に破る雨　星野高士
まつさをな空が芭蕉の裂け目より　鴇田智哉

【サフラン】　泊夫藍《さふらん》

南欧およびアジア原産のアヤメ科の球根植物で、九月に植えると、十月から十一月ごろ、短い新葉の上に淡紫色の漏斗状の花をつける。花柱は鮮やかな橙黄色。摘んで乾燥した赤い雌しべは香辛料や染料や薬となる。❖春に咲くクロッカスも同種で、こちらは観賞を目的に栽培される。↓クロッカス（春）

サフランを摘みたる母も叔母も亡し　青柳志解樹
サフランや映画はきのう人を殺め　宇多喜代子
泊夫藍に晩鐘ひくく届きけり　坂本宮尾
泊夫藍や死後の時間の長きこと　波戸岡旭

【カンナ】　花カンナ

熱帯地方に広く分布するカンナ科の多年草の花。交配園芸種が明治年間に渡来し、観賞用に栽培されている。花弁は筒型で、色は紅・黄など。花期は七〜十一月と長い。

鶏たちにカンナは見えぬかもしれぬ　渡辺白泉
本屋の前自転車降りるカンナの黄　鈴木しづ子
あかくあかくカンナが微熱誘ひけり　高柳重信
どの道も日本を出でずカンナの朱　池田澄子
カンナ咲き畳古りたる天主堂　大島民郎
花カンナ高架とならず駅古び　三村純也

【万年青の実《おもとのみ》】

万年青は山野の樹下に自生するユリ科の常緑多年草で、晩秋に熟す赤い実が美しい。観賞用に古くから栽培されている。

万年青の実楽しむとなく楽しめる　鈴木花蓑
実をもちて鉢の万年青の威勢よく　杉田久女

【蘭《らん》】　蘭の花　蘭の香　蘭の秋

秋に開花する東洋蘭のこと。古く和歌では藤袴のことを蘭といっていた。❖温室栽培や東南アジアなどから輸入されている洋ランのことではない。

夜の蘭香にかくれてや花白し　蕪村
月落ちてひとすぢ蘭の匂ひかな　大江丸
紫の淡しと言はず蘭の花　後藤夜半

【朝顔《あさがほ》】　牽牛花《けんぎうくわ》　蕣《あさがほ》

熱帯アジア原産のヒルガオ科の一年生蔓草の花。奈良時代に遣唐使が中国から薬用として種子（牽牛子《けんごし》）を持ち帰った。鎌倉時代以後、観賞用に栽培され、江戸時代に広く親しまれるようになった。牽牛花は漢名。

蕣や昼は錠おろす門の垣　芭蕉
朝顔に釣瓶とられてもらひ水　千代女
朝がほや一輪深き淵のいろ　蕪村
朝顔や濁り初めたる市の空　杉田久女
朝顔や百たび訪はば母死なむ　永田耕衣
身を裂いて咲く朝顔のありにけり　能村登四郎
朝顔の紺のかなたの月日かな　石田波郷
朝顔のみな空色に日向灘　川崎展宏

朝顔や玄関に置く回覧板　磯村光生
朝顔や板戸にしみて釘のさび　長谷川櫂
牽牛花浅間の霧の晴れず萎ゆ　深谷雄大
糠雨や日々をこぶりに牽牛花　朝妻力

【朝顔の実《あさがほのみ》】　朝顔の種

花が終わった後、玉のような実が生り、初めは緑色だが熟すにつれて茶色になる。中は三室に分かれ、それぞれに黒い種が二つずつ入っている。乾くと触れただけでこぼれるようになる。

朝顔も実勝ちになりぬ破れ垣　太祇
ひきほどく朝顔の実のがら〳〵に　内藤鳴雪
実ばかりの朝顔おのれ巻きさがる　西東三鬼

【野牡丹《のぼたん》】

一般に野牡丹と呼ばれているのはブラジル原産の紫紺野牡丹のことで、古くから栽培されてきた。初秋に深い紫色の美しい花を多数つける。

野牡丹の色まぎれつゝ暮れてをり　高浜年尾
野牡丹の江戸紫を散らしけり　阿波野青畝

【鶏頭《けいとう》】　鶏頭花

熱帯アジア原産のヒユ科の一年草の花。九月上旬ごろビロードのような紅・赤・紅紫・黄・白などの花が咲く。鶏の鶏冠《とさか》を思わせることから鶏頭の名がついた。仏花や生け花用としても広く親しまれている。檜鶏頭をはじめ様々な種類があり、花汁をうつし染めに使ったことから古名を韓藍《からあい》という。

秋風の吹きのこしてや鶏頭花　蕪村
鶏頭の十四五本もありぬべし　正岡子規
鶏頭の黄色は淋し常楽寺　夏目漱石
鶏頭に日はさしながら雨の降る　臼田亜浪
鶏頭を三尺離れもの思ふ　細見綾子
嘆くたび鶏頭いろを深めたる　馬場移公子
鶏頭をたえずひかりの通り過ぐ　森澄雄

鶏頭に乾ききつたる影ありぬ　里見梢
鶏頭の影地に倒れ壁に立つ　林徹
鶏頭に鶏頭ごつと触れゐたる　川崎展宏
朝の舟鶏頭の朱を離れたり　大串章
火に投げし鶏頭根ごと立ちあがる　大木あまり
鶏頭にざらついてゐる日差しかな　井上弘美
身のなかに種ある憂さや鶏頭花　中村苑子
亡き人に元気な頃や鶏頭花　遠藤由樹子
槍鶏頭からりと山の日ざし濃し　古賀まり子

【葉鶏頭《はげいとう》】　雁来紅《がんらいこう》　かまつか

熱帯アジア原産のヒユ科の一年草。葉の形が鶏頭に似ている。雁が飛来するころ葉が美しく色づくので、雁来紅ともいう。茎は太く直立して二メートルにもなり、多数の葉をつける。花芽が分化する晩夏から初秋にかけて、枝先の葉が黄・紅・赤などに変わる。花は淡緑・淡紅色で目立たない。かまつか（鎌束）は古名。

かくれ住む門に目立つや葉鶏頭　永井荷風
湖国より雨の近づく葉鶏頭　吉田鴻司
根元まで赤き夕日の葉鶏頭　三橋敏雄
くれなゐに暗さありけり葉鶏頭　廣瀬直人
十日まり雨を忘れて葉鶏頭　島谷征良
アパートの階段昏し葉鶏頭　仁平勝
この世へと抜けてすつくと葉鶏頭　佐怒賀正美
なみなみと盥に水や葉鶏頭　山西雅子
きのふけふかまつかの丹もさだまりぬ　加藤楸邨
かまつかやふいに抜けたる眼のちから　榾山哲彦

【コスモス】　秋桜《あきざくら》

メキシコ原産のキク科の一年草の花。高さ二メートルに達し、葉はいくつにも羽状に裂ける。初秋から枝頭に咲く頭状花は、白・淡紅・紅など色とりどりで美しい。風雨で倒れてもまた起き上がり花を付け、晩秋まで咲き続ける。❖日本へ渡来したのは明治時代だが、日本人好みの花でたちまち栽培が広がった。「秋桜」と呼んだこともイメージの定着に寄与した。

コスモスや遠嶺は暮るゝむらさきに　五十崎古郷
ゆれかはしゐてコスモスの影もなし　大橋宵火
燈台のコスモス海になだれおつ　石原八束
コスモスのまだ触れ合はぬ花の数　石田勝彦
コスモスや子がくちずさむ中也の詩　大島民郎
コスモスの押しよせてゐる厨口　清崎敏郎
コスモスの揺れ返すとき色乱れ　稲畑汀子
風つよしそれより勁し秋桜　中嶋秀子
秋ざくら倉庫とともに運河古る　赤塚五行

【皇帝ダリア《こうていダリア》】

メキシコから中南米が原産地の多年草で、晩秋になって花を開く。茎が木質化し、人の背丈をはるかに超えるほどになり、花の乏しくなった時期に薄紫系の花が目を引く。近年、栽培が増えている。

皇帝ダリア畏るるもののなき高さ　片山由美子
おほぞらへ皇帝ダリアしんとたつ　櫂未知子

【白粉花《おしろいばな》】　おしろいの花　花白粉　おしろい　夕化粧

熱帯アメリカ原産のオシロイバナ科の多年草の花。古くに渡来し、庭に植えられる。紅・白・黄・絞りなどの小型の花は良い香りで、夕方から開き翌朝しぼむ。黒く硬い種子の中にある白い粉の胚乳が白粉のようなのでこの名がある。子どもたちがこれで遊んだりした。こぼれた種子は翌年芽を出し育つなど、繁殖力が旺盛である。

本郷に残る下宿屋白粉花　瀧春一
白粉花吾子は淋しい子かも知れず　波多野爽波
白粉花妻が好みて子も好む　宮津昭彦
タクシーの止まる白粉花の家　鳥居三朗
白粉花や子供の髪を切つて捨て　岩田由美
畳屋とおしろい花が暮れにけり　榎本好宏
おしろいが咲いて子供が育つ路地　菖蒲あや

おしろいや家に入れよと猫の鳴く　下坂速穂

【鬼灯《ほほづき》】　酸漿《ほほづき》

アジア原産のナス科の多年草の実。庭などに栽培されるが、野生状態のものも見られる。六〜七月ごろ淡黄白色の花が咲き、花後に萼《がく》がしだいに大きくなって球形の漿果《しょうか》を包み、熟するとともに赤く色づく。これを盆棚の飾りにも用いる。漿果は珊瑚《さんご》の玉のように艶やか。❖漿果の中の種と芯を取り除き、袋状にした皮を口に含んで吹き鳴らして遊ぶ。種を揉み出す過程もまた楽しみとなる。

鬼灯に娘三人しづかなり　大江　丸
少年に鬼灯くるる少女かな　高野素十
鬼灯の虫喰穴も些事ならず　飯島晴子
酸漿の秘術尽してほぐさるる　鈴木榮子
ほほづきのぽつんと赤くなりにけり　今井杏太郎
ほほづきや母にちひさな泣きぼくろ　矢地由紀子

【鳳仙花《ほうせんくわ》】　つまくれなゐ　つまべに

南アジア原産のツリフネソウ科の一年草の花。茎は多肉で太く、葉は細くて縁に鋸歯《きょし》がある。花は夏から秋にかけて葉腋《ようえき》に花柄を出し、横向きに垂れて咲く。色は赤・白・紫・絞りなど。紅色の花の汁を搾って爪を染めたことから、「つまくれなゐ」「つまべに」などの別名がある。花後結ぶ蒴果《さくか》は熟すと弾けて、黄褐色の種子を飛ばす。

汲み去つて井辺しづまりぬ鳳仙花　原　石鼎
正直に咲いてこぼれて鳳仙花　遠藤梧逸
湯の街は端より暮るる鳳仙花　川崎展宏
鳳仙花がくれに鶏の脚あゆむ　福永耕二
レバノンの空はまっさお鳳仙花　坪内稔典
一葉に子規に妹鳳仙花　片山由美子
姉母似妹母似鳳仙花　坊城俊樹
洗ひ場の砥石乾きぬ鳳仙花　日原　傳
風なきにつまくれなゐのほろと散る　仁尾正文

つまべにの詮なきちから種とばす　長谷川久々子

【秋海棠《しうかいだう》】断腸花《だんちやうくわ》

中国原産の多年草の花。湿地を好み庭園などに栽培されるが、野生化もしている。高さ四〇～六〇センチで、ややゆがんだ卵形の葉は緑色。茎から紅色の節《ふし》と花柄が垂れ、その先に俯きがちに淡紅色の花を付ける。雌雄異花。

花伏して柄に朝日さす秋海棠　渡辺水巴
刈り伏せて節々高し秋海棠　原　石鼎
筆洗ふ水を切りたり秋海棠　中西舗土
秋海棠冷えたる影を砂のうへ　髙田正子
父母逝きて鍵のさまざま秋海棠　長嶺千晶
断腸花妻の死ははや遠きこと　石原八束

【菊《きく》】菊の花　白菊《しらぎく》　黄菊　大菊　小菊
初菊　厚物咲《あつものざき》　懸崖菊《けんがいぎく》　菊畑

春の桜と並び称される日本の代表的な花。古代に中国から渡来したといわれる。菊には延命長寿の滋液が含まれるという伝説があり、平安時代に宮廷で菊酒を賜る行事が行われた。園芸用の多彩な品種が栽培されるようになったのは、江戸時代中期以降。❖各地で催される菊花展は秋の風物詩となっている。

菊の香やならには古き仏達　芭　蕉
白菊の目に立てて見る塵もなし　芭　蕉
黄菊白菊其の外の名はなくもがな　嵐　雪
有る程の菊なげ入れよ棺の中　夏目漱石
菊咲けり陶淵明の菊咲けり　山口青邨
どの部屋もみな菊活けて海が見え　吉屋信子
菊の鉢提げて菊の香のぼりくる　蓬田紀枝子
花鋏入れてこぼるる菊の雨　山田佳乃
白菊の花のほつれも玲瓏と　藺草慶子
菜に混ぜて小菊商ふ嵯峨の口　飴山　實
こころもち懸崖菊の鉢廻す　橋本美代子
山坂の影に入りけり菊車　吉田成子

【残菊《ざんぎく》】　残る菊　十日の菊

晩秋、ひっそり咲き残っている菊。旧暦九月九日の重陽の日は「菊の節句」ともいい、それに間に合わなかった菊のことを「十日の菊」という。時期はずれで役に立たないことのたとえである。

三井寺や十日の菊に小盃　許六
残菊や老いての夢は珠のごと　能村登四郎
地にふれてより残菊とよばれけり　岩岡中正
貴船茶屋十日の菊をならべけり　岩崎照子
化粧して十日の菊の心地かな　櫂未知子

【紫苑《しをん》】　しをに

キク科の多年草の花。庭園に植えられるが、九州などには自生する。茎は直立して高さ二メートルに達し、九月初旬ごろ上部で多くの枝を分け、直径三センチほどの野菊のような淡紫色の花を多数つける。

栖より四五寸高きしをにかな　一茶
夕空や紫苑にかゝる山の影　閑斎
紫苑にはいつも風あり遠く見て　山口青邨
山晴れが紫苑切るにもひびくほど　細見綾子
ゆるるとも撓むことなき紫苑かな　下村梅子
蓼科は紫苑傾く上に晴れ　木村蕪城
沈みたる日が空照らす紫苑かな　小川軽舟

【木賊《とくさ》】　砥草

シダ植物の一種。スギナと同属別種で、葉のない茎だけが直立する。常緑で、その姿が異質であるところが観賞の対象となり、門のまわりや茶庭に植えられる。茎を干して煎じたものは下痢止めや解熱剤となる。

❖細工物などを磨くのに用いるところから「砥草」の字を当てる。↓木賊刈る

三日月のかかる木賊の雫かな　起龍
手拭のはらと落ちたる木賊かな　中原道夫

【弁慶草《べんけいさう》】　血止草《ちどめぐさ》

ベンケイソウ科の多年草で、直立した茎の

頂に淡紅色の小花を散房状につけるが、種子はできない。互生の多肉性の葉が特徴で、引き抜いて折ってもしおれず、土に挿せば簡単に根づく。その生命力の強さが武蔵坊弁慶を思わせるというところからついた名。

雨つよし弁慶草も土に伏し　杉田久女
明方の滝のよき音血止草　飯田龍太
首塚の影のうごかぬ血止草　渡辺　昭

【風船葛《ふうせんかずら》】

ムクロジ科の多年草で、蔓性の茎は巻きひげで何かに絡みついて生長する。七月ごろ白い花が咲いた後、小さな風船のような緑色の果実となる。風船葛といえばこの実を意味し、風に吹かれるさまが愛される。

風の吹くままの風船葛かな　飴山　實
風船かづら吹かれて猫の手が伸びる　磯村光生

【敗荷《やれはす》】　破蓮《やれはす》　破蓮《やれはちす》

葉の破れた蓮のこと。蓮池や蓮田一面を覆った大きな葉が晩秋、風などで吹き破られた景は無残である。↓蓮の浮葉（夏）・枯蓮（冬）

敗荷の中の全き一葉かな　清崎敏郎
ふれ合はずして敗荷の音を立て　深見けん二
敗荷や夕日が黒き水を刺す　鷲谷七菜子
敗荷の水切れぎれに溜りをり　石河義介
ひとさめと雨をかぞへて敗荷　中原道夫
破蓮の葛西や風のひゞきそめ　水原秋櫻子
破蓮となりて水面に立ち上がり　片山由美子

【蓮の実《はすのみ》】　蓮の実飛ぶ

蓮は花期が終わると、蜂の巣状に穴があいた円錐形の花托《かたく》になり、熟れた実が、この穴から飛び出して水中に落ちる。実の皮は黒く固い。その中の白い子葉の部分は甘く生のままで食べられる。↓蓮の花（夏）

さつぱ舟蓮の実採つてゐたりけり　伊藤素広
極楽へ蓮の実飛んでしまひけり　星野麥丘人

実を飛ばしきるまで蓮の直立す　伊藤政美
風騒ぐ蓮の実ひとつ飛んでより　和気久良子
鑑真の寺の蓮の実飛びにけり　塩谷　孝
湖畔ゆく蓮の実売りの屋台かな　明隅礼子

【西瓜《すいくわ》】　西瓜畑　西瓜番

ウリ科の蔓性一年草である西瓜の実。熱帯アフリカ原産。世界中で広く栽培され、夏から秋にかけての代表的な果菜。栽培法の進歩で初夏のころから出回るが、もとは初秋のものであった。球形または楕円形で大きく、ほとんどは果皮に縞模様がある。果肉は赤色が普通で、まれに黄色もある。多汁で甘い。

畠から西瓜くれたる庵主かな　太　祇
風呂敷のうすくて西瓜まんまるし　右城暮石
冷されて西瓜いよいよまんまるし　伊藤通明
階段をどどどどと降り西瓜食ふ　古田紀一
地獄絵の前にごろんと西瓜あり　岡崎桂子
刃に触れて罅《ひび》走りたる西瓜かな　長谷川　櫂
三人に見つめられゐて西瓜切る　岩田由美

【冬瓜《とうがん》】　冬瓜《とうが》

熱帯アジアまたはインド原産とされるウリ科の蔓性一年草の実。薄緑色の円形または長楕円形で、抱えきれないほどの大きさになるものもある。果皮には白粉がついている。中の果肉は白く味が淡白。汁物や餡かけにして食べることが多い。❖他のウリ科の実と同様秋のものだが、「冬瓜」と呼ぶのは長期保存が可能で、冬季の食用にもなることから。

冬瓜を円座に迎へ十日たつ　矢島渚男
冬瓜の途方に暮るる重さにて　駒木根淳子
人生の透きとほりゆく冬瓜汁　鷹羽狩行

【南瓜《かぼちや》】　たうなす　なんきん

ウリ科の蔓性一年草の実。日本南瓜・西洋南瓜と観賞用の南瓜の三種がある。日本種はアメリカ大陸原産で十六世紀に渡来、実は扁球形で、肉質が柔らかく粘りけがある。西洋種は中南米の高地原産で明治以降に渡来し、肉質が硬く粉質。

ずつしりと南瓜《たうなす》落ちて暮淋し　素　堂

南瓜煮てこれも仏に供へけり　高浜虚子

赤かぼちや開拓小屋に人けなし　西東三鬼

大南瓜這ひのぼりたる寺の屋根　中川宋淵

雁坂の関所の址の大南瓜　遠山陽子

唐茄《たうなす》に箸戸惑うてをりにけり　稲畑廣太郎

【糸瓜《へちま》】　いとうり　糸瓜棚

糸瓜はウリ科の蔓性一年草で秋に実がなる。熱帯アジア原産で十七世紀に渡来した。軒先に棚を設け日陰を作りながら実をならすことが多い。成熟した実から採り出した繊維質はたわしになる。茎の切り口から採った糸瓜水は痰きりや化粧水として用いる。

糸瓜より糸瓜の影の長きかな　無　事　庵

痰一斗糸瓜の水も間に合はず　正岡子規

長短を定めず垂れて糸瓜かな　宇多喜代子

暮れてゆく糸瓜に長さありにけり　雨宮きぬよ

夕風のあをく流れて糸瓜棚　小島　健

死にたての死者でありけり糸瓜棚　正木ゆう子

糸瓜棚この世のことのよく見ゆる　田中裕明

【夕顔の実《ゆふがほのみ》】

夕顔はインド原産のウリ科の蔓性一年草で、秋に実り、重さ一五キロにもなる。未熟果は煮物・漬物にするが、熟したものは干《かん》瓢《ぴよう》にし、さらに熟して固くなった果皮は器に加工する。→夕顔（夏）

夕顔の実の垂れてをり湖《うみ》の宿　森　澄雄

寂寥の夕顔の実を抱きかかへ　山上樹実雄

ほがらかに夕顔の実の剝かれけり　菅原鬨也

夕顔の存外軽き実なりけり　辻　桃子

【瓢《ふくべ》】　ひさご　瓢簞《へうたん》　青瓢《あをふくべ》　種瓢

ウリ科の蔓性一年草である瓢簞の実。古く

から世界中で栽培されてきた。成熟した実の中身を腐らせて中空とし、干して酒などを入れる容器とした。現在は磨いて賞玩用にしている。

もの一つ我が世はかろきひさごかな　芭蕉
ふくべ棚ふくべ下りて事もなし　高浜虚子
くゝりゆるくて瓢正しき形かな　杉田久女
くぐらねばならぬところに瓢かな　石田勝彦
ほつておいても瓢箪になりにけり　木村淳一郎
へうたんの影もくびれてゐたりけり　高橋悦男
瓢箪の尻に集まる雨雫　棚山波朗
青ふくべ一つは月にさらされて　日野草城
坐りよきことのをかしき青瓢　大橋敦子
夕方はひとのこゑして種ふくべ　星野麥丘人
嘆くとき顔の前なる種瓢　草間時彦

【茘枝《れいし》】　苦瓜《にがうり》　ゴーヤー

ウリ科の蔓性一年草である蔓茘枝の実。インド原産で、江戸時代に中国から渡来した。果実は長円筒形で苦みがあり、表面が小さいこぶ状の突起に覆われている。未熟の果実は食用にされ、沖縄料理のゴーヤーチャンプルーはよく知られている。❖楊貴妃が好んだという茘枝（ライチー）はムクロジ科の常緑高木で別種。

沖縄の壺より茘枝もろく裂け　長谷川かな女
いつしかに割けて風生む蔓茘枝　中村奈美子
苦瓜を噛んで火山灰《よな》降る夜なりけり　草間時彦
苦瓜の路地より手織り機の音　栗田やすし
苦瓜を食つていぢ悪してみるか　岩城久治

【秋茄子《あきなす》】　秋茄子《あきなすび》

秋になって実を採る茄子。秋闌《た》けると実はやや小粒になり、色も紫紺を深める。美味で漬物に向く。「秋茄子は嫁に食わすな」などということわざもある。→茄子（夏）

庭畑の秋茄子をもて足れりとす　富安風生
秋茄子の露の二三顆草がくれ　西島麦南

その尻をきゆつと曲げたる秋茄子　清崎敏郎
秋茄子の尻キチキチと塩の中　長谷川秋子
秋茄子にこみあげる紺ありにけり　鈴木鷹夫
日にほてりたる秋茄子もぎにけり　川上梨屋
この茄子はもう秋茄子と申すべく　小西昭夫

【種茄子《たねなす》】　種茄子《たねなすび》

種を採取するために、熟れきるまで捥《も》がずに残しておく茄子。紫褐色になり、畑の隅などに残っている。

種茄子やほつたらかしの鶏一羽　植松深雪
種茄子尻を鍛へてをりにけり　石田勝彦
退屈な日を退屈に種なすび　亀田虎童子
だんだんに強情の気や種茄子　寺井谷子

【馬鈴薯《じゃがいも》】　馬鈴薯《ばれいしょ》　ばれいしょ

南米高地原産のナス科の一年生作物で、地下に生じた大小多数の塊茎が食用になる。十六世紀末にジャカルタから渡来したというので「ジャガタラ芋」と呼ばれ、それを略した名が「ジャガ芋」となった。栽培が容易で、救荒食料として広まった。❖馬鈴薯の名は、いくつもの塊茎が連なっている様子が馬の鈴に似ていることから。

じゃがいもの北海道の土落す　中田品女
掘るほどに広き馬鈴薯畑なる　石倉京子
馬鈴薯を掘る羊蹄山の根つこまで　今野広人

【甘藷《さつまいも》】　薩摩薯　甘藷《かんしょ》　甘藷《いも》　藷《いも》

ヒルガオ科の多年草で、肥大した塊根を食用にする。中南米原産で、日本には十六世紀末に宮古島に入ったのが最初という。琉球から薩摩へ伝わり、関東には享保年間に青木昆陽が普及させた。↓焼藷（冬）

甘藷掘りしその夜の雨を聞きにけり　山口波津女
ほの赤く掘起しけり薩摩芋　村上鬼城
藷太る島のうしろの多島海　谷野予志
ほつこりとはぜてめでたしふかし藷　富安風生
ほやほやのほとけの母にふかし藷　西嶋あさ子

あつあつの金時を割る力抜き　川崎展宏

【芋《いも》】　里芋　親芋　子芋　八頭《やつがしら》　芋の葉
芋畑　芋水車　芋の秋

芋といえば季語では里芋のこと。東南アジア原産のサトイモ科の多年草球茎で、十月上旬ごろ地中よりこれを掘り上げて食用とする。❖伝統行事に多く登場する食品で、月見の供え物として欠かせない。↓名月・芋煮会

むら雨を面白さうに芋畠　暁台
父の箸母の箸芋の煮ころがし　川崎展宏
芋と芋ぶつかりあつて洗はるる　日比野里江
あの山のうしろが故郷八つ頭　佐藤鬼房
八頭いづこより刃を入るるとも　飯島晴子
スコップを突き刺してある芋畑　寺島ただし
湖へ水は韋駄天芋水車　森田峠
芋水車はじめは泥をとばしけり　酒本八重
身心に太き首のる芋の秋　岡井省二

【芋茎《ずいき》】　いもがら　芋茎干す

里芋の茎のこと。生のものはそのまま調理するが、乾燥させると保存がきく。通常はこの干芋茎《ほしずいき》のことをいい、水でもどして酢の物・和え物・煮物などにする。

先反つて乾く芋茎や陶焼く村　花谷和子
板の間に芋茎一束雨が来る　廣瀬直人
山国の日のつめたさのずいき干す　長谷川素逝

【自然薯《じねんじょ》】　山の芋　山芋　薯蕷《ながいも》　長薯

ヤマノイモ科の蔓性多年草の根茎。栽培される長芋に対し、山野に自生していることから自然薯の名がある。葉腋《ようえき》に零余子《むかご》を生じる。食用になる根は長大で多肉、地下に深く下りていて、掘り出すのに技術を要する。栽培される薯蕷より粘りが強い。

この橋を自然薯掘りも酒買ひも　高野素十
自然薯の全身つひに掘り出さる　岸　風三樓
自然薯を暴れぬように藁苞《つと》のなか　杉本雷造

自然薯を掘る手始めの蔓探し　棚山波朗
高々と自然薯吊りてひさぎをり　谷口智行
山の芋供へてありぬ閻魔堂　滝沢伊代次
山芋を摺りまつしろな夜になる　酒井弘司
長薯に長寿の髯の如きもの　辻田克巳

【牛蒡《ごぼう》】

ヨーロッパ原産のキク科の越年草で、若芽や葉柄も食べられるが、主に根の部分を食用にする。習慣としてこれを食べるのは中国と日本のみだった。独特の風味があり、食感も楽しむ。金平やささがきなどの煮物、天ぷらほか、日常の食卓にしばしばのぼる。❖晩夏のうちに掘り出したものが若牛蒡、新牛蒡として出回る。近年、健康食として注目度が高まり、牛蒡茶なども市場に出ている。→牛蒡掘る

牛蒡など炊いて一日を肯ひぬ　片山由美子
笹掻きの最後は牛蒡薄切りに　山西雅子
暗がりに束ねられたる牛蒡かな　櫂未知子

【零余子《むかご》】 ぬかご

自然薯《じねんじょ》・薯蕷《ながいも》などの葉腋《ようえき》に生じる暗緑ないし暗褐色の玉芽。種類によって形や大きさが異なる。熟したものを食すが、風味が豊かで野趣に富む。塩茹でや炊込飯にする。

ほろほろとむかご落ちけり秋の雨　一茶
零余子一つ摘まんとすればほろと落つ　小沢碧童
音にして夜風のこぼす零余子かな　飯田蛇笏
零余子落つ夜風の荒き伊賀の奥　北村保
手をこぼれ土に弾みて零余子かな　藺草慶子
蔓にある零余子の見えて夜道かな　岸本尚毅

【貝割菜《かひわりな》】 貝割《かひわれ》

蕪や大根などアブラナ科の蔬菜《そさい》類の、芽が出て二葉になったばかりのもの。二枚貝が開いたような形なのでこの名がある。❖現在はプラスチック容器の中で水耕栽培やミスト栽培したものが商品として出回ること

がほとんどで、畑で土に直に生えていると
ころを想像することが稀になっている季語。

籠の目にからまり残る貝割菜　富安風生
ひら〳〵と月光降りぬ貝割菜　川端茅舎
貝割菜根といふもの、ありにけり　細見綾子
明け方に小雨ありたる貝割菜　村上杏史
すぢかひに雨ひかりだす貝割菜　鷲谷七菜子
一対はいのちのはじめ貝割菜　髙崎武義
なだらかな山から夕日貝割菜　茨木和生
人いつも何かを祈り貝割菜　倉田紘文
貝割や風ふきわたる家の中　山西雅子

【間引菜《まびきな》】　摘《つま》み菜　抜菜《ぬきな》　虚抜菜《うろぬきな》

アブラナ科の蔬菜類の種を隙間なく蒔き、芽が出たあと、通風・採光を良くするために、一週間から十日ごとに間引いたもの。お浸し・汁の実などに使う。❖貝割菜から本葉が生じて伸び、密集状態になったものを間引く。

三日月や影ほのかなる抜菜汁　曾良
間引菜の少しを妻に手渡すも　市村究一郎
まばらなる間引菜をなほ間引きをる　三村純也
海荒れてをり間引菜を洗ひをり　安倍真理子
鈴振るやうに間引菜の土落とす　津川絵理子
椀に浮くつまみ菜うれし病むわれに　杉田久女

【紫蘇の実《しそのみ》】　穂紫蘇

アジア原産のシソ科の一年草の実。日本に渡来したのは古く、栽培が盛んになった。全草に芳香があり赤い色素を含む赤紫蘇系と含まない青紫蘇系がある。初秋のころ、花のあとに穂状につく実は小粒で風味が良く、刺身のつまや佃煮のほか塩漬けにもする。❖穂紫蘇をしごくと実がぽろぽろ落ちる。↓紫蘇（夏）

紫蘇の実を鋏の鈴の鳴りて摘む　高浜虚子
紫蘇の実や母亡きあとは妻が摘み　成瀬櫻桃子
とりあへず紫蘇の実しごく喜寿の酒　亀田虎童子

紫蘇の実の匂へば遠き母のこと　伊藤伊那男
簗守の小さき畑の穂紫蘇かな　丹羽　勝

【唐辛子《たうがらし》】　蕃椒《たうがらし》　鷹の爪

熱帯アメリカ原産のナス科の一年草の実。はじめ緑色で、のちに紅熟し、激しい辛みの香辛料として知られる。本来は細長い卵形だが、栽培変種が多く、さまざまな形がある。鷹の爪は猛禽類のタカの爪の形に似ていることから。↓青唐辛子（夏）

きざまれて果まで赤し唐がらし　許　六
うつくしや野分の後のたうがらし　蕪　村
とり入るる夕の色や唐辛子　高浜虚子
今日も干す昨日の色の唐辛子　林　翔
吊されてより赤さ増す唐辛子　森田　峠
晴るる日の軒のくらさや唐辛子　百瀬美津
渾身の色となりゆく唐辛子　大野崇文
中原をゆく満載の唐辛子　日原　傳
きび〳〵と爪折り曲げて鷹の爪　村上鬼城
縁側の日和に乾く鷹の爪　伊東　肇

【茗荷の花《めうがのはな》】

茗荷はショウガ科の多年草で湿地に自生している。繁殖力旺盛だが食用として栽培もする。春の若芽が茗荷竹で、夏に出る花序が茗荷の子。いずれも独特の香りがあり、食用にする。茗荷の子が生長すると、苞《ほう》の間から淡黄色の唇形花が咲き、一日でしぼむ。❖「花茗荷」は別種で食用ではない。↓茗荷竹（春）・茗荷の子（夏）・花茗荷（夏）

つぎつぎと茗荷の花の出て白き　高野素十
人知れぬ花いとなめる茗荷かな　日野草城
眠れぬ夜あけて茗荷の花を見に　中嶋鬼谷

【生姜《しやうが》】　新生姜　葉生姜　薑《はじかみ》

インド原産とされるショウガ科の多年草。暖地でまれに花をつけるが、結実しない。茎の根元の基部の地下茎が肥大した部分が食用となる。香辛料としてだけでなく、生薬にも用いられる。秋の新生姜は繊維が柔らかく、特に好まれる。生で食する葉つき生姜は、やや小型種。薑は古名。

てんぷらの揚げの終りの新生姜　草間時彦
白山の雨きらきらと新生姜　日美清史
新生姜身の丈ほどの暮らしかな　七田谷まりうす
葉生姜や山うごかして水を汲む　宇佐美魚目
はじかみの薄紅見ゆる厨かな　松瀬青々
はじかみのはぢらふごとき肌かな　片山由美子

【稲《いね》】　初穂　稲穂　陸稲《をかぼ》　稲穂波　稲の香　稲の秋

熱帯アジア原産のイネ科の一年草。季語では、実った穂が垂れ黄金色に輝く秋の稲をいう。❖日本での稲作は縄文時代の終わりに始まったといわれ、長い時間の経過のなかで日本人の精神文化の形成にも大きな影響を与えてきた。

美しき稲の穂並の朝日かな　路通
ところどころ家かたまりぬ稲の中　正岡子規
稲稔りゆつくり曇る山の国　廣瀬直人
とんと丈揃へて稲を束ねけり　阿部静雄
堪へがたし稲穂しづまるゆふぐれは　山口誓子
うねりゐて月の稲穂のかぎりなし　新田祐久
あかつきの山気をはらむ稲穂かな　若井新一
稲の波案山子も少し動きをり　高浜虚子
ちちははの墓のうらまで稲穂波　本宮哲郎
稲の香や屈めば水の音聞こゆ　矢島房利
稲の香や継ぎ目あらはに飛鳥仏　角谷昌子
建ちてまだ住まぬ一棟稲の秋　日野草城

【稲の花《いねのはな》】　早稲の花

稲の穂が葉鞘から伸び、籾《もみ》となるひと粒ひと粒が別々に花を咲かせる。舟形の籾の中には一本の雌蕊《しべ》と六本の雄蕊があり、籾の上部が割れると雄蕊が急に伸びて花粉を出し、雌蕊がこれを受ける。花粉の寿命は数分といわれ、受粉には天候が大きくかかわる。炎暑の日の午前中咲くことが多い。❖いっせいに花を付ける光景は実りを予感させ、農家にとって大きな喜びである。

白河はひくき在所や稲のはな　蝶　夢
湖のみづのひくさよ稲のはな　士　朗
ひねもすの山垣曇り稲の花　芝　不器男
遠くほど光る単線稲の花　桂　信子
すぐ上る雨のまぶしさ稲の花　荏原京子
ふところにとび込む雨や稲の花　山本洋子
月山は隠れやすくて稲の花　加古宗也
しずけさは死者のものなり稲の花　渡辺誠一郎
二の腕に風の来てゐる稲の花　林　桂
水口に石ひとつ置き稲の花　長谷川　櫂
空へゆく階段のなし稲の花　田中裕明
東の空の明るく稲の花　大西　朋
東大寺裏なる小田の早稲の花　北澤瑞史
未来図は直線多し早稲の花　鍵和田秞子

【早稲《わせ》】　早稲の香　早稲田　早稲刈る
早く収穫できる品種の稲。北日本や北陸で早生種が普及し、一時期は早場米が奨励され、各地で盛んに栽培されたが、現在では作付けは多くない。農業技術の進歩にともない、品種にかかわらず出荷が早まっている。

早稲の香や分け入る右は有磯海　芭　蕉
家めぐり早稲にさす日の朝な〳〵　松瀬青々
早稲の穂に能登より寄する波幾重　河北斜陽
早稲の香のしむばかりなる旅の袖　橋本多佳子
陵は早稲の香りの故郷かな　石橋秀野
早稲の香におぼるるばかりささら獅子　落合水尾
早稲の香や大地はほてりさめやらず　藺草慶子
葛飾や水漬《みづ》きながらも早稲の秋　水原秋櫻子

【中稲《なかて》】　収穫の晩早による分類で、中間期に実る稲。稲の大部分はこれに該当する。

魚沼や中稲の穂波うち揃ひ　若井新一
遠山の晴れつづく夜の中稲かな　塩谷半僊

【晩稲《おくて》】晩稲刈る

収穫期の最も遅い稲。日が短くなり始めてからの収穫であり、晩稲刈りの時期は追われるようで慌ただしい。

みちのくや何処も晩稲のまだ青し　細木芒角星
刈るほどに山風のたつ晩稲かな　飯田蛇笏
橋に架け木にかけ晩稲刈りいそぐ　篠田悌二郎
杉山の影の来てゐる晩稲刈　草間時彦
晩稲刈るその傍らに父祖の墓所　吉岡桂六

【落穂《おちぼ》】落穂拾ひ

稲を刈り、稲架《はざ》掛けが済んだあとの田に落ちている穂のこと。❖落穂を拾うことは救《きゅう》恤《じゅっ》慣行として、社会的弱者に認められていたといわれる。ミレーの絵画「落穂拾い」に描かれているのは麦畑の光景だが、ヨーロッパでも同様のことが行われていた。

落穂拾ひ日あたる方へあゆみ行く　蕪村
暮るるまで田ごとの落穂ひろはばや　諸九尼
豊かなる年の落穂を祝ひけり　河東碧梧桐
うしろ手をときては拾ふ落穂かな　松藤夏山
つかれては落穂を拾ふこともなし　加藤楸邨
月出でてぬくき落穂の一にぎり　新田祐久
漂鳥の啄む酒米の落穂　尾池和夫
沖濤の立ちあがりくる落穂かな　山尾玉藻
遠き灯の落穂拾ひにまたたけり　野中亮介

【穭《ひつぢ》】穭の穂

稲を刈り取ったあと、切り株から再び萌え出た稲。放っておくと穂が出て晩秋の田の面を青く彩る。

ひた〳〵とさゝ波よする穭かな　村上鬼城
らんらんと落日もゆる穭かな　富安風生
沼風や穭は伸びて穂をゆすり　石田波郷

【稗《ひえ》】

イネ科の一年草。茎の高さは一〜一・八メ

ートル。かつては救荒作物として、畑や水田に栽培された。九月ごろ実を結ぶ。実は小さく、現在では小鳥の餌としたり、藁は青刈りして飼料としたりする。長期保存が可能。❖食べられるようにするまでに手間がかかることから、「稗搗節」などの労働歌が生まれた。

ぬきんでて稲よりも濃く稗熟れぬ　篠原　梵
日照雨来や峡田は稗を躍らしめ　石田波郷
稗を抜くぶつきらぼうな顔が来て　茨木和生
稗の穂の金色の音陸奥の国　高野ムツオ

【玉蜀黍《たうもろこし》】　もろこし　唐黍

イネ科の大型一年生作物で、茎は太く高さ二・五メートルに達する。葉腋《ようえき》の雌花穂が受精し、太い軸を中心に三〇センチほどのトーチ状にびっしりと実をつける。焼いても茹でても美味で、いかにも秋らしい食べ物の一つ。↓玉蜀黍の花（夏）

もろこしを焼くひたすらとなりてゐし　中村汀女
唐黍の葉も横雲も吹き流れ　富安風生
唐黍に織子のうなじいきいきと　金子兜太
唐黍を折り取る音のよく響く　岩田由美

【黍《きび》】　黍の穂　黍畑

畑に栽培されるイネ科の一年草。実は淡黄白色で、粟よりも大粒である。茎の高さが一・三メートルに達し、葉は粟・稗に比べ幅が広い。栄養価が高く、五穀の一つで主食用に栽培されていたが、現在は限られた地域で菓子などの材料用にわずかに栽培されるだけである。

ずぶぬれの黍ずぶぬれの身に負へる　西本一都
まつすぐに山より降つて黍の雨　森　澄雄
黍高く熟れ一片の雲遠し　清崎敏郎
噴煙の低くながるる黍を刈る　稲島帚木
五島灘暮れて黍の葉音立つる　正林白牛
そこばかり風の休める黍畑　清水基吉

【粟《あは》】　粟の穂　粟畑

畑に栽培されるイネ科の一年草。九月ごろ、茎頂の傾いた大きな穂に無数の小花が密生し、黄色を帯びた小球状の実を結ぶ。茎の高さ九〇～一二〇センチ。葉は玉蜀黍に似る。五穀の一つ。現在は主に餅や菓子用に栽培され、小鳥の餌にもなる。

よき家や雀よろこぶ背戸の粟　芭蕉
粟畑の奥まであかき入日かな　空芽
山畑の粟の稔りの早きかな　高浜虚子
粟の穂や越中八尾まで十里　長田等

【蕎麦の花《そばのはな》】　花蕎麦

立秋前後に蒔いた蕎麦は秋に開花する。葉《よう》腋《えき》から出た枝の先に白色の五弁の小さな花が総状に咲き、畑一面真っ白な綿を置いたようになる。淡紅色の種類もある。風に揺れると柔らかい茎の根元の赤さが覗く。❖蕎麦は高原や山間の畑で栽培されることが多く、人界を離れてひっそりと咲く美しさが目を引く。→新蕎麦・蕎麦刈

蕎麦はまだ花でもてなす山路かな　芭蕉
山畑や煙りのうへのそばの花　蕪村
月光のおよぶかぎりの蕎麦の花　柴田白葉女
遠山の奥の山見ゆ蕎麦の花　水原秋櫻子
蕎麦の花火山灰《よな》の山畑暮れ残る　羽田岳水
ふるさとは山より暮るる蕎麦の花　日下部宵三
そこだけが光りてをりぬ蕎麦の花　加藤瑠璃子
揺れそめて揺れひろがりて蕎麦の花　本井英
鬼太鼓《おんでこ》の響き渡れり蕎麦の花　岡橋啓二
戸隠は雲凝るならひ蕎麦咲けり　山上樹実雄
蕎麦咲いて関東平野果てにけり　五島高資
花蕎麦や谷におくれて峠の灯　長田等

【隠元豆《いんげんまめ》】　莢隠元　花豇豆《はなささげ》　藤豆

中国から隠元禅師がもたらした豆という。マメ科の一年草で蔓性と蔓無しの品種がある。未熟な実を莢《さや》ごと収穫するのが莢隠元

で、どじょう隠元はその専用品種である。完熟したうずら豆・金時豆・白隠元などは煮豆にして食べる。関西では藤豆を隠元豆と呼び、やはり未熟な実を莢隠元として食べる。隠元禅師が伝えたのはこの藤豆という説もある。花豇豆は紅花隠元のこと。

摘み〱て隠元いまは竹の先　杉田久女
いんげんも回覧板も笊の中　田村清子
糸ほどの莢隠元の筋を取り　若井新一
藤豆の垂れて小暗き廊下かな　高浜虚子
山国の空や藤豆生り下り　青木綾子

【豇豆《ささげ》】　十六豇豆　十八豇豆

マメ科の一年草。若い莢《さや》の先端がやや持ち上がり、物を捧げ持つ形に似ることからつけられた名という。蔓性や矮性など、品種がたいへん多い。熟した豆は煮豆や餡にするほか、皮が裂けにくいので慶事の赤飯に炊き込む。十六豇豆は長さ三〇～八〇センチで、若い莢を食べる。十八豇豆は十六豇豆の異名。

二三日しては又摘む豇豆かな　増田手古奈
新しき笠をかむりてさゝげ摘む　高野素十
白和は飛驒の十六ささげかな　清水基吉
もてゆけと十六ささげともに捥ぐ　篠原梵

【刀豆《なたまめ》】　鉈豆《なたまめ》

莢が鉈の形に曲がっているマメ科の一年草。花は白または紅色でやや大きい。若いうちに莢のまま塩漬け・糠漬・福神漬などにして食べる。

刀豆やのたりと下がる花まじり　太祇
なた豆や垣もゆかりのむらさき野　蕪村
刀豆の鋭きそりに澄む日かな　川端茅舎
刀豆を振ればかたかたかたかたと　高野素十

【落花生《らくくわせい》】　南京豆《なんきんまめ》

マメ科の一年草。南米の中央高地原産で、江戸時代初期に渡来したという。花の基部が伸びて地中にもぐり込み莢《さや》を結ぶため、この名がある。晩秋に実を掘り上げる。蛋白質と脂肪を多く含み、栄養に富む。❖産地では採れたてのものを莢ごと茹でて食べる。未熟な豆も塩茹でにすると美味となる。

落花生みのりすくなく土ふるふ　百合山羽公

落花生抜き了へ畑裏返る　中台信子

灯台の下に蔭干し落花生　延平いくと

【新小豆《しんあづき》】

小豆は日本人にもっとも親しみのある豆。秋に収穫したばかりのものが新小豆で、煮て食べるが、餡などに加工することも多い。

いつまでも父母遠し新小豆　石田波郷

内赤き古椀に盛り新小豆　中村草田男

新小豆叺の耳のつんと立ち　高畑浩平

【新大豆《しんだいづ》】

大豆はマメ科の一年草で、東アジアに広く自生する野豆が原種という。八月ごろ葉腋《ようえき》に短い花枝を出して、白・淡紫・紅色の蝶形の小花を開く。花後の莢《さや》には二〜四個の種子が入る。種皮の色は黄・緑・茶・黒など、形も球形・楕円球・扁平など種類によって違う。収穫直後のものを新大豆という。

奥能登や打てばとびちる新大豆　飴山實

山越えの日に輝ける新大豆　若井新一

【藍の花《あゐのはな》】

藍はタデ科の一年草で、茎葉から藍色の染料を採るために栽培される。晩夏のころ、茎頂や葉腋《ようえき》から長い花柄を伸ばし、紅または白色の小花を穂状につづる。開花直前に茎葉を収穫する。徳島県で主に栽培されている。↓藍蒔く（春）

野に落つる日の大きさよ藍の花　上﨑暮潮

古木偶《でく》のさんばら髪や藍の花　吉田汀史

沈みたる一蝶白し藍の花　星野高士

【煙草の花《たばこのはな》】　花煙草

煙草は南アメリカ原産のナス科の一年草で、高さは二メートルにもなる。茎頂に初秋のころ淡紅色の花をたくさんつける。三センチほどの漏斗状の愛らしい花だが、葉を収穫するために早く摘み取ってしまう。

わが旅路たばこの花に潮ぐもり　阿波野青畝
たばこ咲き雲鬱々と出羽の国　細谷鳩舎
残照の壱岐はるかなり花煙草　山崎冨美子
峠より本降りとなる花煙草　堀　古蝶
花煙草最上濁流かがやけり　堀口星眠
棄てらるる身をうす紅に花たばこ　渡辺恭子
弥彦嶺へ日照雨過ぎゆく花たばこ　小谷延子

【棉《わた》】　棉の実　棉実る　棉吹く　桃吹く

夏に開花した棉は、秋に卵形の果実を結び、熟すと三裂して白色の綿毛をつけた種子を吐く。これを「綿（棉）吹く」「桃吹く」といい、この実綿が繊維に加工される。↓綿取・棉の花（夏）

名月の花かと見えて綿畠　芭　蕉
しろがねの一畝の棉の尊さよ　栗生純夫
棉の実のはじけて風の軽くなる　大西比呂
綿吹くや遠き思ひは遠きまま　板津　堯
蕾あり花あり桃を吹けるあり　三村純也

【秋草《あきくさ》】　秋の草　色草　千草　八千草

秋の七草をはじめ、秋に咲くさまざまな花のこと。吾亦《われも》紅《こう》・刈萱《かるかや》・竜胆《りんどう》など姿が美しいばかりでなく、ゆかしい名前を持つものも多い。それらを総称して秋草という。

あきくさをごつたにつかね供へけり　久保田万太郎
秋草を活けかへてまた秋草を　山口青邨
秋草にいちいち沈み山の蝶　及川　貞
籠あふれつつ秋草の影淡き　渡邊千枝子
吹かれ吹かれて秋草となりにけり　福井隆子
秋草をねぢり取りたる牛の舌　柴田佐知子
秋草を踏んで集まる朝の弥撒《みさ》　井上弘美
秋草のいづれも供花として立ちぬ　櫂　未知子

淋しきがゆゑにまた色草といふ　富安風生
色草に夕日の荒ぶ信濃口　黛　執
八千草や乱るるといふ褒めことば　八染藍子
ひざまづく八千草に露あたらしく　坂本宮尾
八千草に柱の天地印し置く　対馬康子

【草の花《くさのはな》】

秋の野には、名も知れぬ草までさまざまな花を付ける。紫・青などの淡い色のものが多く、ひっそりとした美しさがある。❖秋草との違いは、名もない草や雑草の花を思わせるところである。

草いろいろおのおの花の手柄かな　芭　蕉
名はしらず草毎に花あはれなり　杉　風
牛の子の大きな顔や草の花　高浜虚子
風の丘咲き替りたる草の花　塚原麦生
やすらかやどの花となく草の花　森　澄雄
人形のだれにも抱かれ草の花　大木あまり
影だけが触れ合っている草の花　山﨑十生
犬の仔の直ぐにおとなや草の花　広渡敬雄
大岩に石を供へて草の花　山西雅子
死ぬときは箸置くやうに草の花　小川軽舟
みづうみは陸を侵さず草の花　日下部太河

【草の穂《くさのほ》】　穂草　草の絮《わた》　草の穂絮　穂絮飛ぶ

カヤツリグサ科やイネ科の雑草は秋に花穂を出し、実をつけるものが多い。蓬《ほお》けた実を草の絮といい、風に乗って遠くへ運ばれていく。

草は穂にダムは一気に水吐けり　宇咲冬男
人の背をふと恃みたる穂草の野　橋本多佳子
晴天に身の軽くなり草の絮　清水径子
還らざる旅は人にも草の絮　福永耕二
今日は今日のかぎりをとんで草の絮　鷹羽狩行
草の絮万葉の野を飛びきたる　大串　章
イエスよりマリアは若し草の絮　大木あまり
草の絮ころがつてゆく水の上　鈴木貞雄

草の絮飛ぶどこからも遠い町　坂本宮尾
木の股を素通りしたる草の絮　永末恵子
穂絮とぶ臨港線のゆきどまり　栗田せつ子

【草の実《くさのみ》】
秋は野山の雑草も実をつける。自然にはじけたり、小鳥に食べられて種が遠くへ運ばれたりするものもある。牛膝《いのこずち》・草虱《くさじらみ》などは人の衣服や動物の毛に付きやすいように棘をもっている。

払ひきれぬ草の実つけて歩きけり　長谷川かな女
草の実や海は真横にまぶしくて　友岡子郷
草の実や一粒にして日の熱さ　鷹羽狩行
草の実の浮きたる水に靴洗ふ　安部元気

【草紅葉《くさもみぢ》】
木々の紅葉に対し、野の草の色づくことをいう。❖道ばたの小さな草が真紅に色づいているのに立ち止まることもある。

肥後赤牛豊後黒牛草紅葉　瀧春一
帰る家あるが淋しき草紅葉　永井龍男
吾が影を踏めばつめたし草紅葉　角川源義
島かげの牡蠣殻みちの草紅葉　石原八束
湖《うみ》の波寄せて音なし草紅葉　深見けん二
みちのくへ野はとびとびに草紅葉　山田みづえ
一閃の白波を恋ひ草紅葉　廣瀬直人
晴天や水の中まで草紅葉　今瀬剛一
御嶽の噴煙はるか草紅葉　栗田やすし
ひとところ一つの色に草もみぢ　宇野さかゑ

【末枯《うらがれ》】　末枯る
草木の先の方から色づいて枯れはじめること。「うら」は「すえ」の意。晩秋の侘しさがただよう光景である。

夜道にも野のうら枯を覚けり　嘯山
海へむく山末枯をいそぎけり　如毛
末枯の原をちこちの水たまり　高浜虚子
末枯や日当れば水流れゐる　篠原温亭
末枯や墓に石置く石の音　岡本眸

末枯に子供を置けば走りけり　岸本尚毅
名を知らぬまま末枯のうつくしき　有澤榠櫨
末枯れて流水は影とどめざる　鷲谷七菜子
末枯れてまた廃坑の現れる　穴井　太
鳴き細るものを宿して末枯るる　須藤常央

【秋の七草《あきのななくさ》】　秋七草

秋に花が咲く代表的な七種の植物。萩・芒（尾花）・葛《くず》・撫子《なでしこ》・女郎花《おみなえし》・桔梗《ききょう》・藤袴《ふじばかま》のことである。❖『万葉集』の山上憶良の歌〈萩の花尾花葛花瞿麦《なでしこ》の花女郎花また藤袴朝貌の花〉には桔梗の代わりに「朝貌《あさがお》」が入る。ただし、この「朝貌」は今の桔梗または木槿《むくげ》のことという。

膝までの秋の七草分けすすむ　鷹羽狩行
秋の七草揺るるものより数へたる　鍵和田秞子
風受けて秋の七草らしくなる　村上喜代子
子の摘める秋七草の茎短か　星野立子
教室や馬穴にあふれ秋七草　秋沢　猛

【萩《はぎ》】　萩の花　白萩《しらはぎ》　紅萩　小萩　山萩　野萩　こぼれ萩　乱れ萩　括り萩　萩日和

秋の七草の一つで、マメ科ハギ属の落葉低木または多年草。代表的な種は宮城野萩《みやぎのはぎ》。山野に自生し、庭園にもよく植えられる。自生種も多く古来秋を代表する花だったので、草冠に秋と書いて「はぎ」と読ませた。

一家《ひとつや》に遊女もねたり萩と月　芭　蕉
浪の間や小貝にまじる萩の塵　芭　蕉
行き行きてたふれ伏すとも萩の原　曾　良
あら〳〵と帚のあとや萩の門　阿部みどり女
萩の風何か急かるる何ならむ　水原秋櫻子
萩に手をふれて昔の如く訪ふ　深見けん二
風立つや風にうなずく萩その他　楠本憲吉
萩散つて地は暮れ急ぐものばかり　岡本　眸
萩の影映る障子を開けて萩　渡辺鮎太
萩の雨傘さして庭一廻り　中村吉右衛門
左京より右京に親し萩の風　明隅礼子

七草の数へはじめは萩の花　長谷川久々子
城にみな昔のありて萩の花　片山由美子
白萩のしきりに露をこぼしけり　正岡子規
白萩の雨をこぼして束ねけり　杉田久女
白萩のみだれも月の夜々経たる　篠田悌二郎
白萩のつめたく夕日こぼしけり　上村占魚
白萩を植ゑてさびしきこと殖やす　中村路子
ひるの雨来て紅萩を人離る　きくちつねこ
夜の風にこの白萩の乱れやう　桂　信子
神苑を掃く気比の巫女萩日和　加藤水万

【芒《すすき》】 薄《すすき》　尾花　花芒　鬼芒　糸芒
十寸穂《ますほ》の芒《すすき》　真赭《まそほ》の芒《すすき》　縞芒　鷹の羽芒
芒原

イネ科の大型多年草で、日当たりの良い山野のいたるところに自生する。屋根を葺くのに使用したため、カヤともいう。秋、稈《かん》頭《とう》に中軸から多数の枝を広げ、黄褐色か紫褐色の花穂を出す。花穂が開くと真っ白な獣の尾を思わせるような形となり尾花と呼ばれる。花穂の長さは一五～四〇センチで、秋の七草の一つ。風に一斉になびくさまは美しい。細長い葉は刃物のように鋭く、触れると指を切る。十寸穂《ますほ》の芒は十寸（約三〇センチ）もあるもの。真赭《まそほ》は穂が赤みを帯びて輝いているという意。縞芒・鷹の羽芒は葉に白い模様がある。❖かつて外来種のセイタカアワダチソウに駆逐されて芒原が消えかけたが、近年は勢力を回復している。→青芒（夏）・枯芒（冬）

眼の限り臥しゆく風の薄かな　大　魯
夕闇を静まりかへるすすきかな　暁　台
この道の富士になり行く芒かな　河東碧梧桐
をりとりてはらりとおもきすすきかな　飯田蛇笏
まん中を刈りてさみしき芒かな　永田耕衣
雨の糸とき〴〵見ゆる芒かな　星野立子
金の芒はるかなる母の禱りをり　石田波郷

うつすらと月光を脱ぐ芒かな　鈴木章和

夕風を真赭の芒生けて待つ　和田華凜

薄活けて一と間に風の湧くごとし　佐野美智

象潟の尾花を波と見る日かな　佐藤春夫

花薄風のもつれは風が解く　福田蓼汀

穂芒や山の夕影倒れくる　徳永山冬子

鎮魂の手の切り傷よ芒原　原　裕

灯台へ一本道の芒原　山田閏子

【萱《かや》】　萱の穂　萱原　萱野

屋根を葺くのに用いるイネ科の草本の総称で、芒のほか茅萱《ちがや》（白茅《ちがや》）・菅《すげ》などを萱と呼ぶ。秋に刈り取る。

萱鳴らす山風霧を晴らしけり　金尾梅の門

萱活けて夕日をあかく壁に受く　村上冬燕

おのづから急流に触れ萱育つ　廣瀬直人

阿蘇を去る旅人小さき萱野かな　野見山朱鳥

【刈萱《かるかや》】　雌刈萱　雄刈萱

日当たりの良い草地に生えるイネ科の多年草。葉は稲よりも細く、下部には粗毛が生える。秋、葉腋《ようえき》に総状花序をなして開く褐色の禾《のぎ》も、格別目立つものではない。❖刈り取ったものは屋根を葺く材料とするため重要であった。

刈萱にいくたびかふれ手折らざる　横山白虹

かるかやかすすきか橋の影とどく　池田澄子

隠国の雨の刈萱紅葉かな　大石悦子

めがるかやをがるかやとて踏みまよふ　飯島晴子

飲食の音のかそけく雌刈萱　藤田直子

【蘆の花《あしのはな》】　蘆の穂　蘆の穂絮　蘆原

蘆はイネ科の大型多年草。十月ごろ茎頂に大きな穂を伸ばし、紫色、のちに紫褐色になる小花を円錐花序をなして群がるようにつける。花の下に白い毛がついていて実を飛ばすのに役立つ。穂は芒よりもふさふさとしていて豊かな感じである。→蘆の角（春）・青蘆（夏）

蘆の花舟あやつれば水匂ふ　山口誓子
町なかのまひるさびしや蘆の花　木下夕爾
蘆の花がくれとなりぬ竹生島　桜木俊晃
蘆の穂に家の灯つづる野末かな　富田木歩
蘆の穂の片側くらき夕日かな　古沢太穂

【荻《をぎ》】　荻の風　荻の声　荻原

水辺や湿地に生えるイネ科の大型多年草。株根は地中を這って蔓延し、芒に似るが、株立ちにならず一本ずつ茎を立てて群生する。古歌にも詠まれている荻の声は荻の葉を吹きわたる風音のこと。

荻吹くや燃ゆる浅間の荒れ残り　太祇
荻さわぐ秋篠川に月待てば　民井とほる
古歌にある沼とて荻の騒ぐなり　森田峠
頬ずりに子は目を閉づる荻の声　秋元不死男
風よりも遠いところを荻のこゑ　今井杏太郎

【数珠玉《じゆずだま》】　ずず珠　ずずこ

水辺に生える熱帯アジア原産のイネ科の多年草で、通常その実をいう。高さ一メートル前後となり、幅のやや広い葉の腋《えき》から花穂を立てる。長さ約一センチの壺形の苞《ほう》鞘《しよう》の中に雌性の小穂があり、その先に雄性の小穂を下向きに付ける。熟すと苞鞘が固くなり緑色から灰白色へと変化し光沢が出る。これに子どもたちが糸を通して首飾りにしたり、お手玉に入れたりして遊ぶ。

数珠玉や小さく乾く母のもの　古賀まり子
数珠玉の日照雨二たび三たびなる　大峯あきら
数珠玉や月夜つづきて色づける　新田祐久
数珠玉やひらひらとくる近江の子　武藤紀子
数珠玉をあつめて色のちがふこと　小川軽舟
数珠玉に山の夕日の絡みたる　井出渉

【葛《くず》】　真葛　真葛原　葛の葉　葛の葉裏　葛嵐

マメ科の大型蔓性多年草で茎は一〇メートル以上になる。縦横に延びて地を覆い、木や電柱に絡みつくなど繁殖力が旺盛である。根から葛粉を採り、薬用や食用にする。蔓は行李を編んだり、繊維を織物にも用いたりした。❖葉裏が白く、風に吹かれるとそれが目立つことから「裏見葛の葉」といわれ、和歌では「恨み」に掛けて詠まれた。

葛の葉のうらみ皃《がほ》なる細雨《こさめ》哉　蕪　村
あなたなる夜雨の葛のあなたかな　芝　不器男
白河の夜雨の葛を見て過ぎぬ　細川加賀
日の沈む前のくらやみ真葛原　深見けん二
真葛原ことりと人を通しけり　柿本多映
うつしみのしじまとなれり真葛原　水野真由美
海よりも平らに月の真葛原　髙田正子
山の雨葛の葉に音たてにけり　池上浩山人
索道の奈落へさそふ葛あらし　能村登四郎
鳥影を鳥影が追ひ葛あらし　藺草慶子

【葛の花《くずのはな》】

秋の七草の一つ。八月の終わりごろ葉腋《ようえき》に約一七センチの穂を出して、総状花序に紫赤色の蝶形花をびっしりつける。花が終わると扁平なマメ科特有の実がなる。❖花は食べることができ、天ぷらにするとほのかに葛の香りがただよう。

葛の葉の吹きしづまりて葛の花　正岡子規
わが行けば露とびかかる葛の花　橋本多佳子
山川のある日濁りぬ葛の花　五十嵐播水
高館へ風吹き上ぐる葛の花　加藤知世子
葛の花のにほひの風を過ぎて知る　篠原　梵
葛の花くぐりて響く流かな　石　昌子
葛の花むかしの恋は山河越え　鷹羽狩行
葛の花引けば卑弥呼の空が寄る　岸原清行
灯籠にかくれクルスや葛の花　足立和信
新しき供花に散りくる葛の花　満田春日
落ちてくる雨の大粒葛の花　山西雅子
葛咲くやいたるところに切通《きりどほし》　下村槐太
葛咲くや嬬恋村の字いくつ　石田波郷

【郁子《むべ》】 うべ　郁子の実

アケビ科の郁子の実は晩秋に暗紫色に熟す。形は通草と似ているが、自ら裂けることはない。五～八センチの卵円形で常磐通草《ときわあけび》ともいい、食用になる。→郁子の花（春）

郁子の門くゞりてつねのごと帰る　長谷川素逝
郁子一つ芭蕉生家の文机に　宮下翠舟
喪の家の郁子にふれたるうなじかな　細川加賀

【藪枯らし《やぶからし》】 貧乏かづら

随所に生えるブドウ科の多年生蔓草。他のものにからみつき、生い茂る。夏、黄赤色を帯びた小花を群がり咲かせ、秋に小さな漿果《しょうか》を結ぶ。全草特異な臭気を持ち、地下茎から掘り起こしても根絶やしは困難な害草。植物名はヤブガラシ。

藪からし振り捨て難く村に住む　百合山羽公
やぶからし已れも枯れてしまひけり　辻田克巳
藪枯らしきれいな花を咲かせけり　後閑達雄
貧乏かづら手ぐれば雨滴重りして　河野多希女

【撫子《なでしこ》】 川原撫子《かはらなでしこ》　大和撫子《やまとなでしこ》

秋の七草の一つ。ナデシコ科の多年草で、植物名はカワラナデシコ。山野の日当たりの良い草原や川原に生える。高さは三〇～八〇センチ。茎の上部で分枝し、その先に淡紅色の花を群がるようにつける。花期は七～十月。

かさねとは八重撫子の名なるべし　曾良
撫子やただ滾々と川流る　山口青邨
茎ながき撫子折りて露に待つ　篠田悌二郎
岬に咲く撫子は風強ひられて　秋元不死男
撫子や波出直してやや強く　香西照雄
大阿蘇の撫子なべて傾ぎ咲く　岡井省二
壺に挿して河原撫子かすかなり　田村木国

【野菊《のぎく》】 野紺菊　嫁菜

山野に自生している菊に似た花を総称していう。その中にはキク属・コンギク属・ヨメナ属などの植物が含まれている。白から薄紫などのものが多い。

足元に日のおちかかる野菊かな　一茶
玉川の石の河原の野菊かな　岡本癖三酔
頂上や殊に野菊の吹かれ居り　原石鼎
はなびらの欠けて久しき野菊かな　後藤夜半
行人にかゝはり薄き野菊かな　星野立子
野菊にも雨ふりがちの但馬住　京極杞陽
いつまでも野菊が見えてゐて暮れず　黛執
金網に吹きつけらるる野菊かな　岸本尚毅
まづ風は河原野菊の中を過ぐ　福田甲子雄
陶工の言葉少なに野菊晴　野木桃花
野紺菊一日家を忘れゐる　北沢瑞史

【めはじき】

路傍に自生するシソ科の二年草。初秋、葉腋《えき》に淡紅紫色の唇形花を集めて開く。子どもが茎を短くしたものを瞼《まぶた》に張って目を開かせて遊んだのでこの名がある。❖産前産後の薬になり、益母草《やくもそう》ともいう。

めはじきの瞼ふさげば母がある　長谷川かな女
めはじきをしごけば花のこぼれけり　坊城中子
めはじきや愚かさをすぐ口にして　辻田克巳

【狗尾草《ゑのころぐさ》】　猫じやらし　ゑのこ草

イネ科の一年草。花穂を子犬の尾に擬してこの名がある。その穂で猫をじゃらすことから「猫じゃらし」ともいう。茎の長さは六〇センチくらいで、葉は細く麦や粟に似る。

風にゆるるゑのころ草を見て憩ふ　岡安迷子
浜ははやゑのころ草の穂に出でて　清崎敏郎
ゑのころの金となるまで吹かれをる　下坂速穂
父の背に睡りて垂らすねこじやらし　加藤楸邨
いつも靡いて空港の猫じやらし　池田秀水
君が居にねこじやらしまた似つかはし　田中裕明

【牛膝《ゐのこづち》】

ヒユ科の多年草で、道ばたや野原などに見

られる。葉は楕円形で対生し、晩夏・初秋のころ、葉腋《ようえき》に穂をなして緑色の小花をつける。実を包む苞と外側の萼片《がくへん》は先のとがった針状で、衣類などに付着する。根は利尿・強精剤となる。

ゐのこづち川原の小石踏めば鳴る　荒川優子
ゐのこづち誰も通らぬ日なりけり　野路斉子
ゐのこづち淋しきときは歩くなり　西嶋あさ子
少年をことに好みてゐのこづち　吉田千嘉子
ゐのこづち父の背中に移しけり　山本一歩

【藤袴《ふぢばかま》】
秋の七草の一つ。中国原産で、山中や河畔の草むらなどに自生するキク科の多年草。八～九月、淡紅紫色の小花が梢上に群がって咲く。高さ一～二メートルになり、葉は三つに裂け、茎と葉は多少紅色を帯びる。独特の芳香があり、乾かすと特に強く香るのは、桜の葉と同じクマリンを含むため。かつては乾燥した花を簞笥に入れたりした。

❖渡りをする蝶のアサギマダラは藤袴の蜜を好む。この蜜には毒があり、これを胎内に蓄積することで鳥に食べられずに長距離の渡りをするといわれている。

雁坂の方は雲なり藤袴　村沢夏風
藤袴手折りたる香を身のほとり　加藤三七子
丹波けふいづこも照りぬ藤袴　岡井省二
すがれゆく色を色とし藤袴　稲畑汀子
想ひごとふと声に出づ藤袴　永方裕子
一泊を京にある日の藤袴　林　桂

【藪虱《やぶじらみ》】　草虱
セリ科の越年草。実は棘状の毛が密生し、衣服や動物に付着して運ばれて行く。原野・路傍に多く自生する。

人影や息を殺せる藪じらみ　相生垣瓜人
子の服にうつしやるわが藪虱　福永耕二
ふるさとのつきて離れぬ草じらみ　富安風生

草虱つけて払はぬこと愉し　後藤夜半
草じらみ一つつまみて旅の果て　志城　柏
みちのくのいづこで付きし草じらみ　大峯あきら
草じらみ行を同じうせし証し　上田五千石

【曼珠沙華《まんじゅしゃげ》】　彼岸花　死人花《しびとばな》　天蓋花《てんがいばな》　幽霊花　捨子花《すてごばな》　狐花

ヒガンバナ科の多年草で、彼岸ごろ、地下の鱗茎《りんけい》から三〇～五〇センチの花茎を伸ばし、赤い炎のような花をいくつも輪状に開く。花後、細い葉が出て、翌年春に枯れる。地方によってさまざまな呼び名がある。白花曼珠沙華は近縁種。❖鱗茎は澱粉を多量に含み、有毒だが晒して救荒食物とするため、畑の傍らや墓地など人里に近い所に植えられた。

曼珠沙華消えたる茎のならびけり　後藤夜半
曼珠沙華不思議は茎のみどりかな　長谷川双魚
空澄めば飛んで来て咲くよ曼珠沙華　及川　貞
つきぬけて天上の紺曼朱沙華　山口誓子
曼珠沙華落暉も蘂をひろげけり　中村草田男
曼朱沙華どこそこに咲き畦に咲き　藤後左右
人の世を遠巻にして曼珠沙華　角川源義
西国の畦曼珠沙華曼珠沙華　森　澄雄
曼珠沙華どれも腹出し秩父の子　金子兜太
青空に無数の傷や曼朱沙華　藤岡筑邨
他の花は世になきごとし曼珠沙華　橋本美代子
一島を潮の支ふる曼珠沙華　大木あまり
むらがりていよいよ寂しひがんばな　日野草城
影法師ながし天蓋花の径　藤田ひろむ
このあたり同姓多し狐花　阿川燕城

【桔梗《ききやう》】　きちかう　白桔梗

秋の七草の一つ。山野の日当たりの良い所に生えるキキョウ科の多年草の花。観賞用に庭などにも植えられる。八～九月ごろ、枝上に青紫色の鐘形五裂の鮮麗な花を開く。園芸品種には、白い花もある。

桔梗の蕾をぽんと鳴らしけり　阿部みどり女
かたまりて咲きて桔梗の淋しさよ　久保田万太郎
桔梗を焚きけぶらしぬ九谷窯　加藤楸邨
桔梗や水のごとくに雲流れ　岸　風三樓
われ遂に信濃を出でず桔梗濃し　小林俠子
桔梗咲き晩年といふ見えぬもの　高橋謙次郎
ふつくりと桔梗のつぼみ角五つ　川崎展宏
桔梗や夕べの風は地より湧く　櫻井博道
桔梗の空のひろがる信濃なり　阿部誠文
桔梗の裁りひらかれて咲けるかな　本井　英
忘れたきことは忘れず桔梗濃し　今井　豊
仏性は白き桔梗にこそあらめ　夏目漱石
山中に一夜の宿り白桔梗　野澤節子
日暮とも雨けむるとも白桔梗　藤田湘子
白桔梗百日経を写しては　寺井谷子
みづうみは朝のひかりの白桔梗　大屋達治

【千屈菜《みそはぎ》】　鼠尾草《みそはぎ》　溝萩《みぞはぎ》

山野の水辺や湿地に生えるミソハギ科の多年草。高さ一メートル前後、上方で枝を分ける。葉は対生。八月ごろ、葉腋《ようえき》ごとに淡紅紫色の六弁花が三〜五個ずつ集まって開き、長穂状となる。精霊棚に供えて水を掛けるのに使う。ミソハギの名は禊萩《みそぎはぎ》が転じたともいわれる。

鼠尾草や身にかからざる露もなし　暁　台
千屈菜の咲き群れて湧く水の翳　石原八束
千屈菜や若狭小浜《をばま》の古寺巡り　湯下量園
新しき水にみそはぎ浸しをり　嶋田麻紀
ながき穂の溝萩いつも濡るる役　能村登四郎

【女郎花《をみなへし》】　をみなめし

秋の七草の一つ。オミナエシ科の多年草で、茎の上部が多数に分かれ、黄色い小花を散房状に無数につける。茎は直立して高さ一メートルほど。葉は羽状に深く裂け対生する。

手折りてははなはだ長し女郎花　太　祇

網棚に寝かせ高野の女郎花　猿橋統流子
旅にをるおもひに折るや女郎花　森　澄雄
古稀すぎて着飾る日あり女郎花　津田清子
雨がまた濡らしに来たる女郎花　麻　里伊
をみなめし遥かに咲きて黄をつくす　松崎鉄之介
ことごとく坊の跡なりをみなへし　黒田杏子
天涯に風吹いてをりをみなへし　有馬朗人
をみなへし越路の雨滴肩に散る　鍵和田秞子

【男郎花《をとこへし》】　をとこめし

オミナエシ科の多年草。女郎花によく似た白い花をつけるが、丈がやや高く、茎も太い。根に異臭がある。❖女郎花同様、呼称の妙がある。

男郎花白きはものの哀れなり　内藤鳴雪
相逢うて相別るゝも男郎花　高浜虚子
暁やしらむといへば男郎花　松根東洋城
小笹吹く風のほとりや男郎花　北原白秋
不退転とは崖に咲くをとこへし　鷹羽狩行

【吾亦紅《われもかう》】

山野に多いバラ科の多年草の花。九月ごろ上部で枝分かれし、枝先に暗赤色で花弁のない無数の花を円筒状の直立した穂状花序につける。高原の風に吹かれているさまなどは少し寂しげで、その名とともに趣を感じさせる。

吾亦紅霧が山越す音ならむ　篠田悌二郎
吾亦紅ぽつんぽつんと気ままなる　細見綾子
夕風は絹の冷えもつ吾亦紅　有馬籌子
吾亦紅谿へだて行く影とわれ　千代田葛彦
金婚のけふを妻なき吾亦紅　有働　亨
山の日のしみじみさせば吾亦紅　鷲谷七菜子
甲斐駒の返す木霊や吾亦紅　山下喜子
吾亦紅しづかに花となりにけり　日下野由季
そのままのかたちにからび吾亦紅　井出野浩貴

【水引の花《みづひきのはな》】　水引草

山野の林縁などに多いタデ科の多年草の花

で、八月ごろ枝上に数条の細長い花軸を伸ばし、赤い小花を無数につける。高さ五〇〜九〇センチ程度で、茎は細く硬い。葉は先のとがった楕円形。花軸は上から見ると赤く、下から見ると白く見える。白花の銀水引、紅白混じった御所水引などがある。
❖植物名はミズヒキであり、水引草《そう》は俳句特有の言い方。

水引の花の人目を避くる紅　後藤比奈夫
水引の花は動かず入日さし　山西雅子
水引のまとふべき風いでにけり　木下夕爾
水引の紅は見えねど壺に挿せり　高浜年尾
山刀伐《なたぎり》を越ゆ水引の銀を手に　安藤五百枝
水引の雨こまやかに降りはじむ　荏原京子
今年また水引草の咲くところ　原田浜人
水引草風がむすびてゆきにけり　遠藤正年
水引草いまはの際にこゑのなし　中岡毅雄

【美男葛《びなんかづら》】　実葛《さねかづら》

モクレン科の常緑蔓性植物。植物名はサネカズラ。皮には粘液が含まれるため、古くは枝ごと煮出して得た液を整髪に用いたことから美男葛の名がある。葉は長楕円形で柔らかく、裏面は紫色。八月ごろ直径約一・五センチの花が垂れ下がって咲く。雌雄異花。花のあと雌花の花床がふくらみ、球形の赤い漿果《しょうか》をつける。

神木へ美男かづらの走りたり　高木良多
年ちがふ尼二人住むさねかづら　阿波野青畝
あだし野の陽はさらさらとさねかづら　鍵和田秞子
又の名の投込寺のさねかづら　矢島久栄

【竜胆《りんだう》】　笹竜胆　深山竜胆《みやまりんだう》

リンドウ科の多年草の花の総称。種類が多く、笹竜胆、深山竜胆、蔓竜胆、蝦夷竜胆などがある。鐘状で先が五裂した青紫色の花をつける。❖秋晴れの空の下で咲く花は、ひときわ美しい。古くから乾燥した根を健胃薬として用いていた。

りんどうに白雲うごき薄れけり　柴田白葉女
竜胆を畳に人のごとく置く　長谷川かな女
竜胆のこの径夢に見たる径　橋　閒石
朝市や竜胆ばかり抱へ売り　中西舗土
りんだうや机に倚れば東山　岡本　眸
竜胆や声かけあひてザイル張る　望月たかし
竜胆や風のあつまる峠口　木内彰志
りんだうや宗谷の沖の紺深し　佐藤郁良
山上のことに晴れたる濃竜胆　池上浩山人
大姉の男まさりや濃竜胆　伊藤トキノ
壺の口いっぱいに挿し濃竜胆　川崎展宏

【みせばや】　たまのを

十月ごろ岩の上に生えるベンケイソウ科の多年草。茎の先端に淡紅色の簪《かんざし》のような花が球状に群がり垂れ下がるのを楽しむ。古くから観賞用に栽培されてきた。強靱な茎は長さ三〇センチほどで、紅色を帯びる。三枚ずつ輪生する薄緑色の葉は、サボテンのように肉厚である。

みせばやのむらさき深く葉も花も　山口青邨
みせばやの花のをさなき与謝郡　鈴木太郎
たまのをの咲いてしみじみ島暮し　星野　椿

【杜鵑草《ほととぎす》】　時鳥草《ほととぎす》　油点草《ほととぎす》

ユリ科の多年草で、秋、百合を小さくしたような花をつける。花の内側には濃い赤紫の斑点が密にある。山地の半日陰や湿り気の多い所に生える。葉は互生し、笹の葉に似て先が少し曲がる。斑点が鳥のホトトギスの胸毛の模様に似ているので、この名がある。

墓の辺や風あれば揺れ杜鵑草　河野友人
殉教の土の暗さに時鳥草　後藤比奈夫
さなきだに湖尻はさびし時鳥草　上田五千石
林中に雨の音満つ油点草　清崎敏郎

【松虫草《まつむしさう》】

高原に自生するマツムシソウ科の二年草で、八～九月に青紫色の頭状花を茎頂に開く。茎の高さ六〇～九〇センチ。羽状に分裂した葉は対生する。花野を代表する花の一つ。❖かつては松虫の声が聞こえはじめるころ、山野のあちこちで花が盛りとなった。

蓼科のまつむし草のあはれさよ　山口青邨
富士淡し松虫草の花の上　阿波野青畝
霧ひかる松虫草の群落に　相馬遷子
山の風松虫草を吹き白め　深見けん二
松虫草雨の中より夕日さす　岡田日郎
松虫草ケルンに走る雲の影　永井由紀子

【露草《つゆくさ》】　月草　蛍草《ほたるぐさ》

道ばたや空地などどこでも見られるツユクサ科の一年草で、朝露に濡れながら可憐な青い花を開く。茎は三〇センチ以上になるが柔らかく地に伏して増えていく。葉は長卵形で互生する。❖古名を「つきくさ」というのは、花の汁を衣に擦り付けて染めたことに由来する。

月草や澄みきる空を花の色　蓼太
露草の露千万の瞳かな　富安風生
露草や飯噴くまでの門歩き　杉田久女
露草のまはりの暮色后陵　長谷川双魚
露草も露のちからの花ひらく　飯田龍太
人影にさへ露草は露こぼし　古賀まり子
くき〳〵と折れ曲りけり蛍草　松本たかし

【鳥兜《とりかぶと》】　鳥頭《とりかぶと》

中国原産のキンポウゲ科の多年草の花。薬用、切り花用として栽培されるが有毒植物。九月ごろ茎頂や上方の葉腋《ようえき》に総状や円錐状の花序を出し、一〇～三〇個の濃紫色の花をつける。花の形が舞楽や能の冠物「鳥兜」に似ていることからつけられた名。全国に三〇種ほどの自生種もある。

紫の花の乱れやとりかぶと　惟然

とりかぶと紫紺に月を遠ざくる　長谷川かな女
妄想の草深ければ鳥兜　清水径子
火の山にかぶさる雲や鳥兜　高橋悦男
鳥かぶと神の山にもけもの径　河村祐子
今生は病む生なりき鳥頭　石田波郷

【蓼の花《たでのはな》】蓼の穂　桜蓼　ままこのしりぬぐひ

蓼はタデ科の一年草の総称。種類が多く、冬以外の各季に花を開いているものが見られる。秋に咲くのは犬蓼・花蓼・大犬蓼・大毛《おおけ》蓼《たで》・柳蓼・桜蓼・ぼんとく蓼など。大方は高さ六〇～九〇センチだが、大毛蓼は一・八～二・二メートルに達する。花蓼は茎が直立し、花がまばら。桜蓼は淡紅色の花が愛らしい。→蓼（夏）

蓼の花溝が見えぬに音きこゆ　柴田白葉女
食べてゐる牛の口より蓼の花　高野素十
空あをく魚に旬あり蓼の花　八田木枯
末の子とひるは二人や蓼の花　石田いづみ
下駄履いて人呼びに出る蓼の花　吉田汀史
蓼の花揺れゐて海の夕明り　澤村昭代
蓼咲いて余呉の舟津は杭一つ　三村純也
伏流は岩に現はれさくら蓼　岡部六弥太
可憐なる色やままこのしりぬぐひ　吉田千嘉子

【赤のまんま《あかのまんま》】赤のまま　赤まんま　犬蓼の花

タデ科の一年草犬蓼の花。粒状で紅色の花を赤飯になぞらえたこの名のおもしろさから、俳句によく詠まれる。夏から秋にかけて、赤い小花を枝先に群がるようにつける。花びらはなく萼が五つに深裂する。高さは二〇～五〇センチほど。

長雨のふるだけ降るや赤のまゝ　中村汀女
さゞ波のここまでよする赤のまゝ　池上不二子
晩年の景色に雨の赤のまま　今井杏太郎
いとこ皆ばらばらに生き赤のまま　櫂　未知子

きのふの子けふはもう来ず赤のまま　守屋明俊

【溝蕎麦《みぞそば》】

タデ科の一年草の花。山野・路傍の水辺に多い。茎の高さ三〇〜八〇センチ。葉は矛形で互生し、八月ごろ茎上に分枝して、十個ほどの小花が群がって開く。白や淡紅色のものが多い。

みぞそばのかくす一枚の橋わたる　山口青邨
町中に溝蕎麦の堰く流あり　高浜年尾
みぞそばの水より道にはびこれる　星野立子
みぞそばの信濃の水の香なりけり　草間時彦

【烏瓜《からすうり》】

ウリ科の蔓性多年草の実。秋になると林中の木々や藪にからんだ蔓に実がなる。赤く熟して、葉が落ち尽くしたあともぶら下がっている。❖種子は結び文の形をしているので玉章《たまずさ》の名がある。

をどりつつたぐられて来る烏瓜　下村梅子
日は墓の家紋をはなれ烏瓜　古舘曹人
烏瓜枯れなむとして朱を深む　松本澄江
掌《て》の温み移れば捨てて烏瓜　岡本　眸
危ふきに己をつるしからす瓜　雨宮抱星
いまそこに在るは夕日と烏瓜　友岡子郷

【蒲の絮《がまのわた》】　蒲の穂絮

池や沼に生える多年草の蒲は、夏、茎の先に花穂を出すが、その実が熟れると穂がほぐれ、穂絮となって飛散する。❖「因幡の白兎」の赤裸になった兎はこれにくるまったという。

いつさいのちからを抜かれ蒲の絮　藤田湘子
蒲の絮雨の向かうに日射しあり　竹内秀治
海山の神々老いぬ蒲の絮　田中裕明
くだけ落つ蒲の穂わたのはなやかに　星野立子

【菱の実《ひしのみ》】　菱採る

菱は池や沼に生える一年草。夏に白色の四弁花を水面に開き、花後結ぶ実は菱形で、

左右に二個の角がある。若いうちは生で食べられるが、熟したものは茹でたり蒸したりして食べる。↓菱の花（夏）

佐賀は水ゆたかに菱の実となりぬ　宮下翠舟
菱の実を包みて濡る丶新聞紙　飴山實
菱の実売る水の城市の石の橋　福永法弘
菱採りしあとの菱の葉うらがへり　高浜虚子
菱採りのわらべ手掻きの盥舟　下村ひろし
みちのくの菱の実採りの紺づくめ　松崎鉄之介
そもそもは菱の実採って呉れしより　大石悦子
青空の傾ぐ菱の実採るたびに　後藤立夫

【水草紅葉《みづくさもみぢ》】　水草紅草《みくさもみぢ》　萍紅葉《うきくさもみぢ》　菱紅葉《ひしもみぢ》

菱・萍の類は秋の終わりになると紅葉し、水の上にも彩りが見られる。❖水草紅葉という場合、種類は特定しない。むしろ、何かは分からないが色づいている水草に趣を見出すのである。

水草紅葉広瀬となりて川やさし　山田みづえ
紅葉して汝は何といふ水草ぞ　鷹羽狩行
水草にはじまる園の紅葉かな　片山由美子
塔をうつす水の萍もみぢかな　稲垣きくの
竜安寺池半分の菱紅葉　高浜年尾

【茸《きのこ》】　菌《きのこ》　茸《たけ》　椎茸《しひたけ》　初茸《はつたけ》　毒茸《どくたけ》　毒茸《きのこ》　茸汁

大型の菌類の俗称。食用部分は胞子を作るための子実体である。古くは「たけ」「くさびら」と呼ばれ、「きのこ」が季語になったのは江戸初期から。猛毒の茸もある。

はつ茸のひとつにゑくぼひとつづゝ　水国
爛々と昼の星見え菌生え　高浜虚子
椎茸のぐいと曲がれる太き茎　林徹
初茸のどこか傷つくところあり　嶋田麻紀
毒茸の人の気配のうちにあり　岸田稚魚
月光に毒を貯へ毒きのこ　遠藤若狭男
月夜茸今宵はねむる瀞の雨　堀口星眠

笑ひ茸山気の渦をなせりけり　伊藤白潮
生国の昼へ蹴り出す煙茸　柿本多映
舞茸の襞のあはひのうつそりと　辻　美奈子
一日はおまけのごとし茸汁　宇多喜代子

【松茸《まつたけ》】
マツタケ科の食用茸。赤松林に多く生える。「匂い松茸、味占地」といい、芳香が高く風味が優れている。国内で採れるものは数が少なく高価である。❖関西では特に、季節の味わいに欠かせないものとして松茸を珍重する。

紙のごとき松茸碗に旅なかば　中山純子
松茸の椀のつつつと動きけり　鈴木鷹夫
躊躇なく焼松茸として喰らふ　板谷芳浄
ややありて松茸もつていけといふ　早川志津子
松茸をこれほど採つて不作とは　茨木和生
松茸は京の荒砂こぼしけり　長谷川　櫂

【占地《しめぢ》】　湿地《しめぢ》　湿地茸《しめじ》
シメジ科の食用茸。秋に広葉樹林内に群生または単独に生える。風味が豊かで広く好まれる。茎が癒着していて一株となって生えるので、株占地・千本占地・百本占地などという。

わがこゝろは占地の陰に入りにけり　鴇田智哉
山しめぢ買へば済みけり初瀬《はせ》詣　岡井省二
晩年といへばむらさき湿地など　三田きえ子
しめぢなます吾が晩年の見えてをり　草間時彦

秋の行事

八月の初めから十一月の初めまで（前後を多くとっています）。吟行にお出かけの場合には、かならず日時をお確かめください。

《8月》

1日　弘前ねぷたまつり（～7）　青森県弘前市
2日　青森ねぶた祭（～7）　青森市
3日　秋田竿燈まつり（～6）　秋田市
4日　五所川原立佞武多（～8）　青森県五所川原市
北野祭（北野天満宮）　京都市5日　山形花笠まつり（～7）　山形市
6日　仙台七夕まつり（～8）　仙台市
7日　御嶽山御神火祭　長野県御嶽山
六道まいり（珍皇寺・～10）　京都市
立秋前日　夏越神事〈矢取りの神事〉（下鴨神社）　京都市
9日　清水寺千日詣り（～16）　京都市
12日　阿波おどり（～15）　徳島市
13日　郡上おどり（～16）　岐阜県郡上市
14日　中元万燈籠（春日大社・～15）　奈良市
中尊寺薪能（中尊寺白山神社）　岩手県平泉町
15日　南部の火祭り〈百八たい〉　山梨県南部町
三嶋大祭り（三嶋大社・～17）　静岡県三島市
曝涼〈薪寺の虫干〉（酬恩庵一休寺・～16）　京都府京田辺市
精霊流し　長崎市
16日　西馬音内《にしもない》盆踊り（～18）　秋田県羽後町
鬼来迎《きらいごう》（広済寺）　千葉県横芝光町
京都五山送り火〈大文字〉　京都市
旧盆明け最初の週末　沖縄全島エイサーまつり　沖縄市
17日　船幸祭（建部大社）　滋賀県大津市
19日　花輪ばやし（幸《さきわい》稲荷神社・～20）　秋田県鹿角市

20日　大覚寺万灯会〈宵弘法〉　京都市
22日　六地蔵巡り（地蔵寺ほか・～23）　京都市
下旬　玉取祭（嚴島神社・管弦祭の約2週間後）
広島県廿日市市
23日　延生《のぶ》の夜祭り（城興寺）　栃木県芳賀町
千灯供養（化野念仏寺・～24）　京都市
元興寺地蔵会万灯供養（～24）　奈良市
25日頃　亀戸天神社例大祭（亀戸天神社・金曜～日曜）　東京都江東区
鳴無《おとなし》神社御神幸お舟遊び　高知県須崎市
26日　吉田の火祭り〈鎮火祭〉（北口本宮冨士浅間神社・～27）　山梨県富士吉田市
御射山祭（諏訪大社・～28）　長野県諏訪市

《9月》

1日　神幸祭（鹿島神宮・～2）　茨城県鹿嶋市
おわら風の盆（～3）　富山市
八朔牛突き大会　島根県隠岐の島町
2日　気比祭（氣比神宮・～15）　福井県敦賀市
5日　夫婦岩大注連縄張神事（二見興玉神社）　三重県伊勢市
11日　だらだら祭（芝大神宮・～21）　東京都港区
12日　放生会（筥崎宮・～18）　福岡市
第3月曜　岸和田だんじり祭（岸城神社・月曜前日前々日）　大阪府岸和田市
14日　遠野まつり（遠野郷八幡宮・～15）　岩手県遠野市
例大祭（鶴岡八幡宮・～16）　神奈川県鎌倉市
15日　石清水祭（石清水八幡宮）　京都府八幡市
18日　例祭・献茶祭（豊国神社）　京都市
19日頃　生子神社の泣き相撲（近い日曜）　栃木県鹿沼市
20日　神幸式大祭（太宰府天満宮・～25）　福岡県太宰府市
川内《せんだい》大綱引　鹿児島県薩摩川内市
下旬　糸満大綱引（旧暦8／15）　沖縄県糸満市
26日　日前国懸例大祭（日前《ひのくま》神宮・國懸《くにかかす》神宮）　和歌山市

27日　御船祭り（穂高神社・〜27）長野県安曇野市
29日　吉野神宮大祭（吉野神宮）奈良県吉野町
最終土曜　恵那神社例大祭（恵那文楽奉納）岐阜県中津川市
　孔子祭〈釈奠《せきてん》〉（長崎孔子廟）長崎市

《10月》

初旬　たけふ菊人形（〜11月初旬）福井県越前市
1日　北野ずいき祭（北野天満宮・〜5）京都市
上旬　大津祭（天孫神社・体育の日の前々日〜前日）滋賀県大津市
7日　長崎くんち（諏訪神社・〜9）長崎市
9日　秋の高山祭（桜山八幡宮・〜10）岐阜県高山市
　金刀比羅宮例大祭（〜11）香川県琴平町
11日　池上本門寺御会式（〜13）東京都大田区
12日　芭蕉祭　三重県伊賀市
15日　石上《いそのかみ》祭（石上神宮）奈良県天理市
　熊野速玉大祭〈御船祭〉（熊野速玉大社・〜16）和歌山県新宮市
18日　菊供養会（浅草寺）東京都台東区
第3土曜　川越祭（〜翌日曜）埼玉県川越市
第3日曜　城南祭（城南宮）京都市
19日　日本橋恵比寿講べったら市（宝田恵比寿神社・〜20）東京都中央区
20日　冠者殿社祭〈誓文払い〉（冠者殿社）京都市
　二十日ゑびす大祭〈ゑびす講〉（京都ゑびす神社）京都市
22日　時代祭（平安神宮）京都市
　鞍馬の火祭（由岐神社）京都市
　法隆寺夢殿秘仏開扉（〜11／22）奈良県斑鳩町

《11月》

1日　秋の藤原まつり（中尊寺／毛越寺・〜3）岩手県平泉町

2日　唐津くんち（唐津神社・〜4）佐賀県唐津市
3日　けまり祭（談山神社）奈良県桜井市
5日　十日十夜別時念仏会（真如堂・〜15）京都市
10日　尻摘祭（音無神社）静岡県伊東市
第2日曜　芭蕉祭（瑞巌寺）宮城県松島町
将門まつり（國王神社）茨城県坂東市

秋の忌日

八月の初めから十一月の初めまで（前後を多くとっています）。

忌日・姓名（雅号）・職業・没年の順に掲載。俳人・俳諧作者であるという記述は省略した。

俳句の事績がある場合には代表句を掲げた。

忌日の名称は名に忌が付いたもの（芭蕉忌・虚子忌など）は省略した。

《8月》

1日　村山古郷　昭和61年
　端居してかなしきことを妻は言ふ
3日　竹下しづの女　昭和26年
　短夜や乳ぜり泣く児を須可捨焉乎《すてつちまをか》
4日　木下夕爾　詩人　昭和40年
　家々や菜の花いろの灯をともし
　松本清張　小説家　平成4年
5日　中村草田男　昭和58年
　万緑の中や吾子の歯生え初むる
8日　前田普羅　立秋忌　昭和29年
　雪解川名山けづる響かな
　柳田国男　柳叟忌　民俗学者　昭和37年
　金子青銅　平成22年
　満月にかたまりねむり蜥蜴の子
9日　右城暮石　平成7年
　風呂敷のうすくて西瓜まんまるし
　村田　脩　平成22年
　白雲の立ちつぐ山の破魔矢かな
10日　江國　滋　小説家　俳号滋酔郎　平成9年
　おい癌め酌みかはさうぜ秋の酒
11日　三遊亭円朝　落語家　明治33年
　古泉千樫　歌人　昭和2年
12日　中上健次　小説家　平成4年
　伊藤白潮　平成20年
　来歴のやうにいつぽん冬の川
13日　渡辺水巴　白日忌　昭和21年
　かたまつて薄き光の菫かな
　松澤　昭　平成22年

16日

雪山を手玉にとつてみたくなる

岡本松濱　昭和14年

春眠や覚むれば夜着の濃紫

18日　寒川鼠骨　昭和29年

月大きく枯木の山を出でにけり

森　澄雄　平成22年

ぼうたんの百のゆるるは湯のやうに

19日　中山義秀　小説家　昭和44年

20日　永田耕一郎　平成18年

気の遠くなるまで生きて耕して

21日　石橋辰之助　昭和23年

朝やけの雲海尾根を溢れ落つ

大野林火　昭和57年

ねむりても旅の花火の胸にひらく

斎藤夏風　平成29年

これよりは辻俳諧や花の門

22日　島崎藤村　詩人・小説家　昭和18年

松崎鉄之助　平成26年

野馬追へ具足着け合ふ兄弟

25日　永田耕衣　平成9年

夢の世に葱を作りて寂しさよ

26日　島村　元　大正12年

囀やピアノの上の薄埃

29日　後藤夜半　底紅忌　昭和51年

滝の上に水現れて落ちにけり

皆川盤水　平成22年

月山に速力のある雲の峰

旧2日　上島鬼貫　槿花翁忌　元文3年（1738）

によつぽりと秋の空なる不尽の山

旧8日　世阿弥　能作者・能役者　没年未詳

雪舟　画家・禅僧　永正3年（1506）

荒木田守武　俳諧の祖　天文18年（1549）

元日や神代の事も思はる

旧9日　炭　太祇　不夜庵忌　明和8年（1771）

ふらこゝの会釈こぼるや高みより

旧10日　井原西鶴　小説家　元禄6年（1693）

大晦日定めなき世のさだめかな

旧15日　山口素堂　享保元年（1716）

目には青葉山郭公はつ鰹

旧18日　豊臣秀吉　太閤忌・豊公忌　武将　慶長3年（1598）

旧20日　藤原定家　歌人　仁治2年（1241）

旧23日　一遍　遊行忌　時宗開祖　正応2年（1289）

旧25日　吉野太夫　京の名妓　寛永20年（1643）

旧26日　森川許六　五老井忌・風狂堂忌　正徳5年（1715）

十団子も小粒になりぬ秋の風

旧28日　道元　曹洞宗開祖　建長5年（1253）

《9月》

1日　富田木歩　大正12年

我が肩に蜘蛛の糸張る秋の暮

竹久夢二　画家　昭和9年

傾ける赤城の尾根や青嵐

伊藤柏翠　平成11年

うかみくる顔のゆがめり鮑採

2日　岡倉天心　思想家・美術行政家　大正2年

篠原温亭　大正15年

冷麦の箸を辷りて止まらず

上田五千石　平成9年

貝の名に鳥やさくらや光悦忌

3日　折口信夫　迢空忌　歌人・国文学者　昭和28年

5日　五十崎古郷　昭和10年

晩稲田に音のかそけき夜の雨

6日　細見綾子　平成9年

女身仏に春剥落のつづきをり

黒澤　明　映画監督　平成10年

7日　泉　鏡花　小説家　昭和14年

露草や赤のまんまもなつかしき

吉川英治　小説家　昭和37年

8日　水上　勉　小説家　平成16年

10日　阿部みどり女　昭和55年

九十の端《はした》を忘れ春を待つ

11日　篠原鳳作　昭和11年

しんしんと肺碧きまで海のたび

平畑静塔　平成9年

徐々に徐々に月下の俘虜として進む

13日　乃木希典　軍人　大正元年

15日　棟方志功　版画家　昭和50年

西山泊雲　昭和19年

鹿の足よろめき細し草紅葉

17日　若山牧水　歌人　昭和3年

村上鬼城　昭和13年

冬蜂の死にどころなく歩きけり

18日　徳冨蘆花　小説家　昭和2年

石井露月　山人忌・南瓜忌　昭和3年

草枯や海士が墓みな海に向く

19日　正岡子規　獺祭《だっさい》忌・糸瓜忌　俳人・歌人・評論家　明治35年

柿くへば鐘が鳴るなり法隆寺

20日　中村汀女　昭和63年

外にも出よ触るるばかりに春の月

21日　宮沢賢治　詩人・童話作家　昭和8年

22日　長谷川かな女　昭和44年

羽子板の重きが嬉し突かで立つ

23日　岡井省二　平成13年

大鯉のぎいと廻りぬ秋の昼

児玉輝代　平成23年

落ちてゆく重さの見えて秋没日

24日　西郷隆盛　南洲忌　軍人　明治10年

26日　小泉八雲　英文学者・小説家　明治37年

石橋秀野　昭和22年

蟬時雨子は担送車に追ひつけず

伊藤通明　平成27年

鷹の座は断崖にあり天の川

29日　遠藤周作　沈黙忌　小説家　平成8年

旧6日　安藤広重　浮世絵師　安政5年〔1858〕

旧7日　大島蓼太　天明7年〔1787〕

世の中は三日見ぬ間に桜かな

旧8日　千代尼　安永4年〔1775〕

朝顔に釣瓶とられてもらひ水

旧10日　向井去来　宝永元年〔1704〕
玉棚の奥なつかしや親の顔
旧12日　塙保己一　国学者　文政4年〔1821〕
旧13日　加舎白雄　寛政3年〔1791〕
人恋し灯ともしころをさくらちる
旧20日　喜多川歌麿　浮世絵師　文化3年〔1806〕
旧24日　池西言水　享保7年〔1722〕
木枯の果はありけり海の音
旧29日　本居宣長　鈴の屋忌　国学者　享和元年〔1801〕
旧30日　夢窓疎石　天竜寺開山　観応2年〔1351〕

《10月》

2日　橋本鶏二　平成2年
鳥のうちの鷹に生れし汝かな
原　裕　平成11年
はつゆめの半ばを過ぎて出雲かな
3日　飯田蛇笏　山廬忌　昭和37年
くろがねの秋の風鈴鳴りにけり
4日　高野素十　金風忌　昭和51年
方丈の大庇より春の蝶
5日　滝沢伊代次　平成22年
茸狩のきのふの山の高さかな
9日　橋本夢道　昭和49年
大戦起るこの日のために獄をたまわる
10日　井本農一　国文学者　平成10年
ビルを出て遅日の街にまぎれ入る
11日　種田山頭火　昭和15年
分け入っても分け入っても青い山
12日　永井龍男　東門居忌　小説家　平成2年
繭玉に宵の雨音籠りけり
13日　石原舟月　昭和59年
死をおもふこと恍惚と朝ざくら
攝津幸彦　平成8年
南国に死して御恩のみなみかぜ
15日　木下杢太郎　葱南忌　詩人・劇作家　昭和20年

秋雨やみちのくに入る足の冷

17日　篠原梵　昭和50年

葉桜の中の無数の空さわぐ

18日　波多野爽波　平成3年

チューリップ花びら外れかけてをり

清水径子　平成17年

渚まで砂深く踏む秋の暮

19日　土井晩翠　詩人　昭和27年

21日　志賀直哉　小説家　昭和46年

22日　高木晴子　平成12年

新緑の樟よ椎よと打ち仰ぐ

22日　中原中也　詩人　昭和12年

百合山羽公　平成3年

桃冷す水しろがねにうごきけり

24日　小池文子　平成13年

夕野分禱るかたちの木を残す

26日　高浜年尾　昭和54年

紫は水に映らず花菖蒲

吉田鴻司　平成17年

蓮の実の跳びそこねたる真昼かな

神尾久美子　平成26年

竹筒に山の花挿す立夏かな

27日　角川源義　秋燕忌　国文学者・民俗学者

昭和50年

花あれば西行の日とおもふべし

28日　松根東洋城　城雲忌・東忌　昭和39年

山からの雨潔き夏野かな

古館曹人　平成22年

花冷えの底まで落ちて眠るかな

30日　尾崎紅葉　十千万堂忌　小説家　明治36年

ごぼ〳〵と薬飲みけりけさの秋

旧2日　山崎宗鑑　連歌師　没年未詳

手をついて歌申しあぐる蛙かな

旧3日　小西来山　享保元年〔1716〕

行水も日まぜになりぬ虫の声

旧5日　達磨　初祖忌・少林忌　禅宗始祖　没年未詳

旧12日　松尾芭蕉　桃青忌・翁忌・時雨忌　元禄7年〔1694〕

閑かさや岩にしみ入る蟬の声

旧13日　日蓮　御命講　日蓮宗開祖　弘安5年〔1282〕
　石川桂郎　昭和50年
　昼蛙どの畦のどこ曲らうか
旧20日　服部嵐雪　雪中庵忌　宝永4年〔1707〕
　梅一輪一輪ほどの暖かさ
8日　京極杞陽　昭和56年
　浮いてこい浮いてこいとて沈ませて
旧20日　二宮尊徳　農政家　安政3年〔1856〕
　長谷川双魚　昭和62年
　曼珠沙華不思議は茎のみどりかな
旧23日　高井几董　晋明忌・春夜楼忌　寛政元年〔1789〕
　やはらかに人分け行くや勝角力
旧27日　吉田松陰　武士・思想家　安政6年〔1859〕

《11月》

2日　北原白秋　詩人・歌人　昭和17年
5日　島村抱月　小説家・演出家　大正7年
　沢木欣一　平成13年
　塩田に百日筋目つけ通し
6日　鈴木花蓑　昭和17年
　大いなる春日の翼垂れてあり

◆さらに深めたい俳句表現〈忌《いみ》ことば篇〉

忌ことばとは、不吉な意味や連想をもつところから忌みはばかって、使うのを避けることばのこと。一般には、「四」を「よ」「よん」、「擂鉢《すりばち》」を「あたり鉢」、「梨」を「有《あり》の実」という類。俳句でも同様に、縁起の悪いことばや不吉なことを連想させることばは、表現を変えたり、おめでたいことばに言い換えたりすることがあります。

梨剝いて故郷の川を近くせり
ありの実を剝くや故郷の川親し

❖「梨」が「無し」に通じるのを避けた表現です。

蘆《あし》原の風の行方を見届けむ
葭《よし》原の風の行方を見届けむ

❖「蘆」が「悪《あ》し」に通じるのを避けた表現です。

潮騒のうすうす届き鏡割

潮騒を近くに鏡開かな

❖「割る」を避けた表現。「割る」「切る」など、結婚式で避けたいことばを思い浮かべるといいでしょう。ある会の終わりを「おしまい」と言わず「おひらき」と言うのに似ています。

正月の涙や燦と海のあを

燦燦と海のあをさや米《よね》こぼす

❖正月に「涙」ではめでたい感じがしません。「米こぼす」は、三が日に涙を流すことを、米粒に見立てたもの。

寝るとせむ元日らしき星掲げ

稲積むや星を掲ぐる空一枚

❖「寝る」という表現が病臥につながります。そこで「稲積む」という新年の季語に変えました。

鼠とて新年らしき光帯ぶ
新しき光を帯びて嫁が君

❖鼠は大黒天の使いであるとも言われるため、三が日はめでたいものとして「嫁が君」と称します。

郷愁は蜜柑いたみしところより
郷愁は蜜柑あたりしところより

❖「傷む」が不吉さを感じさせるのを避けた表現です。

保険証出す受付のシネラリア
保険証出す受付のサイネリア

❖「シネラリア」が「死」に通じるのを避けた表現です。

立春やゆるりと髭を剃つてをり
立春や髭をあたつてゐるところ

❖「する」「そる」という表現は商家ではきらわれました。

するめなど炙る手つきや夏の果
あたりめを炙る手つきや夏の果

❖前者と同様に「する」を避けた表現です。

塔高く夕焼追ひつけぬままか
あららぎの高さに夕焼《ゆやけ》追ひつけず

❖「塔」は仏教用語。斎宮ではそれを避けて「あららぎ」と呼びました。

◆読めますか 秋の季語1

盆東風	鮭颪	穭田	不知火	猿酒
添水	稲架	砧	囮	海羸廻し
苧殻	衣被	重陽	鶇	鵯
鶸	鶺鴒	椋鳥	鶉	啄木鳥
鴫	鰍	鰡	鱸	鯊

◆読めましたか　秋の季語1

盆東風　ぼんごち	鮭颪　さけおろし	穭田　ひつじだ	不知火　しらぬい	猿酒　さるざけ・ましらざけ
添水　そうず	稲架　はざ・はさ	砧　きぬた	囮　おとり	海蠃廻し　ばいまわし
苧殻　おがら	衣被　きぬかつぎ	重陽　ちょうよう	鶫　つぐみ	鵯　ひよどり
鶸　ひわ	鶺鴒　せきれい	椋鳥　むくどり	鶉　うずら	啄木鳥　きつつき
鴫　しぎ	鰍　かじか	鯔　ぼら	鱸　すずき	鯊　はぜ

◆読めますか　秋の季語2

蜩
蜉蝣
竈馬
蟋蟀
螽蟖

螇蚸
木槿
新松子
棗の実
茱萸

海桐の実
榠樝の実
櫨の実
無患子
梅擬

皂角子
敗荷
零余子
末枯
女郎花

通草
郁子
狗尾草
牛膝
占地

◆読めましたか　秋の季語2

蜩 ひぐらし	螇蚸 ばった	海桐の実 とべらのみ	皂角子 さいかち	通草 あけび
蜉蝣 かげろう	木槿 むくげ	榠樝の実 かりんのみ	敗荷 やれはす	郁子 むべ
竈馬 いとど	新松子 しんちぢり	檀の実 まゆみのみ	零余子 むかご・ぬかご	狗尾草 えのころぐさ
蟋蟀 こおろぎ	棗の実 なつめのみ	無患子 むくろじ	末枯 うらがれ	牛膝 いのこずち
螽蟖 きりぎりす	茱萸 ぐみ	梅擬 うめもどき	女郎花 おみなえし	占地 しめじ

索　引

一、本書に収録の季語・傍題のすべてを現代仮名遣いの五十音順に配列したものである。
一、漢数字はページ数を示す。
一、＊のついた語は本見出しである。

あ

＊あいのはな藍の花　二〇三
あいのはね愛の羽根　九六
あおぎた青北風　四八
あおげら青げら　一二九
あおなつめ青棗　一五八
あおふくべ青瓢　一八九
あおまつかさ青松毬　一六六
＊あおまつむし青松虫　一四三
＊あおみかん青蜜柑　一六〇
＊あかいはね赤い羽根　九六
あかげら赤げら　一三九
あかとんぼ赤蜻蛉　一三九
あかのまま赤のまま　二三〇
＊あかのまんま赤のまんま　二三〇
あかまんま赤まんま　二三〇
＊あき秋　一七
あきあかね秋茜　一三九
あきあじ秋味　一三五
あきあつし秋暑し　一九
＊あきあわせ秋袷　六三
あきいりひ秋入日　二四
あきうちわ秋団扇　七〇
＊あきうらら秋麗　一八
＊あきおうぎ秋扇　七〇
＊あきおさめ秋収　七七
＊あきおしむ秋惜しむ　三三
＊あきかぜ秋風　四五
＊あきがつお秋鰹　一二四
あきかや秋蚊帳　七〇
あきかわ秋川　五九
あききたる秋来る　一九
あきく秋来　一九
＊あきくさ秋草　二〇三
あきぐち秋口　一八
あきぐみ秋茱萸　一七六
＊あきぐもり秋曇　四八
あきくる秋暮る　三一
＊あきご秋蚕　一四八
あきざくら秋桜　一八三
＊あきさば秋鯖　一二四
＊あきさむ秋寒　二九
あきさむし秋寒し　二九
あきさめ秋雨　四八
あきしお秋潮　六〇
＊あきしぐれ秋時雨　五〇
＊あきじめり秋湿　四八
あきすずし秋涼し　二〇
＊あきすだれ秋簾　七一
＊あきすむ秋澄む　二六
あきぞら秋空　三六
＊あきたかし秋高し　三六
あきたつ秋立つ　一九
あきちょう秋蝶　一二七
あきつあきつ　一三九
あきついり秋黴雨　四八

あきつばめ秋燕　一一四
＊あきでみず秋出水　五九
あきともし秋ともし　六九
＊あきどよう秋土用　三〇
あきなかば秋なかば　二一
＊あきなす秋茄子　一九〇
あきなすび秋茄子　一九〇
あきななくさ秋七草　二〇六
あきにいる秋に入る　一九
あきの秋野　五五
＊あきのあさ秋の朝　二四
＊あきのあめ秋の雨　四九
あきのあゆ秋の鮎　一三三
あきのあわせ秋の袷　六三
あきのいろ秋の色　三四
あきのうま秋の馬　一二一
＊あきのうみ秋の海　五九
＊あきのか秋の蚊　一三六
あきのかぜ秋の風　四五
＊あきのかや秋の蚊帳　七〇
あきのかや秋の蟵　七〇
＊あきのかわ秋の川　五九
あきのくさ秋の草　二〇三
＊あきのくも秋の雲　三六
＊あきのくれ秋の暮　二五
＊あきのこえ秋の声　三五
あきのこま秋の駒　一二一
あきのころもがえ秋の更衣　六三
＊あきのしお秋の潮　六〇
＊あきのしも秋の霜　五三
＊あきのせみ秋の蟬　一二七
＊あきのその秋の園　五六
＊あきのそら秋の空　三六
＊あきのた秋の田　五七
＊あきのちょう秋の蝶　一二七
あきのなぎさ秋の渚　五九
＊あきのななくさ秋の七草　二〇六
あきのなみ秋の波　五九
＊あきのにじ秋の虹　五一
＊あきのの秋の野　五五
＊あきのはえ秋の蠅　一三六
＊あきのはち秋の蜂　一二七
あきのはつかぜ秋の初風　四六
あきのはま秋の浜　五九
＊あきのひ秋の日（時候）　一四
＊あきのひ秋の日（天文）　二四
＊あきのひ秋の灯　六九
あきのひかり秋の光　三四
あきのひな秋の雛　九四
＊あきのひる秋の昼　二四
あきのへび秋の蛇　一二一
＊あきのほたる秋の蛍　一三六
あきのみさき秋の岬　五九
＊あきのみず秋の水　六八
あきのみね秋の峰　五五
＊あきのやま秋の山　五五
あきのゆう秋の夕　二五
＊あきのゆうべ秋の夕べ　二五
＊あきのゆうやけ秋の夕焼　五一
＊あきのよ秋の夜　六六
あきのよい秋の宵　六六
あきはじめ秋初め　八
あきばしょ秋場所　八七
＊あきばれ秋晴　三五
あきび秋日　三四
あきひかげ秋日影　三四
＊あきひがん秋彼岸　三三
あきびより秋日和　三五
＊あきふうりん秋風鈴　七二

*あきふかし秋深し 三
*あきへんろ秋遍路 一〇六
あきほたる秋蛍 一三六
*あきまき秋蒔 八二
*あきまつり秋祭 一〇三
*あきめく秋めく 二〇
あきやま秋山 五五
あきゆうやけ秋夕焼 五一
あきゆく秋行く 三
あきゆやけ秋夕焼 五一
*あけび通草 一七七
あけび木通 一七七
あけびのみ通草の実 一七七
*あさがお朝顔 一八〇
あさがお蕣 一八〇
あさがおのたね朝顔の種 一八一
*あさがおのみ朝顔の実 一八一
あさぎり朝霧 五一
*あさざむ朝寒 二九
あさすず朝鈴 一四二
あさつゆ朝露 五二
*あしかり蘆刈 八五
あしかる蘆刈る 八五
*あしのはな蘆の花 二〇八
あしのほ蘆の穂 二〇八
あしのほわた蘆の穂絮 二〇八
あしはら蘆原 二〇八
あしび蘆火 八五
あしぶね蘆舟 八五
あずきあらいあづきあらひ 一四九
あずきひく小豆引く 八三
あぜまめ畦豆 六五
*あたためざけ温め酒 九四
あつものざき厚物咲 一八五
あなまどい穴惑 一三三
あぶれか溢蚊 一三七
あまがき甘柿 一五五
*あまのがわ天の川 四四
あまぼし甘干 六七
あめのつき雨の月 四一
あめめいげつ雨名月 四一
あゆおつ鮎落つ 一三三
あらばしり新走 六三
あららぎのみあららぎの実 一七〇
ありあけづき有明月 三七
ありのみ有の実 一五五
*あわ粟 二〇〇
*あわおどり阿波踊 二〇一
あわのほ粟の穂 二〇〇
あわばたけ粟畑 二〇〇

い

*いいぎりのみ飯桐の実 一七四
いがぐり毬栗 一五七
いきぼん生盆 一〇七
*いきみたま生身魂 一〇七
いきみたま生御魂 一〇七
*いざよい十六夜 四一
いざよいのつき十六夜の月 四一
いしたたき石叩き 二八
いそしぎ磯鴫 二九
*いちいのみ一位の実 一七〇
*いちじく無花果 一五九
いちばんしぶ一番渋 八〇
*いちょうちる銀杏散る 一六七
いちょうのみ銀杏の実 一七一
*いちょうもみじ銀杏黄葉 一六五
いとうりいとうり 一八九
いとすすき糸芒 二〇七

＊いとど竈馬　一四一
いなぎ稲木　七六
いなぎ稲城　七六
いなぐるま稲車　七五
＊いなご蝗　一四六
いなご螽　一四六
いなご稲子　一四六
いなごとり蝗採　一四六
＊いなすずめ稲雀　一三五
＊いなずま稲妻　五〇
いなだ稲田　五七
いなづか稲束　七五
いなつるび稲つるび　五〇
いなびかり稲光　五〇
いなぶね稲舟　七五
いなほ稲穂　一九六
いなぼこり稲埃　七七
いなほなみ稲穂波　一九六
いなむしおくり稲虫送り　一一一
いぬたでのはな犬蓼の花　二三〇
＊いね稲　一九六
いねかけ稲掛　七六
＊いねかり稲刈　七五
いねかる稲刈る　七五
＊いねこき稲扱　七七
いねのあき稲の秋　一九六
いねのか稲の香　一九六
＊いねのはな稲の花　一九六
いねほす稲干す　七六
＊いのこずち牛膝　二一二
＊いのしし猪　一一一
＊いばらのみ茨の実　一七六
いぼむしりいぼむしり　一四七
いまち居待　四二
＊いまちづき居待月　四二
＊いも芋　一九二
いも甘藷　一九一
いも藷　一九一
いもあらし芋嵐　四九
いもがらいもがら　一九二
いもすいしゃ芋水車　一九二
＊いもにかい芋煮会　九〇
いものあき芋の秋　一九二
いものつゆ芋の露　五二
いものは芋の葉　一九二
いもばたけ芋畑　一九二
＊いもむし芋虫　一四九
いもめいげつ芋名月　三九
＊いろかえぬまつ色変へぬ松　一六六
いろくさ色草　二〇三
＊いろどり色鳥　一三三
いろなきかぜ色なき風　四五
＊いわし鰯　一三四
いわし鰮　一三四
いわしあみ鰯網　八六
＊いわしぐも鰯雲　三七
＊いわしひく鰯引く　八六
いわしぶね鰯船　八六
いわしほす鰯干す　八六
いわしみずまつり石清水祭　一〇五
＊いんげんまめ隠元豆　二〇〇

う

うきくさもみじ萍紅葉　二一二
＊うげつ雨月　四一
うしまつり牛祭　一一一
＊うずまさのうしまつり太秦の牛祭　一一一
＊うすもみじ薄紅葉　一六三

＊うずら鶉　一二九
うずらかご鶉籠　一二九
うそさむうそ寒　二九
うちわおく団扇置く　七〇
うべうべ　二一〇
＊うまおい馬追　一四五
うまおいむし馬追虫　一四五
＊うまこゆ馬肥ゆ　一一二
＊うみねこかえる海猫帰る　一五五
＊うめもどき梅擬　一七五
うめもどき落霜紅　一七五
うらがる末枯る　二〇五
＊うらがれ末枯　二〇五
うらぼん盂蘭盆　一〇六
＊うらぼんえ盂蘭盆会　一〇六
うらまつり浦祭　一〇三
うりのうし瓜の牛　一〇六
うりのうま瓜の馬　一〇六
うりぼう瓜坊　一一一
＊うるしもみじ漆紅葉　一六五
うろこぐも鱗雲　三七
うろぬきな虚抜菜　一九四
＊うんか浮塵子　一四六
＊うんどうかい運動会　六三

え

＊えだまめ枝豆　六五
えとうろう絵灯籠　七一
えのこぐさゑのこ草　二一二
＊えのころぐさ狗尾草　二一二
えびかずらえびかづら　一七七
＊えびづる蝦蔓　一七七
えびづる蘡薁　一七七
えみぐり笑栗　一五七
えんどうまく豌豆蒔く　八三
えんまこおろぎえんま蟋蟀　一四一

お

おうぎおく扇置く　七〇
＊おうちのみ楝の実　一七〇
おうちのみ樗の実　一七〇
おおぎく大菊　一八五
おかぼ陸稲　一九六
＊おがら苧殻　一〇一
おがらたく苧殻焚く　一〇八
おがらび苧殻火　一〇八
おかりかや雄刈萱　二〇八
＊おぎ荻　二〇九
おぎのかぜ荻の風　二〇九
おぎのこえ荻の声　二〇九
おぎはら荻原　二〇九
＊おくて晩稲　一九八
おくてかる晩稲刈る　一九八
おくりび送火　一〇八
おくれが後れ蚊　一三六
おけらなくおけら鳴く　一四七
おじか牡鹿　一一一
おしろいおしろい　一八三
おしろいのはなおしろいの花　一八三
＊おしろいばな白粉花　一八三
おそづき遅月　三七
＊おちあゆ落鮎　一一二
おちぐり落栗　一五七
おちしい落椎　一六九
＊おちぼ落穂　一九八
おちぼひろい落穂拾ひ　一九八
おちゅうげんお中元　一〇二
＊おとこえし男郎花　二一六
おとこめしをとこめし　二一六

おとこやままつり男山祭　一〇五
おどしづつ威銃　七五
＊おとしみず落し水　五八
＊おとり囮　八五
＊おどり踊　八七
おどりうた踊唄　八七
おとりかご囮籠　八五
おどりがさ踊笠　八七
おどりこ踊子　八七
おどりだいこ踊太鼓　八七
おどりやぐら踊櫓　八七
おにぐるみ鬼胡桃　一五九
おにすすき鬼芒　二〇七
＊おにつらき鬼貫忌　一三三
おにのこ鬼の子　一四八
おのむし斧虫　一四七
おばな尾花　二〇七
＊おみなえし女郎花　二二五
おみなめしをみなめし　二二五
＊おもとのみ万年青の実　一八〇
おやいも親芋　一九三
＊おりーぶのみオリーブの実　一五九
おりひめ織姫　九七
おんこのみおんこの実　一七〇

か

＊かいわりな貝割菜　一九三
かいわれ貝割　一九三
かかしかかし　七四
＊かがし案山子　七四
＊かき柿　一五五
かきしぶとる柿渋取る　八〇
かきすだれ柿簾　六〇
かきびより柿日和　一五五
かきほす柿干す　六〇
＊かきもみじ柿紅葉　一六四
かけいね掛稲　六六
＊かけす懸巣　一二七
＊かけたばこ懸煙草　八一
＊かげろう蜉蝣　一四〇
かげんのつき下弦の月　三七
かささぎのはし鵲の橋　九七
＊かじか鰍　一三三
かしどり樫鳥　一二七
かしどり橿鳥　一二七
＊かじのは梶の葉　九八
＊かしのみ樫の実　一六九
かすがのつのきり春日の角伐　一〇三
かすみあみ霞網　八五
＊かぜのぼん風の盆　一〇一
かだん花壇　五六
がちゃがちゃがちゃがちゃ　一四五
＊かどび門火　一〇八
かどびたく門火焚く　一〇八
かなかなかなかな　一三八
＊かねたたき鉦叩　一四四
かのなごり蚊の名残　一三七
＊かびや鹿火屋　七五
かびやもり鹿火屋守　七五
かほ花圃　五六
かぼすかぼす　一六〇
＊かぼちゃ南瓜　一六八
＊かまきり蟷螂　一四七
かまきり鎌切　一四七
かまつかかまつか　一八三
かまどうま竈馬　一四一
がまのほわた蒲の穂絮　二二一
＊がまのわた蒲の絮　二二一
かめむし亀虫　一四九

かもきたる鴨来る 一二一
かもわたる鴨渡る 一二一
*かや萱 二〇八
*かやかる萱刈る 八四
かやの萱野 二〇八
かやのはて蚊帳の果 七〇
かやのなごり蚊帳の名残 七〇
かやのほ萱の穂 二〇八
*かやのみ榧の実 一七〇
かやのわかれ蚊帳の別れ 七〇
かやはら萱原 二〇八
からしなまく芥菜蒔く 八二
*からすうり烏瓜 二一一
*かり雁 一二〇
かりあし刈蘆 八五
かりいね刈稲 七五
かりがねかりがね 一二〇
かりくる雁来る 一二〇
*かりた刈田 七七
かりたみち刈田道 七七
かりのこえ雁の声 一二〇
かりのさお雁の棹 一二〇
かりのつら雁の列 一二〇
*かりわたし雁渡し 四八
かりわたる雁渡る 一二〇
*かりんのみ榠樝の実 一六二
かりんのみ花梨の実 一六二
*かるかや刈萱 二〇八
かわぎり川霧 五一
かわせがき川施餓鬼 一〇九
かわらなでしこ川原撫子 二一一
かわらひわ河原鶸 一二七
がん雁 一二〇
かんげつ観月 八八
がんこう雁行 一二〇
かんしょ甘藷 一九一
かんぜみ寒蝉 二一八
*かんたん邯鄲 一四三
*かんとう竿灯 九九
*かんなカンナ 一七九
かんぷう観楓 九〇
がんらいこう雁来紅 一八二
*かんろ寒露 二九

き

きえん帰燕 一三四
きぎく黄菊 一八五
ききざけ利酒 六三
*ききょう桔梗 二一四
*きく菊 一八五
*きくくよう菊供養 二一
きくざけ菊酒 九三
きくし菊師 八九
きくづき菊月 二四
*きくなます菊膾 六七
*きくにんぎょう菊人形 八九
きくにんぎょうてん菊人形展 八九
きくのえん菊の宴 九三
きくのきせわた菊の被綿 九三
きくのせっく菊の節句 九三
きくのはな菊の花 一八五
きくのひ菊の日 九三
きくばたけ菊畑 一八五
きくびな菊雛 九四
きくびより菊日和 三五
*きくまくら菊枕 七〇
きこうでん乞巧奠 七七
きしづり岸釣 八六
きしぶ生渋 八〇

きしぶおけ木渋桶　八〇
*きじょうき鬼城忌　二一七
ぎすぎす　一四四
きちきちきちきち　一四五
きちきちばったきちきちばつた　一四五
きちこうきちかう　二一四
*きつつき啄木鳥　二一九
きつねばな狐花　二一四
*きぬかつぎ衣被　六六
*きぬた砧　八〇
きぬた碪　八〇
きぬたうつ砧打つ　八〇
*きのこ茸　二一三
きのこ菌　二一三
きのこかご茸籠　九〇
きのこがり茸狩　九〇
きのこがり菌狩　九〇
きのこじる茸汁　二一三
きのことり茸とり　九〇
きのこめし茸飯　六六
きのこやま茸山　九〇
*きび黍　一九九
*きびあらし黍嵐　四九
きびのほ黍の穂　一九九
きびばたけ黍畑　一九九
きぼう既望　四一
きもりがき木守柿　一五五
きもりゆず木守柚子　一六〇
*きゅうかあけ休暇明　六三
きゅうかはつ休暇果つ　六三
きゅうしゅう九秋　一七
きゅうぼん旧盆　一〇六
*きょうかき鏡花忌　一一六
*きょうさく凶作　七八
きょうねん凶年　七八
きょうのきく今日の菊　九三
きょうのつき今日の月　三九
きょほう巨峰　一五六
*きょらいき去来忌　一一四
*きり霧　五一
*きりぎりす螽蟖　一四四
きりこ切子　七一
きりこ切籠　七一
きりこどうろう切子灯籠　七一
きりしぐれ霧時雨　五一
*きりのみ桐の実　一七三
*きりひとは桐一葉　一六七
きりぶすま霧襖　五一
ぎんが銀河　四四
きんかおうき槿花翁忌　一三三
*きんかん金柑　一六一
ぎんかん銀漢　四四
きんしゅう金秋　一七
*ぎんなん銀杏　一七一
きんひばり金雲雀　一四三
きんぷう金風　一四五
きんぷうき金風忌　一一九
きんもくせい金木犀　一五一
ぎんもくせい銀木犀　一五一

く

*くがつ九月　一三
*くがつじん九月尽　二三
くがつばしょ九月場所　八七
くくりはぎ括り萩　二〇六
*くこのみ枸杞の実　一七三
*くさいち草市　一〇〇
くさかりうま草刈馬　九八

*くさぎのはな臭木の花　一七三
くさぎのはな常山木の花　一七三
*くさぎのみ臭木の実　一七三
くさぎのみ常山木の実　一七三
くさじらみ草虱　二二三
くさずもう草相撲　八七
くさのいち草の市　一〇〇
*くさのはな草の花　二〇四
*くさのほ草の穂　二〇四
くさのほわた草の穂絮　二〇四
*くさのみ草の実　二〇五
くさのわた草の絮　二〇四
*くさひばり草雲雀　一四三
くさぼけのみ草木瓜の実　一七三
*くさもみじ草紅葉　二〇五
くしがき串柿　六七
*くず葛　二〇九
くずあらし葛嵐　二〇九
くずねほる葛根掘る　八三
くずのは葛の葉　二〇九
くずのはうら葛の葉裏　二〇九
*くずのはな葛の花　二一〇
くずひく葛引く　八三
*くずほる葛掘る　八三
くすりとる薬採る　八三
*くすりほる薬掘る　八三
くずれやな崩れ簗　八六
くだりあゆ下り鮎　一三一
*くだりやな下り簗　八六
*くちなしのみ梔子の実　一五三
くちなしのみ山梔子の実　一五三
*くつわむし轡虫　一四五
くぬぎのみ櫟の実　一六九
*くねんぼ九年母　一六一
くまげら熊げら　一三九
*ぐみ茱萸　一七六
ぐみのさけ茱萸の酒　九三
*くらまのひまつり鞍馬の火祭　一〇五
くらままつり鞍馬祭　一〇五
*くり栗　一七七
くりおこわ栗おこは　六六
くりごはん栗ごはん　六六
くりばやし栗林　一七七
くりひろい栗拾　一七七
くりめいげつ栗名月　四三
*くりめし栗飯　六六
くりやま栗山　一七七
*くるみ胡桃　一五九
くるみのみ胡桃の実　一五九
くるみわり胡桃割　一五九
くるみわる胡桃割る　一五九
*くれのあき暮の秋　三

け

げあき夏明　二一
*けいとう鶏頭　一八一
けいとうか鶏頭花　一八一
*けいろうのひ敬老の日　九五
げがきおさめ夏書納　二一
*げげ解夏　二一
けさのあき今朝の秋　一九
けしまく罌粟蒔く　八三
げっこう月光　三七
げつめい月明　三七
げつれいし月鈴子　一四三
げのはて夏の果　二一
けらけら　一三九
けらつつきけらつつき　一三九
*けらなく螻蛄鳴く　一四七

けんがいぎく懸崖菊　一八五
けんぎゅう牽牛　九七
けんぎゅうか牽牛花　一八〇
げんげつ弦月　三七
げんげまく紫雲英蒔く　八三
＊けんじき賢治忌　一一八
＊げんよしき源義忌　一二〇

こ

こいも子芋　一九三
こうすい幸水　一五五
＊こうていだりあ皇帝ダリア　一八三
＊こうよう黄葉　一六三
こうよう紅葉　一六三
＊こうらく黄落　一六四
こうらくき黄落期　一六四
ごーやーゴーヤー　一九〇
＊こおろぎ蟋蟀　一四一
こぎく小菊　一八五
こげら小げら　一一九
ござんおくりび五山送り火　一一〇
ごしきのいと五色の糸　九七
こしきぶ小式部　一七一
＊こしゅ古酒　六四
＊こすもすコスモス　一八三
こそめづき木染月　二一
ことしざけ今年酒　六三
ことしまい今年米　六五
ことしわら今年藁　七八
＊ことり小鳥　一二四
ことりあみ小鳥網　八五
＊ことりがり小鳥狩　八五
ことりくる小鳥来る　一二四
ことりわたる小鳥渡る　一二四
＊このみ木の実　一六八
このみあめ木の実雨　一六八
このみおつ木の実落つ　一六八
このみごま木の実独楽　一六八
このみしぐれ木の実時雨　一六八
このみふる木の実降る　一六八
こはぎ小萩　二〇六
＊ごぼう牛蒡　一九三
＊ごぼうひく牛蒡引く　八三
ごぼうほる牛蒡掘る　八三
こぼれはぎこぼれ萩　二〇六
＊ごまかる胡麻刈る　八三
ごまたたく胡麻叩く　八三
ごまほす胡麻干す　八三
ごめかえる海猫帰る　一二五
ごめのこる海猫残る　一二五
こもちあゆ子持鮎　一二三
こもちづき小望月　二九
ころがき枯露柿　七〇
ころもうつ衣打つ　八〇

さ

＊さいかくき西鶴忌　一一四
＊さいかち皂角子　一七六
さいかち皂莢　一七六
さいかちのみさいかちの実　一七六
ざいまつり在祭　一〇三
さいらさいら　一二五
さおしか小牡鹿　一二二
さぎり狭霧　五一
さくらたで桜蓼　二一〇
＊さくらもみじ桜紅葉　一六六
＊ざくろ石榴　一七八
ざくろ柘榴　一七八
ざくろのみ石榴の実　一七八

*さけ鮭　一三五
さけうち鮭打ち　一三五
*さけおろし鮭颪　四八
さけごや鮭小屋　一三五
さけりょう鮭漁　一三五
*ささげ豇豆　二〇一
ささげひく豇豆引く　八三
ささりんどう笹竜胆　二一七
*さつまいも甘藷　一九一
さつまいも薩摩薯　一九一
さといも里芋　一九三
さとまつり里祭　一〇三
さねかずら実葛　二一七
さねもりおくり実盛送り　一一一
さねもりまつり実盛祭　一一一
さばぐも鯖雲　二七
さびあゆ錆鮎　一三三
*さふらんサフラン　一七九
さふらん泊夫藍　一七九
さやいんげん莢隠元　二〇〇
さやかさやか　二七
さやけしさやけし　二七
*さるざけ猿酒　六四
さわぐるみ沢胡桃　一五九
*さわやか爽やか　二七
*ざんぎく残菊　一八六
さんごのつき三五の月　三九
さんしゅう三秋　一七
*ざんしょ残暑　一九
*さんしょうのみ山椒の実　一七四
*さんま秋刀魚　一三五
さんろき山盧忌　一一九

し

しいたけ椎茸　二一二
*しいのみ椎の実　一六九
しいひろう椎拾ふ　一六九
しおからとんぼ塩辛とんぼ　一三九
しおにしをに　一八六
*しおん紫苑　一八六
*しか鹿　一一一
しかのこえ鹿の声　一一一
*しかのつのきり鹿の角伐　一〇三
しかよせ鹿寄せ　一〇三
*しぎ鴫　一三九
*しきき子規忌　一一七
しきぶのみ式部の実　一七一
しし猪　一一一
ししおどし鹿威し　七三
*ししがき鹿垣　七五
ししがき猪垣　七五
ししごや鹿小屋　七五
*じしばい地芝居　八六
じぞうえ地蔵会　一一一
じぞうばた地蔵幡　一一一
*じぞうぼん地蔵盆　一一一
じぞうもうで地蔵詣　一一一
*しそのみ紫蘇の実　一九四
*じだいまつり時代祭　一〇五
*しどみのみ樝子の実　一七三
*じねんじょ自然薯　一九三
しばぐり柴栗　一五七
*しばしんめいまつり芝神明祭　一〇四
しびとばな死人花　二一四
しぶあゆ渋鮎　一三三
しぶおけ渋桶　八〇
しぶがき渋柿　一五五
しぶつく渋搗く　八〇
*しぶとり渋取　八〇

しますすき縞芒　二〇七
じむしなく地虫鳴く　一四八
*しめじ占地　二三三
しめじ湿地　二三三
しめじ湿地茸　二三三
*じゃがいも馬鈴薯　一九一
しゅういん秋陰　四九
しゅううん秋雲　三六
しゅうえん秋園　五六
しゅうえん秋苑　五六
しゅうえん秋燕　一二四
しゅうえんき秋燕忌　一二〇
*しゅうかいどう秋海棠　一五四
*しゅうか秋果　一八五
*じゅうがつ十月　二四
*しゅうき秋気　二七
しゅうぎょう秋暁　二四
*しゅうこう秋耕　七三
しゅうこう秋光　二四
しゅうこう秋郊　五五
しゅうこう秋江　三九
じゅうごや十五夜　三九
しゅうざん秋山　五五
じゅうさんや十三夜　四三
*しゅうし秋思　九一
しゅうじつ秋日　二四
*しゅうしゃ秋社　二三
しゅうしょ秋暑　一九
*しゅうしょく秋色　二四
しゅうすい秋水　五八
しゅうせい秋声　三五
しゅうせん秋扇　七〇
しゅうせん秋蟬　一三七
*しゅうせんきねんび終戦記念日　八四
しゅうせんび終戦日　八四
しゅうせんのひ終戦の日　八四
しゅうそう秋霜　三五
しゅうちょう秋潮　六〇
しゅうてん秋天　三六
しゅうとう秋灯　六九
じゅうはちささげ十八豇豆　二〇一
しゅうふう秋風　四五
*しゅうぶん秋分　三
*しゅうぶんのひ秋分の日　九五
しゅうぼう秋望　二四
しゅうや秋夜　三六
しゅうりん秋霖　四九
しゅうれい秋冷　二七
しゅうれい秋麗　一八
しゅうれい秋嶺　五五
じゅうろくささげ十六豇豆　二〇一
じゅくし熟柿　一五五
*じゅずだま数珠玉　二〇九
*しょうが生姜　一九五
しょうがいち生姜市　一〇四
じょうげんのつき上弦の月　三七
*しょうじあらう障子洗ふ　七三
しょうじはる障子貼る　七三
じょうびたき尉鶲　一二七
しょうりょうとんぼ精霊蜻蛉　一三九
しょうりょうながし精霊流し　一〇九
しょうりょうぶね精霊舟　一〇九
しょうりょうまつり精霊祭　一〇六
しょうりょうむかえ精霊迎　一〇七
しょくじょ織女　九七
*しょしゅう初秋　一八
*しょしょ処暑　二一
*しらおき白雄忌　一二五

しらぎく白菊　一八五
しらつゆ白露　五三
＊しらぬい不知火　六二
しらはぎ白萩　二〇六
じろうがき次郎柿　一五五
しろききょう白桔梗　二二四
しろしきぶ白式部　一七一
しろなんてん白南天　一五三
しろふよう白芙蓉　一五三
しろむくげ白木槿　一五一
＊しんあずき新小豆　二〇三
しんげつ新月　三七
しんごま新胡麻　八三
しんさいき震災忌　九五
＊しんさいきねんび震災記念日　九五
しんしぶ新渋　八〇
＊しんしゅ新酒　六三
しんしゅう新秋　一八
しんじゅう深秋　三一
しんしょうが新生姜　一九五
しんすい新水　一五五
＊しんそば新蕎麦　六八
＊しんだいず新大豆　二〇三
しんたばこ新煙草　八一
＊しんちぢり新松子　一六六
＊しんどうふ新豆腐　六九
＊しんまい新米　六五
＊しんりょう新涼　二〇
＊しんわら新藁　七八

す

＊すいか西瓜　一八八
すいかばたけ西瓜畑　一八八
すいかばん西瓜番　一八八
＊ずいき芋茎　一九三
ずいきほす芋茎干す　一九三
すいっちょすいつちよ　一四五
すいとすいと　一四五
＊すいはき水巴忌　一一五
すいふよう酔芙蓉　一五三
すいみつとう水蜜桃　一五四
すがれむしすがれ虫　一四〇
＊すさまじ冷まじ　三〇
＊すじゅうき素十忌　一一九
＊すすき芒　二〇七
すすき薄　二〇七
＊すずき鱸　一一三
すすきはら芒原　二〇七
ずずこずずこ　二〇九
ずずだまずず珠　二〇九
＊すずむし鈴虫　一四三
＊すずりあらい硯洗　九七
すずりあらう硯洗ふ　九七
＊すだち酸橘　一六〇
すだれおさむ簾納む　七一
すだれなごり簾名残　七一
すてうちわ捨団扇　七〇
すておうぎ捨扇　七〇
すてかがし捨案山子　七四
すてごばな捨子花　二一四
＊すもう相撲　八七
すもう角力　八七

せ

せいが星河　四四
＊せがき施餓鬼　一〇九
せがきえ施餓鬼会　一〇九
せがきでら施餓鬼寺　一〇九
せがきばた施餓鬼幡　一〇九

＊せきれい鶺鴒　一二八
せぐろせきれい背黒鶺鴒　一二八
せび施火　一二〇
せんだんのみ栴檀の実　一七〇

そ

そうあん送行　一一一
＊そうぎき宗祇忌　一一三
＊ぞうきもみじ雑木紅葉　一六五
＊そうこう霜降　三〇
＊そうず添水　七三
そうず僧都　七三
そうたい掃苔　一〇八
そうらい爽籟　四五
そうりょう爽涼　二七
そこべに底紅　一五一
そこべにき底紅忌　一一六
そしゅう素秋　一七
そぞろざむそぞろ寒　二九
＊そばかり蕎麦刈　七九
＊そばのはな蕎麦の花　二〇〇
そばほす蕎麦干す　七九
そふう素風　四五
そらたかし空高し　三六
そらまめまく蚕豆蒔く　八二

た

たいいくさい体育祭　六三
＊たいいくのひ体育の日　九六
だいこんまく大根蒔く　八二
だいずひく大豆引く　八三
だいずほす大豆干す　八三
＊だいだい橙　一六一
＊たいふう台風　四七
たいふう颱風　四七
たいふうけん台風圏　四七
たいふうのめ台風の眼　四七
＊だいもんじ大文字　一一〇
＊たかきにのぼる高きに登る　九三
たかとうろう高灯籠　七一
＊たかにし高西風　四八
たかのつめ鷹の爪　一九五
たかのはすすき鷹の羽芒　二〇七
たかのわたり鷹の渡り　一一三
たかはご高擌　八五
たかばしら鷹柱　一一三
たかる田刈る　七五
＊たかわたる鷹渡る　一一三
だくしゅ濁酒　六四
たけ茸　二二三
＊たけがり茸狩　九〇
＊たけきる竹伐る　八一
＊たけのはる竹の春　一〇八
たけやま茸山　九〇
＊だこつき蛇笏忌　一一九
たしぎ田鴫　一三九
たじまい田仕舞　七七
たずわたる田鶴渡る　一三一
＊たちうお太刀魚　一三五
たちのうおたちの魚　一三五
＊たちばな橘　一七一
たちまち立待　四三
＊たちまちづき立待月　四三
だっこく脱穀　七七
だっさいき獺祭忌　一一七
＊たつたひめ竜田姫　五四
＊たでのはな蓼の花　二三〇
たでのほ蓼の穂　二三〇
たなぎょう棚経　一〇六

＊たなばた七夕　九七
たなばた棚機　九七
たなばたうま七夕馬　九八
たなばただけ七夕竹　九七
たなばたづき七夕月　一八
たなばたつめ棚機つ女　九七
たなばたながし七夕流し　九七
たなばたまつり七夕祭　九七
たにもみじ谷紅葉　一六三
＊たねとり種採　八一
＊たねなす種茄子　一九一
たねなすび種茄子　一九一
たねふくべ種瓢　一九九
たばこかる煙草刈る　八一
＊たばこのはな煙草の花　二〇三
たばこほす煙草干す　八一
たまおくり魂送　一〇八
たまだな魂棚　一〇六
たまだな霊棚　一〇六
たまのおたまのを　二一八
たままつり魂祭　一〇六
たまむかえ魂迎　一〇八
たみずおとす田水落す　五八
たむしおくり田虫送り　一一一
たもぎ田母木　七六
だらだらまつりだらだら祭　一〇四
だんちょうか断腸花　一八五
たんばぐり丹波栗　一五七

ち

ちぐさ千草　二〇三
ちくしゅん竹春　一七八
ちちろちちろ　一四一
ちちろむしちちろ虫　一四一
ちどめぐさ血止草　一八六
＊ちゃたてむし茶立虫　一四九
＊ちゅうげん中元　一〇三
＊ちゅうしゅう仲秋　三
ちゅうしゅう中秋　三
ちょうきゅう重九　九三
＊ちょうくうき迢空忌　一一六
ちょうじゅうろう長十郎　一五五
＊ちょうよう重陽　九三
ちょうようのえん重陽の宴　九三
ちんちろちんちろ　一四三
ちんちろりんちんちろりん　一四三

つ

＊つき月　三七
つきかげ月影　三七
つきくさ月草　二一九
つきこよい月今宵　三九
つきしろ月白　三七
つきのあめ月の雨　四一
つきのえん月の宴　八八
つきので月の出　三七
つきまつる月まつる　八八
＊つきみ月見　八八
つきみざけ月見酒　八八
つきみだんご月見団子　八八
つきみづき月見月　三
つきみぶね月見舟　八八
つきみまめ月見豆　六五
つきよ月夜　三七
つくえあらう机洗ふ　九七
つくつくしつくつくし　一三八
つくつくぼうしつくつく法師　一三八
＊つぐみ鶫　一二六
＊つた蔦　一七八

つたかずら蔦かづら　一六八
つたもみじ蔦紅葉　一六八
つづれさせつづれさせ　一四一
つのきり角切　一〇三
*つばきのみ椿の実　一五三
*つばめかえる燕帰る　一二四
つまくれないつまくれなゐ　一八四
つまべにつまべに　一八四
つまみな摘み菜　一九四
*つゆ露　五三
*つゆくさ露草　二一九
つゆけし露けし　五三
*つゆさむ露寒　五三
つゆさむし露寒し　五三
つゆしぐれ露時雨　五三
つゆじも露霜　五三
つゆのたま露の玉　五三
つゆむぐら露葎　五三
*つるうめもどき蔓梅擬　一五五
*つるきたる鶴来る　一一三
つるしがき吊し柿　八七
*つるべおとし釣瓶落し　三四
つるもどきつるもどき　一五五
つるわたる鶴渡る　一一三

て

*ていじょき汀女忌　一一八
できあき出来秋　七八
でらうぇあデラウェア　一五六
*てりは照葉　一六四
てりもみじ照紅葉　一六四
てんがいばな天蓋花　二一四
てんたかし天高し　三六
てんぼ展墓　一〇八

と

とうかしたし灯火親し　六九
*とうかしたしむ灯火親しむ　六九
*とうがらし唐辛子　一九五
とうがらし蕃椒　一九五
とうが冬瓜　一八八
*とうがん冬瓜　一八八
とうきび唐黍　一九九
とうこう登高　九三
とうなすたうなす　一八八
*とうもろこし玉蜀黍　一九九
*とうろう灯籠　七一
とうろう蟷螂　一四七
*とうろうながし灯籠流し　一〇九
とおかのきく十日の菊　一八六
どくきのこ毒茸　二一三
*とくさ木賊　一八六
とくさ砥草　一八六
*とくさかる木賊刈る　八四
とくさかる砥草刈る　八四
どくたけ毒茸　二一三
としよりのひ年寄の日　九五
*とちのみ橡の実　一六九
とちのみ栃の実　一六九
とのさまばった殿様ばつた　一四五
どびろくどびろく　六四
どぶろくどぶろく　六四
*とべらのみ海桐の実　一七四
とやし鳥屋師　八五
とよのあき豊の秋　七八
とりいのひ鳥居の火　一一〇
*とりおどし鳥威し　七五
*とりかぶと鳥兜　二一九
とりかぶと鳥頭　二一九

とりわたる鳥渡る　一三三
とろろとろろ　六八
*とろろじるとろろ汁　六八
*どんぐり団栗　一六九
*とんぼ蜻蛉　一三九
とんぼぅとんばう　一三九

な

ながいも薯蕷　一九二
ながいも長薯　一九二
ながきよ長き夜　二六
*ながつき長月　二四
*なかて中稲　一九七
ながればし流れ星　四四
なごりのちゃ名残の茶　七三
なごりのつき名残の月　四三
*なし梨　一五五
なしうり梨売　一五五
なしえん梨園　一五五
なしがり梨狩　一五五
なすのうし茄子の牛　一〇六
なすのうま茄子の馬　一〇六
なたねまく菜種蒔く　八二
*なたまめ刀豆　二〇一
なたまめ鉈豆　二〇一
*なつめ棗　一五八
なつめのみ棗の実　一五八
*なでしこ撫子　二一
*ななかまど七竈　一六八
*なるこ鳴子　七四
なるこづな鳴子綱　七四
なるこなわ鳴子縄　七四
なるさお鳴竿　七四
なんきんなんきん　一八
なんきんまめ南京豆　二〇一
なんてんぎり南天桐　一七四
*なんてんのみ南天の実　一五三

に

にいぼん新盆　一〇六
におづか藁塚　九七
にがぅり苦瓜　一九〇
*にごりざけ濁り酒　六四
*にしきぎ錦木　一七四
にしきぎもみじ錦木紅葉　一七四
にじっせいき二十世紀　一五五
*にじゅぅさんや二十三夜　四三
にじゅぅさんやづき二十三夜月　四三
にせい二星　七九
にばんしぶ二番渋　八〇
*にひゃくとおか二百十日　二一
にひゃくはつか二百二十日　二一
にわたたき庭叩き　一二八

ぬ

ぬかごぬかご　一九三
ぬかごめしぬかご飯　六六
ぬかばえ糠蠅　一四六
ぬきな抜菜　一九四

ね

ねがいのいと願の糸　七七
ねこじゃらし猫じやらし　二三
*ねづり根釣　八六
*ねぶた佞武多　九九
ねぷたねぷた　九九
ねぶたながすねぶた流す　九九
ねぶたまつりねぶた祭　九九

はぜのあき鯊の秋 124
はぜのしお鯊の潮 124
*はぜのみ櫨の実 168
はぜびより鯊日和 124
はぜぶね鯊舟 91
*はぜもみじ櫨紅葉 165
はたおり機織 144
*はださむ肌寒 29
はたはた蟹螽 145
*はちがつ八月 18
はちがつじゅうごにち八月十五日 84
はつあき初秋 18
*はつあらし初嵐 46
はつかづき二十日月 42
*はつがも初鴨 121
はつかり初雁 120
*はづき葉月 21
はつぎく初菊 185
はづきじお葉月潮 60
*はっさく八朔 21
はつざけ初鮭 135
はつさんま初さんま 135
*はつしお初潮 60
*ばった蝗蝗 145
ばった飛蝗 145
はつたけ初茸 212
ばったんこばつたんこ 72
はつづき初月 27
はつほ初穂 196
*はつもみじ初紅葉 163
*はとふき鳩吹 86
はとふく鳩吹く 86
はなおしろい花白粉 183
はなかんな花カンナ 179
はなささげ花豇豆 200
はなすすき花芒 207
はなぞの花園 56
はなそば花蕎麦 200
はなたばこ花煙草 202
はなとうろう花灯籠 71
*はなの花野 56
*はなばたけ花畑 56
はなばたけ花畠 56
はなふよう花芙蓉 152
はなむくげ花木槿 151
はねと跳人 99
はまなしのみはまなしの実 166
*はまなすのみ玫瑰の実 166
はまなすのみ浜茄子の実 166
はらごはらご 135
ばれいしょばれいしよ 191
ばれいしょ馬鈴薯 191
*ばんしゅう晩秋 21

ひ

*ひえ稗 168
ぴおーねピオーネ 156
ひがんばな彼岸花 214
ひきいたひきいた 74
*ひぐらし蜩 128
ひぐらし日暮 128
ひぐらし茅蜩 128
*ひこいし火恋し 72
ひこぼし彦星 97
ひさごひさご 189
ひしとる菱採る 221
*ひしのみ菱の実 221
ひしもみじ菱紅葉 222

ひた引板　七四
＊ひたき鶲　一三七
ひたきどり火焚鳥　一三七
ひだりだいもんじ左大文字　一一〇
＊ひつじ穭　一九八
＊ひつじだ穭田　五七
ひつじのほ穭の穂　一九八
＊ひでのき秀野忌　一一九
ひとは一葉　一六七
ひとはおつ一葉落つ　一六七
＊びなんかずら美男葛　二一七
ひぶせまつり火伏祭　一〇三
ひまつり火祭　一〇三・一〇五
ひめくるみ姫胡桃　一五九
＊ひややか冷やか　二七
ひゆ冷ゆ　二七
ひよ鵯　一三六
ひょうたん瓢箪　一八九
＊ひよどり鵯　一三六
ひょんのふえひょんの笛　一七三
＊ひょんのみ瓢の実　一七三
＊ぴらかんさピラカンサ　一七五
ぴらかんさすピラカンサス　一七五
ひるのむし昼の虫　一四〇
＊ひわ鶸　一三七
びんぼうかずら貧乏かづら　二二一

ふ

＊ふうせんかずら風船葛　一八七
＊ふくべ瓢　一八九
ふけまち更待　四二
＊ふけまちづき更待月　四二
ふさく不作　七八
＊ふじのみ藤の実　一五四
＊ふじばかま藤袴　二三三
ふしまち臥待　四二
ふしまちづき臥待月　四二
ふじまめ藤豆　二〇〇
ふつかづき二日月　三七
ふづき文月　八
＊ぶどう葡萄　一五六
ぶどうえん葡萄園　一五六
ぶどうがり葡萄狩　一五六
ぶどうだな葡萄棚　一五六
ふながたのひ船形の火　一一〇
ふなせがき船施餓鬼　一〇九
＊ふみづき文月　八
ふゆうがき富有柿　一五五
＊ふゆじたく冬支度　七三
＊ふゆちかし冬近し　三三
ふゆどなり冬隣　三三
ふゆようい冬用意　七三
＊ふよう芙蓉　一五三
＊ふらき普羅忌　一二五
ふるざけ古酒　六四
ふろなごり風炉名残　七三
＊ふろのなごり風炉の名残　七三
＊ぶんかのひ文化の日　九六

へ

べいごまべい独楽　八九
へこきむしへこきむし　一四九
＊へちま糸瓜　一八九
へちまき糸瓜忌　一一七
へちまだな糸瓜棚　一八九
＊べったらいちべったら市　一〇三
べったらづけべったら漬　一〇三
へっぴりむしへっぴりむし　一四九
べにはぎ紅萩　二〇六

べにひわ紅鶸　一二七
べにふよう紅芙蓉　一五三
*へびあなにいる蛇穴に入る　一二一
*へひりむし放屁虫　一四九
*べんけいそう弁慶草　一八六

ほ

ほうさく豊作　七六
*ほうしぜみ法師蟬　一三六
ほうじょうえ放生会　一〇五
ほうすい豊水　一五五
*ほうせんか鳳仙花　一八四
*ほうねん豊年　七八
*ほおずき鬼灯　一八四
ほおずき酸漿　一八四
ほぐさ穂草　二〇四
*ぼくすいき牧水忌　一一七
ぼさん墓参　一〇八
ほしあい星合　九七
*ほしがき干柿　六七
ほしこよい星今宵　九七
ほじそ穂紫蘇　一九四
*ほしづきよ星月夜　四三
ほしづくよ星月夜　四三
ほしとぶ星飛ぶ　四四
ほしながる星流る　四四
ほしのこい星の恋　九七
ほしのちぎり星の契　九七
ほしまつり星祭　九七
ほしまつる星祭る　九七
ほしむかえ星迎　九七
*ぼだいし菩提子　一七一
ぼだいじゅのみ菩提樹の実　一七一
ほたるぐさ蛍草　二一九
ぼたんうう牡丹植う　八三
ぼたんつぎき牡丹接木　八三
*ぼたんねわけ牡丹根分　八三
ぼっち稲棒　七六
*ほととぎす杜鵑草　二一八
ほととぎす時鳥草　二一八
ほととぎす油点草　二一八
*ぼら鯔　一二一
ぼらとぶ鯔飛ぶ　一二一
ほわたとぶ穂絮飛ぶ　二〇四
ぼん盆　一〇六
ぼんあれ盆荒　六〇
ぼんいち盆市　一〇〇
ぼんおどり盆踊　八七
*ぼんきせい盆帰省　六三
ぼんぎた盆北風　四八
ぼんく盆供　一〇六
*ぼんごち盆東風　四八
ぼんじたく盆支度　一〇〇
ぼんそう盆僧　一〇六
ぼんぢょうちん盆提灯　七一
ぼんどうろう盆灯籠　七一
*ぼんなみ盆波　六〇
ぼんのいち盆の市　一〇〇
*ぼんのつき盆の月　三九
ぼんみち盆道　一〇〇
ぼんみまい盆見舞　一〇三
*ぼんようい盆用意　一〇〇
ぼんれい盆礼　一〇三

ま

まいわし真鰯　一三四
まがん真雁　一三〇
まくず真葛　二〇九
まくずはら真葛原　二〇九

＊まこもうま真菰の馬　九八
ましらざけましら酒　六四
ますかっとマスカット　一五六
ますほのすすき十寸穂の芒　二〇七
まそほのすすき真赭の芒　二〇七
＊まつあげ松上げ　一〇四
＊まつたけ松茸　一三三
＊まつたけめし松茸飯　六六
＊まつていれ松手入　七二
＊まつむし松虫　一四三
＊まつむしそう松虫草　二一八
＊まつよい待宵　三九
＊まびきな間引菜　一九四
まひわ真鶸　一二七
ままこのしりぬぐいままこのしりぬぐひ　二一〇
まめうつ豆打つ　八三
まめたたく豆叩く　八三
まめはざ豆稲架　八三
＊まめひく豆引く　八三
まめむしろ豆筵　八三
まめめいげつ豆名月　四三
＊まゆみのみ檀の実　一七〇
まゆみのみ真弓の実　一七〇
まよなかのつき真夜中の月　四三
まんげつ満月　三九
＊まんじゅしゃげ曼珠沙華　二一四

み

みかづき三日月　二七
みくさもみじ水草紅草　二三三
みざくろ実石榴　一五八
みざんしょう実山椒　一七四
みずおとす水落す　五八
＊みずくさもみじ水草紅葉　二三三
みずしも水霜　五三
＊みずすむ水澄む　五八
みずのあき水の秋　五八
みずひきそう水引草　二二六
＊みずひきのはな水引の花　二二六
＊みせばやみせばや　二一八
＊みぞそば溝蕎麦　二二一
＊みそはぎ千屈菜　二二五
みそはぎ鼠尾草　二二五
みぞはぎ溝萩　二二五
みだれはぎ乱れ萩　二〇六
みなしぐり虚栗　一五七
みなみまつり南祭　一〇五
みなんてん実南天　一五三
＊みにしむ身に入む　二八
＊みのむし蓑虫　一四八
みのむしなく蓑虫鳴く　一四八
みのりだ稔り田　七五
みはまなす実玫瑰　一七六
＊みみずなく蚯蚓鳴く　一四八
みむらさき実紫　一七一
みやずもう宮相撲　八七
みやまりんどう深山竜胆　二一七
＊みょうがのはな茗荷の花　一九五
みょうほうのひ妙法の火　二一〇

む

むかえうま迎馬　九八
むかえがね迎鐘　一〇七
むかえび迎火　一〇八
＊むかご零余子　一九三
＊むかごめし零余子飯　六六
むぎとろ麦とろ　六八
むぎわらとんぼ麦藁とんぼ　一三九

むく椋鳥　一二八
*むくげ木槿　一五二
*むくどり椋鳥　一二八
*むくろじ無患子　一七三
むくろじのみ無患子の実　一七三
*むげつ無月　四一
*むし虫　一四〇
*むしうり虫売　八九
むしおい虫追い　一二一
*むしおくり虫送　一二一
*むしかご虫籠　九〇
むしくよう虫供養　一二一
むしこ虫籠　九〇
むししぐれ虫時雨　一四〇
むしすだく虫集く　一四〇
むしながし虫流し　一二一
むしのあき虫の秋　一四〇
むしのこえ虫の声　一四〇
むしのね虫の音　一四〇
むしのやみ虫の闇　一四〇
むてき霧笛　五一
*むべ郁子　二一〇
むべのみ郁子の実　二一〇
*むらさきしきぶ紫式部　一七二
むらさきしきぶのみ紫式部の実　一七二
むらしばい村芝居　八八
むらまつり村祭　一〇三

め

*めいげつ名月　二九
めいじせつ明治節　九六
めがるかや雌刈萱　二〇八
めじか牝鹿　二一一
*めはじきめはじき　二二二

も

もうしゅう孟秋　一八
*もくせい木犀　一五一
*もず鵙　一二五
もず百舌鳥　一二五
もずのこえ鵙の声　一二五
もずのにえ鵙の贄　一二五
もずのはやにえ鵙の速贄　一二五
もずびより鵙日和　一二五
もちづき望月　二九
もちのしお望の潮　六〇
もちのよ望の夜　四〇
もどりがつお戻り鰹　一三四
*もみ籾　七七
もみうす籾臼　七七
もみがらやく籾殻焼く　七七
*もみじ紅葉　一六二
もみじ黄葉　一六三
*もみじかつちる紅葉且つ散る　一六四
*もみじがり紅葉狩　九〇
もみじがわ紅葉川　一六二
もみじざけ紅葉酒　九〇
もみじぢゃや紅葉茶屋　九〇
*もみじぶな紅葉鮒　一三三
もみじみ紅葉見　九〇
もみじやま紅葉山　一六二
もみずもみづ　一六二
もみすり籾摺　七七
もみすりうた籾摺歌　七七
もみほす籾干す　七七
もみむしろ籾筵　七七
*もも桃　一五四
もものみ桃の実　一五四

ももふく桃吹く　二〇三
*もりたけき守武忌　二一三
もろこしもろこし　一九九

や

*やがく夜学　六三
やがくせい夜学生　六三
やがっこう夜学校　六三
やきぐり焼栗　一五七
やぎょう夜業　七九
やくそうほる薬草掘る　八三
やくび厄日　二一
*やしょく夜食　六五
やちぐさ八千草　二〇三
やつがしら八頭　一九二
*やなぎちる柳散る　一七〇
*やはたほうじょうえ八幡放生会　一〇五
*やはんき夜半忌　二六
*やぶからし藪枯らし　二一一
*やぶじらみ藪虱　二一三
やまいも山芋　一九二
やまぎり山霧　五一
やまぐり山栗　一五七
やまげら山げら　一二九
やまとなでしこ大和撫子　二一一
やまのいも山の芋　一九二
やまはぎ山萩　二〇六
*やまぶどう山葡萄　一七七
やまよそう山粧ふ　五五
*やまよそおう山粧ふ　五五
ややさむやや寒　二九
*やればしょう破芭蕉　一七九
*やれはす敗荷　一八七
やれはす破蓮　一八七
やれはちす破蓮　一八七
やんまやんま　一三九

ゆ

*ゆうがおのみ夕顔の実　一八九
ゆうぎり夕霧　五一
ゆうげしょう夕化粧　一八三
ゆうづき夕月　三七
ゆうづくよ夕月夜　三七
ゆうのわき夕野分　四六
ゆうもみじ夕紅葉　一六三
ゆうれいばな幽霊花　二一四
ゆがま柚釜　六六
*ゆくあき行く秋　二一
ゆくあき逝く秋　二一
*ゆず柚子　一六〇
ゆずがま柚子釜　六六
ゆずのみ柚子の実　一六〇
ゆずぼう柚子坊　一四九
ゆずみそ柚子味噌　六六
ゆでぐりゆで栗　一五七
*ゆみそ柚味噌　六六
*ゆめじき夢二忌　二六

よ

よいづき宵月　三七
*よいやみ宵闇　四三
ようなし洋梨　一五五
よぎり夜霧　五一
*よさむ夜寒　三〇
よしごと夜仕事　七九
*よしだひまつり吉田火祭　一〇三
よつゆ夜露　五二
*よなが夜長　二六

＊よなべ夜なべ　一七九
よばいぼし夜這星　一四
よめな嫁菜　三一
よわのあき夜半の秋　三六

ら

らくがん落雁　一三〇
＊らっかせい落花生　二〇一
らふらんすラ・フランス　一五五
＊らん蘭　一八〇
らんのあき蘭の秋　一八〇
らんのか蘭の香　一八〇
らんのはな蘭の花　一八〇

り

＊りっしゅう立秋　一九
りっしゅうき立秋忌　一二五
＊りゅうせい流星　四四
りゅうとう竜灯　六一
りゅうとう流灯　一〇九
りゅうとうえ流灯会　一〇九
りょうあらた涼新た　二〇
＊りょうや良夜　四〇

＊りんかき林火忌　一二五
＊りんご林檎　一五六
りんごえん林檎園　一五六
りんごがり林檎狩　一五六
＊りんどう竜胆　二一七

る

るりびたき瑠璃鶲　一三七

れ

＊れいし茘枝　一九〇
＊れもん檸檬　一六一
れもんレモン　一六一

ろ

ろうじんのひ老人の日　九五
＊ろくどうまいり六道参　一〇七

わ

わかたばこ若煙草　八一
わかれが別れ蚊　一三六
＊わせ早稲　一九七
わせかる早稲刈る　一九七

わせだ早稲田　一九七
わせのか早稲の香　一九七
わせのはな早稲の花　一九六
＊わた棉　二〇三
わたうち綿打　八〇
わたくり綿繰　八〇
わたぐるま綿車　八〇
わたつみ綿摘　八〇
わたつみ棉摘　八〇
＊わたとり綿取　八〇
わたとる綿取る　八〇
わたのみ棉の実　二〇三
わたふく棉吹く　二〇三
わたほす綿干す　八〇
わたみのる棉実る　二〇三
＊わたりどり渡り鳥　一三三
＊わらづか藁塚　七九
＊われもこう吾亦紅　二一六

俳句歳時記《はいくさいじき》　第五版《だいごはん》　秋《あき》

角川書店《かどかわしょてん》＝編

平成30年 8月25日　第5版初版発行
令和7年 5月30日　第5版22版発行

発行者●山下直久

発行●株式会社KADOKAWA
〒102-8177　東京都千代田区富士見2-13-3
電話　0570-002-301（ナビダイヤル）

角川文庫 21127

印刷所●株式会社KADOKAWA
製本所●株式会社KADOKAWA

表紙画●和田三造

Printed in Japan
ISBN978-4-04-400273-2　C0192

◆◆◇

角川文庫発刊に際して

角川源義

第二次世界大戦の敗北は、軍事力の敗北であった以上に、私たちの若い文化力の敗退であった。私たちの文化が戦争に対して如何に無力であり、単なるあだ花に過ぎなかったかを、私たちは身を以て体験し痛感した。西洋近代文化の摂取にとって、明治以後八十年の歳月は決して短かすぎたとは言えない。にもかかわらず、近代文化の伝統を確立し、自由な批判と柔軟な良識に富む文化層として自らを形成することに私たちは失敗して来た。そしてこれは、各層への文化の普及滲透を任務とする出版人の責任でもあった。

一九四五年以来、私たちは再び振出しに戻り、第一歩から踏み出すことを余儀なくされた。これは大きな不幸ではあるが、反面、これまでの混沌・未熟・歪曲の中にあった我が国の文化に秩序と確たる基礎を齎らすためには絶好の機会でもある。角川書店は、このような祖国の文化的危機にあたり、微力をも顧みず再建の礎石たるべき抱負と決意とをもって出発したが、ここに創立以来の念願を果すべく角川文庫を発刊する。これまで刊行されたあらゆる全集叢書文庫類の長所と短所とを検討し、古今東西の不朽の典籍を、良心的編集のもとに、廉価に、そして書架にふさわしい美本として、多くのひとびとに提供しようとする。しかし私たちは徒らに百科全書的な知識のジレッタントを作ることを目的とせず、あくまで祖国の文化に秩序と再建への道を示し、この文庫を角川書店の栄ある事業として、今後永久に継続発展せしめ、学芸と教養との殿堂として大成せんことを期したい。多くの読書子の愛情ある忠言と支持とによって、この希望と抱負とを完遂せしめられんことを願う。

一九四九年五月三日